Liebe süßsauer

KARIN LINDBERG

Lektorat: Katerine Engstfeld

Covergestaltung: KreaTIVI Production

ISBN-13: 978-1517620103

ISBN-10: 1517620104

Für meine Familie.

1

„Ich liebe diese Tage,
egal wie scheiße es war.
Ich will mich nicht beklagen,
ich liebe diese Tage …“

Leise tönte es aus den Lautsprechern in der Damentoilette. Wie passend.

Irgendwie hatte ich mir meinen fünfundzwanzigsten Geburtstag anders vorgestellt.

O Gott. Fünfundzwanzig!

Naja, noch nicht ganz. Mitternacht schlug mein Stündchen. Hätte man mich vor fünf Jahren gefragt: „Wo sehen Sie sich mit 25?“, hätte ich darauf sowas in der Art geantwortet, wie: „Mit fünfundzwanzig bin ich mit einem gutaussehenden und intelligenten Mann auf den Bahamas, wo wir uns gepflegt vom stressigen Job erholen. Wenn ich mich nicht gerade in den Paradiesen der Welt herumtreibe, arbeite ich in einem internationalen Unternehmen, für das ich unersetzlich bin. Zum Feierabend, sollte ich nicht mit meinem Partner fein essen gehen, chillen wir in unserer schicken Eigentumswohnung in Hamburg-Mitte.“

Die Realität sah leider etwas anders aus. Akut heulte ich nicht den verpassten Chancen meines bisherigen Lebens hinterher, sondern hatte ein viel konkreteres Problem: In diesem Moment stand ich im Christiansens auf der Damentoilette und versuchte, die Überreste eines Strawberry-Margarita aus meiner Jeans zu kratzen. Leider vergrößerte ich den bisher entstandenen Schaden nur noch. So ein Mist! Eigentlich blieb mir fast keine Wahl. Ich musste die Jeans ausziehen, so sah es nämlich aus, als ob ich in die Hose gepinkelt hätte. Während ich überlegte, welches Übel ich am ehesten überleben würde, ohne vor Scham im Erdboden zu versinken, setzte ich mich auf einen Hocker an der Wand. Es war gar nicht so ungemütlich hier auf dem Klo, die Musik war gut und keiner ging mir auf die Nerven. Vielleicht sollte ich einfach bleiben, wo ich war, und warten, bis alles getrocknet war. Andererseits war die Vorstellung, meinen Geburtstag auf der Damentoilette zu feiern, auch nicht gerade prickelnd. Ich stellte mir einen Dialog mit zukünftigen Traumprinzen vor, die mich nach Jubiläumsfeiern fragten: „Und wo hast du so deinen 25. verbracht?"

„Aufm Klo."

Im günstigsten Fall würde ich einen mitleidigen Blick für die vermeintliche Magen-Darm-Infektion ernten … Die nasse Hose klebte am Hintern und ich schob die fällige Entscheidung noch ein wenig auf, während ich in Selbstmitleid versunken die ersten 25 Jahre Revue passieren ließ.

Fakt war: deutsche Mutter, englische Vater – Scheidungskind; Abitur – bestanden; eher schlecht als recht, aber immerhin. Studium – abgebrochen; warum, wusste ich nicht mehr so genau, aber wenn es das Richtige gewesen wäre, hätte ich es sicherlich durchgezogen. Da war es in meinen Augen besser gewesen, noch mal neu anzufangen. Das Richtige hatte ich leider noch nicht gefunden. Karriere? Fehlanzeige.

Aber wer konnte schon wissen! Schließlich hatte ich am kommenden Montag ein Vorstellungsgespräch bei der Stein Energy Holding AG. Vielleicht ging es endlich bergauf. Ganz sicher sogar, denn ich hatte vor, den neuen Job zu bekommen.

Schicke Wohnung in Hamburg-Mitte? Ebenso Fehlanzeige. Mein bescheidenes Einkommen reichte nur für ein Zimmer in einer WG. Der einzige Lichtblick war Isabelle, meine Ersatzbeziehung. Mein WG-Leben bewies jedenfalls, dass ich fähig war, mit jemandem zusammenzuleben, was immer Mr. Unright behauptete. Unser Zusammenleben gestaltete sich sogar relativ harmonisch.

Beim Punkt mit dem gutaussehenden Intelligenzbolzen musste ich nämlich leider auch passen. Unglücklicherweise war mir Mr. Right bisher nicht über den Weg gelaufen. Nach dem Desaster mit Paul (Mr. Unright) zog ich es vorerst definitiv vor, Single zu bleiben.

Letztens hatte ich in der Cosmo gelesen, dass Scheidungskinder im späteren Leben oft selbst Probleme in Beziehungen hatten. Vielleicht traf das ja auch auf mich zu, ganz sicher sogar, wenn ich genauer darüber nachdachte. Weshalb sonst saß ich hier alleine? Meine Eltern hatten sich getrennt, als ich acht Jahre alt war. Mein Vater ging damals zurück nach Nordengland und meine Mutter blieb mit mir in Hamburg, wo ich im sechsten Stock eines Mehrfamilienhauses aufwuchs. Es konnte jedenfalls nur besser werden …

Ich seufzte und stand auf. Genug Trübsal geblasen, das konnte ich auch morgen noch.

Ich blickte in den Spiegel und prüfte meine Erscheinung. Viel zu dünne Beine in einem viel zu kurzen Kleid. Ich war quasi halbnackt. Aber besser als für inkontinent gehalten zu werden. Isabelle störte mein Outfit mit Sicherheit nicht. Sie sah mich zu Hause jeden Tag nackt und ihre Hemmschwelle lag deutlich höher. Um sie in Verlegenheit zu bringen, hätte ich schon oben ohne in die Bar zurückkehren müssen. Ich ging also mit der Jeans unter dem Arm an unseren Tisch zurück und versuchte dabei, so gelassen wie möglich mit meinem spärlich bekleideten Körper durch die Bar zu kommen. Ich wurde schon ungeduldig von Isabelle erwartet, die auf der Stuhlkante hin und her rutschte.

„Na endlich, du hast ja mal wieder 100 Jahre gebraucht! Was hast du gemacht? Ein Nickerchen?"

„Na, hör mal, Isi, ich will ja nicht wissen, was du hier für 'nen Aufstand gemacht hättest, wenn der Strawberry Daiquiri auf deiner Hose gelandet wäre!" Ich funkelte Isabelle an.

„Reg dich ab, Süße! Immer schön locker bleiben. Ich dachte, wir wollten heute so richtig einen drauf machen! Du solltest dir mal wieder einen Typen suchen. Have fun! Hak Paul endlich ab und fang wieder an zu leben."

„Ich bin locker!", presste ich zwischen zusammengebissenen Zähnen hervor.

Plötzlich musste ich lachen. Sie hatte ja Recht. Wenn nicht jetzt, wann dann.

„Los, lass uns noch was bestellen, ich bin schließlich nicht zum Spaß hier."

Einige Strawberry-Daiquiris später beschlossen wir, vom Christiansens ins CH auf der Reeperbahn zu wechseln. Als wir uns auf den Weg nach draußen machten, schwankte der Boden gefährlich unter meinen Füßen. Mein Gleichgewichtssinn ließ mich im Stich und ich rempelte einen gutaussehenden, braungebrannten Adonis an. Für meinen Geschmack zu viel Gel, zu viel Hawaiihemd und definitiv zu viel Solarium.

„Oh, là, là, schöne Frau, du kannst mich auch einfach ansprechen, wenn du Interesse an mir hast. Du musst mich nicht gleich umhauen!"

Arschloch.

Was dachte der Penner sich, mich so plump anzumachen? Da stand ich ja so was von gar nicht drauf.

Unmöglich.

„Pass mal auf, Blondie! Das war keine Absicht und ich steh nicht auf Surfer!“ Angepisst lief ich weiter und rannte geradewegs in den nächsten Mann.

Megapeinlich.

Er war gut gekleidet und attraktiv. Ozeanblaue Augen durchbohrten mich, wir hatten einen Frontalzusammenstoß und sein Mojito landete – mein Glück – auf ihm selbst und nicht auf meinem Kleid. Damit hätte ich sonst beim Miss-Wet-Contest teilnehmen können. Ich spürte die Hitze über meinen Hals nach oben kriechen. Na toll, blieb mir an diesem Abend gar nichts erspart?

„O mein Gott! Es tut mir so schrecklich leid …!“ Zum Glück war es nicht besonders hell in der Bar, sodass der dunkelhaarige Typ meine knallrote Birne nicht sehen konnte.

„Halb so schlimm. War sowieso ein altes Hemd“, kommentierte er die Cocktaildusche augenzwinkernd.

„Ähm. Es tut mir leid, kann ich was tun um es wieder gutzumachen?“ Er runzelte die Stirn und verzog den Mund, als ob er wirklich überlegen müsste. Dann grinste er mich an.

„Hm. Wenn du mich so fragst … Gib mir deine Nummer!“

Der Alkohol hatte meine Zunge gelöst und verlieh mir den nötigen Mut. Dass Isabelle direkt hinter mir stand, gab den Ausschlag ihr zu beweisen, dass ich sehr wohl Spaß haben konnte. Ihre blöden Sprüche gingen mir schon länger auf den Zeiger, sollte sie sehen, dass ich keine „Schlafmütze“ war (wie sie mich bei unserem letzten Ausgehabend tituliert hatte). Ohne über die möglichen Folgen nachzudenken, nahm ich das Gesicht des Adonis zwischen meine Hände und küsste ihn leidenschaftlich. Der Kuss fühlte sich gut an. Seine Lippen öffneten sich bereitwillig und er ließ es geschehen.

Himmlisch!

Nach einigen Sekunden löste ich mich von ihm und flüsterte atemlos und ziemlich beschwipst: „Meine Nummer musstu selbst rausfinden. Mach's gut!"

Enttäuschung spiegelte sich in den blauen Augen. Nach einem kurzen Moment strahlten sie allerdings wieder wie zuvor.

„Na dann, du schöne Unbekannte, wenn du es verantworten kannst, mich hier so stehen zu lassen ..." Dabei legte er den Kopf schief und setzte eine leidende Miene auf.

Echt süß!

In meinem Bauch kribbelte es, es fiel mir schwer, mich von seinem Blick zu lösen. „Anna, kommst du jetzt mit oder willst du weiterflirten?" Isabelle, die Ungeduld in Person, wollte unbedingt weiter in den Club, daher blieb mir nicht viel Zeit, meine merkwürdige Aktion zu analysieren. Ich rollte kurz mit den Augen und zuckte mit den Schultern, dann lächelte ich den Fremden an: „Sorry, ich muss los." Damit ließ ich den Ozeanmann endgültig stehen.

„Ciao, Anna!", rief er mir hinterher. Ich spürte seinen Blick im Nacken.

Die kühle Abendluft ließ mich frösteln und etwas ernüchtern. Aber ich genoss die leichte Brise nach der stickigen Luft in der Bar. Der Kuss hatte mein Blut ganz schön in Wallung gebracht. Die kleine Abkühlung tat mir gut, um wieder auf normale Betriebstemperatur zu kommen.

„Was war das denn, Fräulein?" Ich fing Isabelles tadelnden Blick auf.

„Hey, du hast gesagt, ich solle Spaß haben, also hab ich mir gedacht, mach mal was Spontanes, Anna. Und dann hab ich den gutaussehenden Typen geküsst. . Das ist doch Spaß, oder? Jetzt sag nicht, dass du das nicht gemeint hast, denn das wäre nicht fair. Dir kann ich es gerade eh nicht recht machen, hm?" Ich redete mich geradezu in Rage.

„Hm, wenn du meinst ... Happy Birthday!"

Meine Freundin spürte offenbar, dass sie besser nicht weiter nachhaken sollte. Ich konnte in der Tat ganz schön jähzornig sein, wenn mir etwas gegen den Strich ging.

Isabelle umarmte mich fest und drückte mir einen Schmatzer auf die Wange. Damit erstickte sie meine schlechte Laune im Keim und ich schmiegte mich in ihre Arme.

„Danke. Die letzten Monate waren ganz schön hart für mich, weißt du. Ich muss mich mal ein bisschen ablenken, nach dem ganzen Drama mit Paul."

„Ist schon gut, ich verstehe dich. Komm. Lass uns kein Trübsal blasen und endlich abrocken!" Isabelle zog mich weiter, sie hatte ein ganz bestimmtes Ziel.

Kurze Zeit später fanden wir uns auf der Tanzfläche wieder. Normalerweise hasste ich es, zwischen so vielen schweißnassen Menschen zu sein, aber heute hatte ich bereits genug getrunken, um es zu ignorieren. Ich schloss die Augen und ließ mich von der Musik tragen. Es war toll, mich vom Rhythmus mitnehmen zu lassen. Ich hatte das Zeitgefühl vor einigen Cocktails verloren, irgendwann war der Club aber so gut wie leer und unverkennbare Rausschmeißermusik dröhnte aus den Lautsprechern. Wir wankten auf die Straße und suchten ein Taxi.

Als wir vor unserer Haustür ausstiegen, dämmerte es schon. Ich liebte die frische Morgenluft im Sommer an einem der Tage, bei denen man genau wusste, dass es in ein paar Stunden unerträglich heiß werden würde. Jetzt war es aber noch angenehm kühl und frisch.

Ich hatte einige Mühe, die Haustüre aufzuschließen, der Schlüssel wollte einfach nicht ins Schloss. Isabelle stand grün angelaufen daneben und jammerte und ächzte. Was mit ihr gleich passieren würde, war sonnenklar. Glücklicherweise hatte es Isi diesmal bis nach Hause geschafft, bevor sie sich den Abend noch einmal durch den Kopf gehen ließ und in unserem Badezimmer die

Kloschüssel umarmte. Beim letzten Mal hatten wir nicht so viel Glück gehabt, da musste sie sich schon während der Fahrt übergeben und der Taxifahrer hatte uns rausgeschmissen.

Das Schlimmste daran war, dass wir die restlichen drei Kilometer hatten nach Hause laufen müssen. Mit dem positiven Nebeneffekt, dass ich mir die Ausnüchterung hatte sparen können. Im Gegensatz zu Isi ging es mir heute erstaunlich gut, ich war sogar noch in der Lage gewesen, ihr die Treppen nach oben zu helfen, obwohl ich wirklich selbst mehr als genug intus hatte. Dank Isabelles übermäßigen Alkoholkonsums fand sie nämlich, es wäre eine super Idee, auf der Treppe zu schlafen, was ich ihr zum Glück ausreden konnte. Unsere Nachbarn hätten sich außerdem wohl eher nicht über ein Geschenk auf dem Hausflur gefreut und ich hatte wenig Interesse, meinen Geburtstag zu Hause mit dem Feudel in der Hand zu starten. Deswegen war ich irgendwie erleichtert, als ich ihr Würgen aus dem Badezimmer hörte und uns somit andere Unannehmlichkeiten erspart geblieben waren.

Diese Aktion hatte mich allerdings komplett ernüchtert. Ich brachte Abstand zwischen mich und das Bad und ging in die Küche, einen Snack suchen. Meiner robusten Konstitution konnte auch Isabelles Übelkeit nichts anhaben. Das viele Tanzen hatte mich wirklich hungrig gemacht, deswegen öffnete ich den Kühlschrank in der Hoffnung auf etwas Essbares. Ich fand zwei Stücke Pizza vom Vortag. Ein Wunder! Üblicherweise war unser Kühlschrank nämlich so leer wie mein Konto. Ich klappte die Alufolie auf und biss genüsslich in das Stück kalte Pizza Hawaii. Weil ich beide Hände voll hatte, benutzte ich meinen Ellenbogen, um die Tür zuzuschlagen. Meine Beine machten sich nach dem vielen Tanzen bemerkbar, daher setzte ich mich an den kleinen Küchentisch und verspeiste den Rest meines Festmahls in aller Ruhe.

„Kalte Pizza. Du bist so ekelhaft, Anna.“ Ein kurzes

Statement meiner wieder unter den Lebenden weilenden Freundin. Offensichtlich war ihr die Badaktion bekommen. Für mich kam das nur im Notfall infrage, grundsätzlich folgte ich dem Motto: Was bezahlt war, blieb auch drin.

„Danke, meine liebe Isabelle. Du bist so unheimlich liebenswürdig an diesem schönen Morgen, der übrigens immer noch mein Geburtstag ist. Also sei nett zu mir, ich brauche heute Mitleid und kein Gemeckere! Und denk dran: Ich bin fünfundzwanzig geworden! Steinalt.“

„Weissu was. Ich hab genug für heute. Ich hau mich hin. Dein Selbstmitleid ertrag ich jetzt nicht.“ Sie drückte mir einen alkoholgeschwängerten Schmatzer neben den Mund, verschwand in ihr Zimmer und ließ mich allein in der Küche zurück. Da ich noch viel zu aufgekratzt war, holte ich mir eine eisgekühlte Sprite und ging auf unseren Mini-Balkon, um den Sonnenaufgang zu genießen.

Jetzt war es also passiert. 25. Eigentlich nur eine Zahl.

Aber so langsam musste ich mir über den Sinn des Lebens Gedanken machen. So konnte es nicht mit mir weiter gehen. Was kam als nächstes?

30 … 40 …

Ein Alptraum, wenn man dann feststellte, dass man sein Leben verplempert hatte. Nichts erreicht, Hartz 4 in St. Pauli. Eine üble Vorstellung. Andere fassten Silvester neue Vorsätze, warum sollte ich das nicht an meinem Geburtstag tun?

Ab heute würde ich seriös!

Es war höchstwahrscheinlich keine gute Idee, zum Einstand wildfremde Männer in einer Bar abzuknutschen, aber darüber wollte ich mir jetzt nicht den Kopf zerbrechen. Den sah ich sowieso nie wieder und außerdem war das Schnee von vorhin. Der Vorteil einer Großstadt wie Hamburg war die geringe Wahrscheinlichkeit peinlicher Wiedersehen nach übermäßig spontanen Aktionen.

Im Leben trifft man sich immer zweimal!

Klar! Mein Würdewärter konnte sich nicht zurückhalten.

„Guten Morgen, Mr. Doubleyou. Vielen Dank für den Hinweis", gab ich lautlos zurück.

Ich seufzte und trank einen großen Schluck. Er klang richtig miesepetrig. Vermutlich lag es am Alkohol. Er war offenbar keineswegs erfreut, dass ich mir heute Abend dermaßen die Kante gegeben hatte und wir bis zum bitteren Ende im Club getanzt hatten. Daran, dass sich eine Stimme in meinem Kopf bemerkbar machte, die gar nicht meine eigene war, hatte ich mich gewöhnt. Er meldete sich immer dann, wenn mein Stolz gekränkt zu werden drohte, oder er sonstige wenig hilfreiche Kommentare zu meinem Leben hatte. Ich ignorierte seine Sticheleien, darauf hatte ich zu dieser Stunde echt keine Lust. Also ging ich lieber schlafen, anstatt weiter ins Sonnenlicht zu blinzeln.

2

Irgendetwas stimmte nicht in meinem Traum. Was war das für ein merkwürdiges Geräusch auf meiner Südseeinsel? Hier sollte es normalerweise keine Elektrizität geben. Außer meiner Strohhütte und der Sonnenliege war da doch nichts. Die Palmen wiegten sich im Wind und das Meer strahlte im schönsten Blau. Wie die Augen vom Ozeanmann. Ozeanmann?

Was machte der denn hier?!

Und was, verdammt, war das für ein Krach? Ich wollte auf meiner Insel bleiben und den Frieden genießen, aber meine Traumwelt verschwamm langsam vor mir...

Es half nichts, ich war wach. Das merkwürdige Geräusch stellte sich als das Klingeln meines Telefons heraus. Auf dem Display blinkte „Mama".

„Mama, guten Morgen!", krächzte ich in den Hörer.

„Herzlichen Glückwunsch zum Geburtstag, Anna! Habe ich dich geweckt? Du hast doch nicht etwa noch geschlafen? Es ist doch bereits 11 Uhr durch! Wann wolltest du heute vorbeikommen? Ich habe einen Kuchen für dich gebacken. Du bist bestimmt gespannt auf dein Geschenk und wir freuen uns doch so … und du hast dich echt lange nicht mehr blicken lassen …!"

„Mama, puh, lass mich erst mal aufwachen." Ich rieb mir die Augen, hielt es aber für besser, sie noch nicht zu öffnen.

Meine Mutter redete grundsätzlich im Tempo eines Maschinengewehrs. Sie schien immer Angst zu haben, dass ihre Redezeit abgelaufen war, bevor sie alle Neuigkeiten rübergebracht hatte, die ihr gerade auf dem Herzen lagen. Anstrengend!

„Was? Du hast wirklich noch geschlafen? Warst du gestern feiern? Hast du jemanden kennengelernt? Hast du etwa einen Freund? Anna?"

„Wah! Mama. Ich komme um drei! Bis nachher!" Damit legte ich auf und drehte mich auf die andere Seite. Ich versuchte noch eine ganze Weile wieder einzuschlafen, aber es gelang mir nicht. Mein Magen fühlte sich genau so an, wie man es nach einem Alkoholexzess erwartete. Leicht flau war deutlich untertrieben. Außerdem hämmerte jemand in meinem Kopf. Ich würde eine Aspirin brauchen. Die Aussicht auf Besserung dieser fiesen Kopfschmerzen war überhaupt der einzige Grund, warum ich es schließlich aus dem Bett schaffte. Nachdem ich mich aufgerafft hatte, schlurfte ich ins Badezimmer. Dort hockte Isabelle auf der Toilette und las in der „Instyle".

„Moin, Isi."

„Moin, Anna."

Da wir beide Morgenmuffel waren, brauchten wir in den ersten dreißig Minuten nach dem Augenöffnen keine weitere Konversation. Fröhliche Menschen am frühen Morgen, die einem gut gelaunt über den Weg liefen, weckten bei mir höchstens Mordphantasien. Wie konnte man so kurz nach dem Aufwachen fröhlich sein? Schrecklich! Und an diesem Morgen gab es ganz sicher gar nichts Erfreuliches. Ich kramte im Spiegelschrank nach einer Kopfschmerztablette, die ich schnell mit einem Schluck Wasser aus dem Hahn runterspülte. Anschließend unterzog ich mich einer Katzenwäsche und träumte in kleinen Zahnbürstenkreisen vom Ozean.

„Mach mal hinne, ich will mir auch die Hände waschen und Zähne putzen." Isabelle hatte ihr Geschäft beendet und drängte sich neben mich ans Waschbecken. Ihr schien es deutlich besser zu gehen als mir. Wie unfair!

„Gemach, gemach, junge Frau. Eine alte Frau ist ja kein D-Zug! Schließlich bin ich jetzt ein Vierteljahrhundert alt, da geht das alles nicht mehr so schnell!"

Wir lebten seit vier Jahren zusammen und es war ähnlich wie bei einem alten Ehepaar, so stellte ich es mir jedenfalls vor. Wir hatten keine Geheimnisse mehr voreinander. Manch einer mochte es seltsam finden, dass wir die Tür des Badezimmers nicht mehr schlossen, wenn wir die Toilette benutzten, aber in unseren Augen war das Leben außerhalb der vier Wände schon kompliziert genug. Wir hatten nur ein Badezimmer und deswegen Stress zu machen, war sinnlos.

Ich war noch schrecklich müde und hatte auch schon mal besser ausgesehen. Aber obwohl mir immer noch leicht übel war, freute ich mich auf einen Kaffee. Hoffentlich verkraftete mein Magen jetzt überhaupt schon Koffein. So schnell gab es für mich keinen Alkohol mehr.

Igitt.

Isabelle widmete sich noch der Körperpflege, als ich in die Küche schlich, um unsere alte Kaffeemaschine in Gang zu setzen. Ach, wenn dieser Tag doch nur schon vorbei gewesen wäre!

Punkt fünfzehn Uhr klingelte ich bei meiner Mutter. Herbert, ihr neuer Freund, öffnete mir die Tür und umarmte mich herzlich. Dabei erdrückte er mich fast. „Alles Gute, Anna, ich freue mich, dass du hier bist!"

Herbert hatte eine Halbglatze, einen Schnauzer und etwa zwanzig Kilo Übergewicht. Er war mit seiner Erscheinung zwar nicht unbedingt mein Traummann, der sollte doch etwas sportlicher und männlicher aussehen, aber ich wollte meiner Mutter da nicht reinreden. Es war ja ihr Leben und insgeheim war ich froh, dass sie nicht mehr alleine war. Außerdem war er mit seiner offenen Art liebenswert und ehrlich und ich höchstwahrscheinlich viel zu oberflächlich. Dabei sollte ich eigentlich meine Lektion nach Paul gelernt haben!

Meine Mutter kam aus der Küche gerannt, ihre Schürze hatte dunkle Schokoladenflecken und ihre Wangen waren vom Backstress gerötet.

„Hallo, meine Kleine! Herzlichen Glückwunsch!"

Sie drückte mir einen dicken Schmatzer aufs Gesicht und umarmte mich fest. Nach gefühlten drei Stunden ließ sie mich los und wir gingen gemeinsam ins Esszimmer. Dort wartete schon – ach, du Scheiße – Paul. Wenn man vom Teufel sprach! Wie konnte sie mir das nur antun?

Ich biss die Zähne zusammen und zwang mich zu einem Lächeln. Wie konnte meine Mutter nur auf die bescheuerte Idee kommen, meinen Ex zum Geburtstag einzuladen? Rote Rosen, ein Geschenk, eine Umarmung und schon fühlte ich mich wieder eingelullt. Dabei war ich doch gerade so über ihn weg, nachdem das miese Arschloch mich mit was weiß ich wie vielen Weibern betrogen hatte. Nach zwei Jahren war ich ihm auf die Schliche gekommen, was für ein Schock, was für eine Demütigung. Mein Selbstvertrauen war weit unter den Nullpunkt gesackt. Wie meine Laune in diesem Moment.

Zum Glück war ich nie auf die Bitte Pauls eingegangen, bei ihm einzuziehen. Das hätte mein Leiden garantiert verschlimmert. Dass meine Mutter ihn eingeladen hatte, zeugte von ihrer Ignoranz und einem hartnäckigen Wunschdenken. Für sie war und blieb Paul der perfekte Schwiegersohn. Groß, durchtrainiert, reiche Eltern, BWL-Studium, gutaussehend, Zahnpastalächeln, volles, dunkelblondes Haar. Der Traum jeder Schwiegermutter und zu vieler Frauen, die auf ihn hereinfielen.

Paul hatte jedem weiblichen Wesen, das sich blenden ließ, seine Loverqualitäten willig demonstriert.

Bis ich ihm auf die Schliche gekommen war.

Am liebsten hätte ich ihm die Eier abgeschnitten. Aber gut, da wir leider in einer Zivilisation lebten, musste ich es ihm anders heimzahlen. Ich hatte radikal den Kontakt abgebrochen – oder es versucht. Offensichtlich hatte meine Taktik bei ihm den Jagdtrieb geweckt, denn seitdem lief er mir hinterher wie ein Hündchen. Er nahm die Einladung meiner Mutter als Gelegenheit wahr, mir seine ewigtreue Liebe vorzuführen. Und jetzt wurde ich ihn verdammt noch mal nicht mehr los. Ich hatte meine Wunden lange genug geleckt. Endlich hatte ich meinen Liebeskummer vergessen, er bedeutete mir nichts mehr – weniger als nichts. Und jetzt stand er wieder vor mir und ging mir sowas von auf die Nerven!

Was man haben kann, will man nicht, und was man hat, ist nicht gut genug.

Hmpf!

„So, dann setzt euch, ihr Lieben! Paul, du sitzt hier neben Anna."

Mit einem breiten Lächeln präsentierte sie ihre Schokoladenspezialgeburtstagstorte.

„Anna, Liebes, jetzt musst du erst die fünfundzwanzig Kerzen auspusten. Und wünsch dir was!"

O Mann. Ich konnte es kaum ertragen. Wo war Marty McFly mit seiner Zeitmaschine, oder wie hieß Michael J. Fox noch mal in „Zurück in die Zukunft"? Ich hätte nichts lieber getan, als mich aus dem Kaffeekränzchen wegzubeamen.

Um des lieben Friedens willen beließ ich es bei einem Augenrollen und spielte mit. Mit Mama zu kämpfen schaffte ich in meiner akuten Verfassung definitiv nicht.

„Ach, wie schön, Anna, ich hoffe, du wünschst dir das Richtige." Pauls blendend weiße, gerade Zähne strahlten mich an.

„Ja, ganz bestimmt, du Arsch. Ich wünsch mir, dass du dich in Luft auflöst!", dachte ich, sagte aber stattdessen:

„Wir werden sehen, Paul.“

Ich lächelte ihn mechanisch an. Vielleicht war ich nicht erfolgreich, vielleicht war ich nicht besonders hübsch. Für meine 1,70 war ich viel zu dünn, meine langen, braunen Haare hätten mal wieder einen Schnitt vertragen können und meine Haut war nach der durchtanzten Nacht grau, der Spiegel im Flur meiner Mutter hatte jedes Detail widerwärtig genau gezeigt.

Aber ich hatte auch meinen Stolz.

Den Punkt der Verzweiflung hatte ich lange hinter mir gelassen. Nur meine blöde Mutter wollte es einfach nicht verstehen.

Damn.

Wenn Daddy doch nur hätte hier sein können. Er wäre auf meiner Seite gewesen. Wahrscheinlich hätte er Paul damals die Zähne ausgeschlagen.

Ich fühlte, wie ein Grinsen auf meinem Gesicht erschien. Das hätte mir gefallen. Daddy beschützt seine kleine Prinzessin. Wie früher.

Mein Vater kam leider selten zu Besuch. Sein Job als Sachbearbeiter brachte ihm nicht genug ein, um mehrmals im Jahr nach Deutschland fliegen zu können. Aber wir sahen uns trotzdem, so oft es ging. Die Ferien verbrachte ich während meiner Schulzeit meistens bei ihm. Ich hatte viele schöne Erinnerungen an verregnete Sommertage in Nordengland. Er fehlte mir. Mit ihm musste ich nicht viel reden, er verstand meine Sorgen und meine Gedanken auch ohne große Worte. Es hatte lange gedauert, bis ich akzeptieren konnte, dass ich keine echte Familie mit Mama und Daddy mehr hatte. Mittlerweile kam ich gut damit klar, nur in Momenten wie diesen vermisste ich ihn. Auch als Erwachsene brauchte man gelegentlich eine Schulter zum Anlehnen.

Mamas Torte war wie immer ein echter Knaller, aber nach dem ersten großen Stück musste ich kapitulieren. Zu mächtig für meinen gereizten Magen. Paul machte meiner

Mutter ein Kompliment nach dem anderen, er hatte es einfach drauf, weibliche Wesen, egal welchen Alters, für sich zu gewinnen. Sie hing ihm förmlich an den Lippen und zwinkerte mir mehrmals verschwörerisch zu. Als ob sie nicht gewusst hätte, dass ich mich von ihm getrennt hatte, weil er mich nach Strich und Faden betrogen hatte. Plötzlich wünschte ich mir einen großen Schnaps, und das trotz meiner guten Vorsätze. Aber auch dieses Flehen wurde nicht erhört. Mama machte sich daran, den Tisch abzuräumen und Herbert machte währenddessen ein Schläfchen auf dem betagten Sofa. Genug für Paul, um näher zu rücken und mich vollzuquatschen. Reden, das konnte er wirklich verdammt gut. Und ich erinnerte mich ziemlich schnell daran, warum ich damals auf ihn reingefallen war.

Gegen sieben verabschiedete ich mich von meiner Familie, bevor ich meine guten Vorsätze schon nach wenigen Stunden vergaß. Mit Unbehagen dachte ich daran, dass ich mich zudem noch auf mein Vorstellungsgespräch am nächsten Tag vorbereiten musste. Dieses Mal wollte ich es richtig machen. Mein neues Leben mit 25!

Leider nutzte Paul die Gelegenheit, um mit mir allein zu sein. Ich war irgendwie nicht überrascht, er war sicher aus einem ganz bestimmten Grund zu meinem Geburtstagskaffee bei Mama aufgetaucht. Das hatte er mir in den letzten Stunden auch schon deutlich zu verstehen gegeben. Er hatte aber auch eine verdammt breite Brust und dieses verführerisch strahlende Lächeln.

Mist.

Bleib stark!, schrie Mr. Doubleyou mich an.

„Anna, warte doch mal. Ich muss mit dir reden.“ Seine braunen Augen nagelten mich fest und meine blöden Beine verweigerten mir ihren Dienst und bewegten sich keinen Millimeter von Paul weg.

„Haben wir nicht schon hundertmal miteinander geredet? Ich glaube, es gibt nichts mehr zu sagen.“, protestierte ich leise.

„Ich liebe dich, Anna. Wie oft soll ich es wiederholen? Es tut mir leid."

Mit seinem treuen Hundeblick und den sanften braunen Augen blinzelte er mich an, dann umarmte er mich und meine Beherrschung schmolz dahin. Ob es an der Müdigkeit oder der emotionalen Belastung des Vierteljahrhunderts lag, konnte ich nicht sagen … Aber ehe ich mich versah, stand ich knutschend mit ihm im Park. Und, meine Güte –, küssen konnte er ... Mein Körper konnte sich viel zu gut an vergangene Zeiten erinnern. Was unser Liebesleben betraf, hatten wir immer gut harmoniert. Ich wurde schwach, schmiegte mich in seine starken Arme und ließ mich von ihm küssen. Es war schön, begehrt zu werden.

Mein Herz raste und mein Atem ging nur noch flach. Mein Gehirn hatte bereits vor einigen Minuten den Dienst beendet und meine Hormone hatten das Kommando übernommen.

Ich weiß nicht, wie lange wir dort standen, aber wir landeten am Ende in seiner Wohnung und ich fand mich nackt und ziemlich befriedigt in seinem Bett wieder. Paul schnarchte leise.

Wir hatten wieder miteinander geschlafen.

Herrgott noch mal, Anna! Wo war meine Beherrschung, mein Selbstwertgefühl geblieben? Jetzt war ich wieder nur eine von vielen. Ich war doch schon über diesen Punkt hinaus. Warum tat ich mir das immer wieder an?

So leise wie möglich zog ich mich an. Was wäre, wenn …? Wenn er mich nicht betrogen hätte, wären wir dann vielleicht immer noch ein Paar? Mit einer rosigen Zukunft? Happily ever after? Wer wusste das schon. Was ich jetzt wusste, war nur, dass ich so schnell wie möglich hier weg musste. Sonst fing alles von vorne an.

„Anna, Süße. Geh nicht! Komm wieder ins Bett!" Er

winkte mich schlaftrunken zu sich.

„Ach, Paul. Es tut mir leid. Es war ein Fehler. Zwischen uns ist alles gesagt."

Mit dieser abgedroschenen Floskel rannte ich aus dem Apartment. Pauls Wohnung lag ungefähr fünfhundert Meter vom Park und einen guten Kilometer von der Wohnung meiner Mutter entfernt. Hoffentlich lief er mir nicht wieder hinterher, um mir auf dem ganzen Weg zu meinem Auto eine Szene zu machen. Wie beim letzten Mal.

Beim letzten Mal?

Da war ja was.

Aus irgendeinem unerfindlichen Grund fiel ich immer wieder auf die Betörungen des Paul Hinze rein. Schrecklich. Mr. Doubleyou fand das gar nicht gut. Laut und absolut nicht erfreut meldete er sich zu Wort:

Was soll das, Anna? Wirst du niemals erwachsen? Heute sollte das neue Leben anfangen? Und als erstes hüpfst du mit deinem Ex in die Kiste?

Jaja, schon gut. Ich hatte es begriffen. Der Geist war willig, das Fleisch war schwach.

Ich war etwas aus der Puste, als ich meinen Wagen erreichte. Vielleicht war Sport mal wieder angebracht, im Stillen fügte ich es auf der Liste für mein neues Leben hinzu. Für heute hatte ich aber genug von allem. Gemächlich schlich ich mit meiner roten Klapperkiste durch Hamburg. Wenn ich noch geraucht hätte, hätte ich mir jetzt eine Kippe angesteckt. Aber das hatte ich ein Jahr zuvor aufgegeben. Schlecht für den Teint und für den Geldbeutel.

Mist.

In diesem Moment bereute ich den Entschluss. Das Telefon klingelte und mein Vater gratulierte mir zum Geburtstag. Das lenkte mich von meinem erneuten Fehltritt mit Paul ab und ich genoss es, eine Weile mit ihm zu plaudern.

Es war bereits dunkel, als ich meinen Wagen in einer winzigen Parklücke abstellte und mich auf den Weg in unsere Wohnung machte. Hoffentlich war Isi schon im Bett. Auf ihr Verhör hatte ich gar keine Lust. Sie merkte immer sofort, wenn was im Busch war.

Ich hatte Glück. Keine Spur von Isabelle, und ihre Zimmertür war geschlossen. Seufzend verschwand ich in unserem Bad mit den bahamabeigen Fliesen und dem türkisen Duschvorhang. Stylisch war es nicht, aber gemütlich. Überall standen kleinen Fläschchen mit Parfüms, Shampoo, Bodylotion oder sonstigen Kosmetikartikeln. Ein echtes Mädchenbad. Nachdem ich mich bettfertig gemacht hatte, recherchierte ich noch ein wenig über die Stein Energy Holding AG und machte mir einen kleinen Notizzettel über potenzielle Antworten für das morgige Vorstellungsgespräch. Das war eigentlich nicht meine Art, aber ich wollte mein Leben verändern – und das ging sicherlich nicht ohne etwas mehr Eigeninitiative.

3

Tief durchatmen.

Ich stand vor dem Gebäude der Stein Energy Holding AG und das Herz schlug mir bis zum Hals. Ich war zehn Minuten zu früh, aber es schadete sicherlich nicht, frühzeitig dort zu sein, um einen guten Eindruck zu hinterlassen und zu zeigen, wie zuverlässig ich war.

Die Dame an der Information wies mir den Weg in den zehnten Stock, dort läge das Büro des Chefs und ich solle mich im Vorzimmer seines Büros melden.

Wahnsinn. Das war das coolste Gebäude, das ich jemals betreten hatte. Der helle, marmorierte Eingangsbereich war offen und großzügig eingerichtet. Es gab zwei Drehtüren, die in das Foyer führten. Von dort aus gelangte man zu den Aufzügen. Vor meinem geistigen Auge spielte sich ein netter Film ab, in dem ich eine glorreiche Hauptrolle spielte. In unglaublich tollen Designerklamotten und Schuhen mit mörderischen Absätzen schwebte ich vorbei und trug die geheimen Akten zur Rettung der Welt in die nächste Konferenz …

Das Bing des Lifts riss mich in die Gegenwart zurück. Oben angekommen lief ich den Flur entlang bis zum

Vorzimmer des Chefs, der eine neue Assistentin suchte. Die ich werden wollte! Was das wohl für ein Typ war? Ein Gespräch zur Vorauswahl mit dem Personalchef hatte ich eine Woche zuvor, offensichtlich erfolgreich, gemeistert. Ich war mir nicht sicher, ob der schleimige Typ mehr von meinem Outfit oder meinen Antworten begeistert gewesen war. Ekelhafter Kerl, fettige Haare, Übergewicht und eine übertrieben protzige Rolex am Handgelenk. Aber wenn sogar der Personalchef sich eine Rolex leisten konnte, musste das hier genau die richtige Firma für Anna Barker sein.

Ich stellte mich bei der scheidenden Vorzimmerdame vor, einer schlanken Blondine in den Vierzigern, die mir anschließend den Weg ins Chefbüro wies. Ihr Stuhl sollte also – hoffentlich – mein Stuhl werden.

Sie öffnete mir die Tür und ich trat ein – heilige Mutter Maria! Ich schaffte es gerade noch, einen Pfiff durch die Zähne zu unterdrücken. Die Einrichtung war mehr wert als ich je in einem Jahr verdient hatte.

Alles durchgestylt mit schwarzen USM-Haller-Büromöbeln. An den Wänden hingen diverse Kunstwerke und neben dem schwarzen Ledersofa standen rechts und links merkwürdige Skulpturen. Die hatten wahrscheinlich ein Vermögen gekostet, aber schön waren sie nicht. Obwohl ich nicht in der Welt der Reichen aufgewachsen war, hatte ich durch die Zeit mit Paul viel über „wichtige" Statussymbole gelernt. Es war mir zwar nicht ganz klar, warum man für einen simplen Tisch unter Umständen mehrere Tausend Euro bezahlen sollte, nur weil er von einer bekannten Firma hergestellt wurde, aber mit einer Prada-Handtasche war das wohl ähnlich. Das Prinzip hatte ich verstanden, auch wenn ich mir wahrscheinlich niemals eine leisten würde können. Nicht mit meinem derzeitigen Einkommen jedenfalls.

Herr Stein stellte sich als schlanker, älterer Herr mit grauen, etwas verwuschelten Haaren heraus. Kaum hatte er mich freundlich begrüßt und mir den Stuhl gegenüber von seinem blankpolierten Schreibtisch angeboten, öffnete sich die Bürotür und eine zierliche ältere Dame in einem Chanel-Kostüm kam nach einem knappen Nicken in Richtung Schreibtisch direkt auf mich zu.

„Guten Tag, liebe Frau, äh…“

„Barker“, half ich ihr aus.

„… Frau Barker, ach, wie schön! Ich freue mich, dass ich Sie auch gleich treffe. Ich bin Frau Stein. Kommen Sie doch hier herüber, das ist viel gemütlicher. Ich war zufällig in der Gegend und dachte, ich nehme beim Gespräch teil.“

Sie duldete offensichtlich keinen Widerspruch, und Herr Stein stand mit einem Lächeln auf, ging zum Sofa und platzierte sich zur Rechten seiner Frau. Zum Glück hatte ich nichts besonders Aufreizendes angezogen, sonst hätte mich Frau Stein wahrscheinlich direkt wieder aussortiert. Jetzt richtete Herr Stein das Wort an mich:

„Herr Schneider war nach Ihrem Gespräch letzte Woche ganz begeistert von ihnen, Frau Barker.“ Er lächelte mich freundlich an.

Hoffentlich hatte der Macho-Arsch-Personaler nicht vor, mich anzugraben, falls ich eingestellt wurde.

„Wie Sie wissen, suche ich eine persönliche Assistentin. Das Aufgabengebiet wurde Ihnen bereits dargestellt. Wichtig wäre mir zu klären, ob Sie Probleme damit hätten, viel zu reisen. Wären Sie bereit, durchschnittlich eine Woche im Monat, gelegentlich mehr, auf Abruf auch kurzfristig zu verreisen und sich um alle diesbezüglichen Arrangements zu kümmern? Außerdem erwarte ich von meiner persönlichen Assistentin die permanente Kontrolle meiner eingehenden E-Mails. Sehen Sie, ich bin ein alter Mann, ich habe erst sehr spät gelernt, mit Computern und diesen ganzen elektronischen Dingen umzugehen, und um ganz offen zu sein: Ich meide es, wo immer ich kann. Dennoch muss ich mich der heutigen Zeit anpassen und erreichbar sein, um auf dem Laufenden zu bleiben.“

Ich holte gerade Luft, um meine uneingeschränkte

Bereitschaft für diese Aufgaben zu versichern und dass das quasi meine Lieblingsbeschäftigung sei, aber er hob die Hand und fuhr fort:

„Außerdem ist es sehr wichtig für mich, dass ich auf meinen Reisen im Ausland und bei meiner Korrespondenz in Englisch einen guten Eindruck hinterlasse. Aber damit dürften Sie als halbe Britin ja wohl kein Problem haben, oder?“

Das klang ganz schön anstrengend. Natürlich würde ich alles, was er forderte, sofort zusagen. Die Zweifel würden mich nie weiterbringen, also schob ich die Fragen, ob ich das alles schaffen würde, beiseite und ignorierte das flaue Gefühl im Magen, das sich unweigerlich beim Stichwort „Reisen“ einstellte.

Ich hatte panische Flugangst. Der Reiz der fernen Länder war groß – solange ich weit genug vom Flughafen entfernt war. Aber darüber wollte ich mir jetzt keine Gedanken machen. Also verkündete ich großzügig mein Einverständnis mit den Konditionen.

„Eine letzte Frage habe ich dann auch noch. Es ist mir wichtig, zuverlässige Mitarbeiter zu haben, ich muss mich auf Sie verlassen können. Und ich habe gesehen, dass Sie ihr Studium abgebrochen haben. Darf ich fragen, warum?“

Für einen Moment schwieg ich. Womit sollte ich anfangen? Von vorne nach hinten oder von unten nach oben … egal. Sie warteten auf eine Antwort. Los!

„Selbstverständlich bin ich mir der Verantwortung durchaus bewusst, die ich in einer solchen Position innehaben würde.“

War ich das wirklich? Ich nickte zumindest bestätigend.

„Zuverlässigkeit und Gründlichkeit sind für mich selbstverständlich. Das Studium habe ich abgebrochen, weil mir klar geworden ist, dass meine größte Motivation im Praktischen, Organisatorischen liegt, nicht im Theoretischen. Da ich Englisch genauso gut wie Deutsch spreche, war es für mich nie ein Problem, entsprechende Stellen zu bekommen. Es hat große Vorteile, zweisprachig aufzuwachsen. Zumal mein Vater darauf bestand, dass ich auch in seiner Muttersprache lesen und schreiben kann. Und wenn ich mit Menschen zusammenarbeiten kann, fühle ich mich am wohlsten, dazu brauchte ich kein Studium, verstehen Sie?“ Hoffentlich klang ihnen das nicht zu weit hergeholt. Schnell fuhr ich fort: „Außerdem bin ich ungebunden. Reisen sind daher kein Problem für mich.“

Ich machte eine kleine Pause und holte tief Luft. Ich erzählte noch etwas darüber, dass ich bereit war hart und viel zu arbeiten und dass ich ein echtes Organisationstalent war.

Herr und Frau Stein hatten aufmerksam zugehört und als ich vorsichtig zu ihnen hinüberschaute, sah ich, dass beide lächelten. Herr Stein antwortete mit einem, wie ich fand, aufmunternden Nicken: „Vielen Dank. Machen wir es kurz, ich möchte Ihnen eine Chance geben, Ihre Art gefällt mir. Es gab zwar noch einige andere Bewerberinnen, aber ich suche jemanden wie Sie und würde gerne unmittelbar mit einer sechsmonatigen Probezeit beginnen. Ich bin mir durchaus bewusst, dass Sie wenig Erfahrung in diesem Bereich haben, aber Ihre Zweisprachigkeit und, wie Sie sagen, Ungebundenheit, sprechen für Sie. Sie haben mich überzeugt. Da fackele ich nicht lange. Das werden Sie früher oder später selbst erfahren.“

Wow. Na, das lief ja mal gut. Yeah! Hatte ich den Job wirklich?

„Vielen Dank. Das freut mich! Ich hatte natürlich gehofft, dass ich die Stelle bekommen würde. Das ist eine echte Chance für mich. Nennen Sie mich doch bitte Anna, ich finde das viel angenehmer.“ Mir wurde heiß bei meinem forschen Vorstoß mit dem Vornamen, aber die beiden wirkten entspannt.

„Sehr gerne, Anna..“ Herr Stein hob die Augenbrauen und grinste dabei.

„Dann ist ja alles prima! Können Sie morgen bereits anfangen?“

Wie, morgen anfangen? Ich war etwas perplex und hoffte, dass man mir nichts anmerken würde.

„Ja, ich könnte morgen bereits anfangen." Wellen des Glücks durchfluteten meinen Körper, ich hatte es geschafft! Ich lächelte selig, während wir uns händeschüttelnd verabschiedeten.

Als ich drei Stunden später mit mehreren Tüten in den Armen zu Hause ankam, empfing mich Isabelle mit einer Flasche Sekt. Ich hatte ihr sofort nach dem Gespräch eine SMS geschickt, weil ich wusste, dass sie auf heißen Kohlen saß. Deswegen war sie meine beste Freundin, sie fieberte mit, als wäre es um ihre eigene Zukunft gegangen. Indirekt auch nicht ganz falsch, denn ich schuldete ihr meinen Mietanteil seit zwei Monaten.

„Wusste ich es doch, mein Mädchen! Gut gemacht! Was hast du denn da?"

„Mensch, Isi. Das muss gefeiert werden. Außerdem kann ich auch nicht rumlaufen wie ein Vollhonk in meinem neuen Job!" Ich stellte die Tüten neben unserem schiefen Schuhregal ab.

„Spinnst du, dein Konto ist tief-, tief-, tiefrot!" Sie ließ die Flasche sinken und sah ein wenig verzweifelt aus.

„Aber bald kommt Cash in die Kasse!" Ich grinste sie an und schob sie in unsere Küche.

„Du machst mich fertig!", kapitulierte sie seufzend und goss die prickelnde Flüssigkeit in zwei Sektkelche ein.

„Hör auf damit. Und jetzt gib endlich das Glas her!" Ich riss ihr das Glas förmlich aus der Hand.

„Frech wirst du auch noch, wo soll das noch hinführen. Prost!"

Sie umarmte mich kurz und wir tranken unseren Sekt. Isabelle war so anders als ich. Deswegen passten wir auch so gut zusammen. Blond, durchtrainiert und smart. Keine Probleme im Marketingstudium, immer zielorientiert und fokussiert. Ich war mir sicher, dass sie spätestens im nächsten Jahr die Eventagentur leiten würde, bei der sie jetzt angestellt war. Und meine Schulden bei ihr würde ich gleich nach dem ersten Gehaltsscheck begleichen. Ich war schließlich keine Mietnomadin. Fünfundzwanzig war genau das richtige Alter, um endlich erwachsen zu werden, dazu gehörte auch, dass ich meine Rechnungen bezahlen konnte.

4

Nach einer unruhigen Nacht, in der ich mich nach wirren Träumen schlaflos hin und her gewälzt hatte, entschloss ich mich, etwas Rouge aufzulegen. Glücklicherweise hatte ich bei meinem kleinen Shoppingausflug einen wunderschönen schwarzen Bleistiftrock und eine weiße Bluse zu einem erschwinglichen Preis ergattern können. Damit war mein Äußeres trotz Schatten unter den Augen so adrett wie noch nie. Und was den Preis anbelangte …, was kümmerte mich das überhaupt noch. Demnächst hatte ich Kohle wie Heu.

Hurra!

Wie Heu war möglicherweise übertrieben, aber deutlich mehr, als ich jemals durch meine Gelegenheitsjobs als Übersetzerin oder Kellnerin bekommen hatte. Vielleicht würde ich mir auch damit nicht unendlich viel Luxus leisten können, aber das brauchte ich auch gar nicht.

Dass ich endlich alle Rechnungen pünktlich bezahlen konnte, war schon eine unendliche Erleichterung. Und Isi würde es mir ebenfalls danken, denn sie war bisher immer meine letzte Rettung gewesen. Aber damit war jetzt

Schluss.

Nachdem ich gegenüber dem Hauptgebäude meines neuen Arbeitgebers vor einem Bistro aus dem Bus gestiegen war, bewunderte ich mein Spiegelbild in dem Bistrofenster. Ich drehte mich zur Seite und strich den Rock glatt. Ganz ansehnlich, Anna!

Hinter der Scheibe zwinkerte jemand, ganz offensichtlich amüsiert. Verdammt. Ich wünschte, der Boden würde sich auftun. Der Ozeanmann! Warum musste immer mir so etwas passieren?

Wieso konnte ich nicht vorher sehen, dass da jemand saß? Und dann auch noch ER? Ich nahm meine Beine in die Hand und verschwand, so grazil mir das auf den Mörderabsätzen möglich war, im Hauptgebäude der Stein Energy Holding AG. Nachdem sich die Türen des Lifts hinter mir geschlossen hatten, lehnte ich mich an die kühle Stahlwand und schloss die Augen.

Das fing ja gut an.

Hatte Mr. Doubleyou mal wieder recht gehabt. Das zweite Mal Ozeanmann war fast noch peinlicher als das erste Mal in der Bar gewesen. Der Mann musste wirklich denken, dass ich eine Meise hatte. Mir fiel ein weiteres blödes Sprichwort ein, das etwas mit drei zu tun hatte, aber ich wollte den Gedanken nicht zu Ende denken. Bei meinem Glück würde ich mich bei einer möglichen dritten Begegnung noch mehr blamieren als bei den ersten Malen. Ich hoffte, dass das niemals passieren würde. Als ich oben eintraf, wurden meine Hände feucht und ich musste schlucken, jetzt wurde es ernst. Mein erster Tag im neuen Job.

Gegen elf hatte ich mich erholt und meine Nervosität ließ endlich nach. Ich war froh, dass Herr Stein am frühen Morgen mit einigen wichtig aussehenden Männern in seinem Büro zu einer Sitzung verschwunden war. So hatte ich Ruhe, um mich in meinem Büro einzuleben.

Mein Büro! Wie geil!

Ein Notebook wurde gerade vom IT-Mann Hansi für mich eingerichtet. Mein persönliches Firmen-iPhone und Firmen-iPad lagen bereit. Die Blondine vom Vortag hatte mir eine Liste hinterlassen mit allen, ihrer Meinung nach notwendigen Kontakten, unter anderem Reisebüro, Hausarzt, Stein privat, Rechtsanwalt, Reinigung, Alsterhaus, Deutsche Botschaft Shanghai/Hongkong/Tokio/New York/Paris/London. Das war so aufregend!

Ich konnte mein Glück kaum fassen. Ich war konzentriert dabei, alle möglichen Funktionen und Apps auf dem iPad auszuprobieren, und bemerkte daher nicht, dass jemand ins Büro kam.

„Hallo, Anna!“

Ich blickte auf und sah – den Ozeanmann!

Ich erlitt einen Schock und starrte ihn stumm mit offenem Mund an.

Wie ein Fisch.

Scheiß auf „Aller guten Dinge sind drei!“ Das war doch nicht die Möglichkeit!!

„Schön, dass ich dich wiedersehe. Du schuldest mir noch deine Telefonnummer. Seit wann arbeitest du hier? Ich bin Jonas Ackermann.“

Lieber Gott, lass das nicht wahr sein! Was macht der hier? Wieso immer ich?, flehte ich lautlos.

Irgendwann fand ich die Sprache wieder.

„Ja. Hallo. So klein ist die Welt. Anna Barker. Freut mich auch.“

Ich stand auf und reichte ihm die Hand. Ganz offensichtlich arbeitete er hier.

O Gott, was für eine Scheiße.

Da machte ich einmal etwas Unüberlegtes und dann arbeitete der Typ in MEINER neuen Firma? Wieso, Gott? Was hatte ich falsch gemacht? In meinem neuen seriösen Leben machte Anna Barker nicht solche Dinge. Ganz großer Mist.

Sanft und kraftvoll drückte Jonas meine Hand. Wenn ich nicht sofort wieder an den Kuss hätte denken müssen, hätte es sich richtig gut angefühlt, seine warme Haut auf meiner zu spüren. Ich blickte ihm etwas zu lange in die ozeanblauen Augen und vergaß deshalb, meine Hand zurückzuziehen.

Peinliches Schweigen breitete sich im Raum aus. Ich war immer noch viel zu perplex, um zu sprechen. Glücklicherweise öffnete sich die Tür zum Büro von Herrn Stein. Schnell zog ich meine Hand zurück und richtete meine Frisur. Meine Hände zitterten ein wenig und mein Puls war weit über hundertachtzig.

„Anna, Jonas. Ich sehe, ihr habt euch schon miteinander bekannt gemacht. Wie ist der erste Tag? Haben Sie sich schon ein bisschen bei uns eingelebt? Jonas, wir haben schon auf dich gewartet, bitte komm doch herein. Anna, könnten Sie einmal beim Empfang nachfragen, ob wir hier oben noch etwas Kaffee und einige Sandwiches bekommen könnten? Vielen Dank."

„Natürlich, Herr Stein. Mache ich sofort." Meine Beine fühlten sich wackelig an, jetzt bloß nicht ohnmächtig werden.

„Bis dann, Anna." Der Ozeanmann, äh Jonas, strahlte mich an und verschwand hinter Herrn Stein in dessen Büro.

Ich ließ mich in meinen großen, schwarzen Drehstuhl fallen und schloss die Augen. Es wäre keine Sekunde länger gutgegangen, dann wären meine Beine ohnehin weggeknickt.

Ich schlug mir mit der flachen Hand gegen die Stirn.

Bereits am ersten Tag als leichte Beute verschrien! Das konnte mal wieder nur mir passieren. Soviel zu den guten Vorsätzen bezüglich meines neuen, seriösen Lebens. Bereits an Tag zwei war das Kartenhaus zusammengebrochen. Jonas musste von mir denken, dass ich ein Flittchen war.

Irgendwo tief versteckt unter meiner Scham bemerkte ich noch eine andere Regung. Meine Wangen wurden ganz heiß, als ich feststellte, dass ich mich auch freute, ihn wiederzusehen. Wer hätte das gedacht.

Vergiss es, Anna. Wage noch nicht mal, daran zu denken!

Ja, ja. Schon gut.

Mr. Doubleyou hatte Recht, und ich musste zugeben, der Vernunft zu folgen war hier tatsächlich angebracht. Ich brauchte diesen Job und das war vielleicht meine letzte Möglichkeit, den Absprung aus der Gelegenheitsjobwelt zu schaffen. Das erinnerte mich daran, dass Herr Stein mich gebeten hatte, etwas für ihn zu erledigen, was ich besser schnellstens in Angriff nahm. Denn ich hatte vor, den Job über die Probezeit hinaus zu behalten und konnte nur hoffen, dass Jonas seine Klappe hielt.

Kaffee und Sandwiches! Hastig stand ich auf und stieß mit dem rechten Knie gegen die Tischkante. Der Schmerz schoss mir bis ins Kreuz. Es geschah mir recht. Tagträume am ersten Arbeitstag konnten das Aus für alle weiteren Pläne bedeuten.

Susi vom Empfang war freundlich und erklärte sich bereit, die Chefetage mit dem Nötigsten zu versorgen. Wunderbar. Damit hatte ich meinen ersten Auftrag erfolgreich ausgeführt. Wenn es nach mir gegangen wäre, hätte er allerdings etwas spektakulärer sein dürfen, vom Weltretten war das noch ziemlich weit entfernt. Nach meinem Beinahe-Zusammenbruch vorhin war es aber vielleicht gar keine so schlechte Idee, erst einmal kleinere Brötchen zu backen, bevor ich mich an die wirklich gefährlichen Aufträge wagte.

Gegen 15 Uhr verließen jede Menge Männer in dunklen Anzügen das Büro, nur Herr Stein und Jonas blieben unsichtbar. Nach hundert Stunden schien sich dann endlich was zu regen. Ich war unglaublich zappelig, was ich mir überhaupt nicht erklären konnte. Die Tür öffnete sich, Ozeanmann sprach aber noch in den Raum. Lachte über etwas, das Herr Stein ihm sagte und schloss gemächlich die Tür. Dann spazierte er Richtung Vorzimmer. Ich tat, als würde ich gerade etwas in den Computer eintippen und beobachtete ihn aus dem Augenwinkel.

„Ciao, Anna, ich wünsche dir noch einen schönen Tag!“ Jetzt hob ich den Kopf und mein Blick traf auf ein strahlendes Augenpaar. Die Farbe war so intensiv, dass es mir den Atem verschlug.

„Tschüss. Gleichfalls schönen Tag.“ Meine Stimme klang, als hätte ich gerade einen Hundertmeterlauf hinter mir. Ich spürte die Wärme an meinem Hals nach oben kriechen, bis mein Gesicht brannte. Warum musste ich jetzt auch noch rot anlaufen, wie ein dummer Teenager. Er bedachte mich erneut mit seinem strahlenden Lächeln und verschwand dann aus dem Vorzimmer. Ich schaute ihm hinterher. Jonas sah einfach unfassbar gut aus, der dunkelblaue Anzug war garantiert maßgeschneidert, denn er betonte seine breiten Schultern und die schmalen Hüften perfekt.

Ein echtes Sahneschnittchen!

Anna, reiß dich zusammen. Fokus!

Mr. Doubleyou hatte es wie immer auf den Punkt getroffen und ich lehnte mich seufzend zurück. Ich würde mir etwas mehr Mühe geben müssen, um meine Pläne, erwachsen zu werden, erfolgreich umsetzen zu können.

Auf dem Nachhauseweg sah ich die SMS von Paul. Mir wurde leicht übel.

Auch das noch. Mr. Doubleyou versohlte mir imaginär den Hintern, dass ich so blöd sein konnte, wieder mit ihm in der Kiste zu landen. Als ob ich das nicht selber gewusst hätte. Mich wieder und wieder von dem Idioten flachlegen zu lassen, war das beste Rezept für ein dramatisches Leben mit ewig wiederkehrendem Unglück. Als Start in mein neues, rechtschaffenes Leben wahrlich ein Griff ins Klo.

„Liebe Anna, ruf mich an. Ich vermisse dich. Es war sehr schön. Paul xxx."

Den Teufel würde ich tun!

Ich steckte das Handy wütend zurück und grummelte leise vor mich hin. Für den heutigen Tag hatte ich genug Aufregung gehabt und bemerkte, wie hungrig ich war, zu essen hatte ich den Tag über vergessen. Daher entschloss ich mich für etwas besonders Leckeres. Mit einer großen Portion Pasta von Vapiano ließ ich mich zwanzig Minuten später auf einer Parkbank nieder. Die sportwütigen Hamburger joggten mit sehnsüchtigen Blicken an mir vorbei. Das Leben konnte auch angenehm sein!

Als ich nach Hause kam, fläzte Isi auf unserem durchgesessenen Sofa und zappte durch das Fernsehprogramm.

„Hey, wie war dein erster Tag?" Sie richtete sich auf und schaute mich gespannt an. Ich kickte die Pumps von den Füßen und stellte meine Handtasche ab, bevor ich zu ihr rüber kam.

„Ich bin fix und alle. Ich hatte ja keine Ahnung, dass ein echter Job so ermüdend ist." Ich ließ mich vorsichtig zu ihr aufs Sofa plumpsen, der Rock musste ja nicht gleich Knitterfalten bekommen.

„Es ist bestimmt nur, weil es dein erster Tag war. Morgen geht's sicher schon leichter." Hoffentlich hatte sie Recht, ansonsten war ich in ein paar Wochen ein Burnout-Fall.

„Ja, klar. Es ist aber auch ziemlich cool, muss ich sagen. Stell dir mal vor, ich hab ein iPad, ein iPhone und ein Notebook bekommen!"

„Was? Du verarschst mich, oder?" Sie hatte ihre Augen weit aufgerissen.

„Nö. Ehrlich!" Ich grinste triumphierend.

„Wow, das ist ja endgeil." Sie nickte anerkennend mit dem Kopf.

„Ha. Ha. Du bist süß." Ich überlegte, ob ich ihr von Jonas erzählen sollte. Dabei knibbelte ich ein Stück abstehende Haut von meinem Daumen ab.

„Spuck es aus, Madame."

Natürlich. Sie kannte mich einfach zu gut. Isabelle wusste, wenn etwas im Busch war.

„Ähm. Naja. Du kannst dich noch an den Abend erinnern, meinen Geburtstag, meine ich?"

„Ja, kann ich. Hat böse geendet. Aber was meinst du? Der Typ auf der Tanzfläche?" Isabelle hatte sich auf unserer letzten Station im Club an einen Typen herangeschmissen, der so gar nicht ihr Kaliber war. Ich wunderte mich, dass sie das überhaupt noch auf dem Schirm hatte, so dicht wie sie zu dem Zeitpunkt schon gewesen war. Ich kaute auf meiner Unterlippe. Es war mir irgendwie unangenehm über die Sache mit Jonas zu sprechen.

„Nee … Ich hab doch den Typen geküsst, da im Christiansens…"

„Ja, und? Nein. Sag mir nicht, der ist dein Chef!", fiel sie mir ins Wort.

Ich verschluckte mich beim Luftholen an der eigenen Spucke und bekam einen mittelschweren Hustenanfall, dabei hatte ich nicht mal ein Getränk in der Hand. Sowas konnte absolut nur mir passieren. Nachdem ich mich wieder einigermaßen beruhigt hatte, brachte ich hervor:

„Nicht direkt. Aber er arbeitet für die Firma. Als Anwalt."

Isabelles Kinnlade klappte nach unten.

„Sowas bringst auch nur du fertig, Miss Barker. Ehrlich. Ich fasse es nicht."

Ich zuckte mit den Schultern. Was sollte ich dazu noch sagen. Hätte ich das vorher gewusst! Aber ich war ja leider keine Hellseherin.

„Was soll ich denn jetzt machen?"

„Na, was schon, du Dummchen. Gar nichts. Du tust einfach so, als ob es nie passiert wäre. Vielleicht hat er es ja auch vergessen."

Ich hob eine Augenbraue nach oben und runzelte die Stirn.

„Klar, man vergisst es, wenn man irgendwie zufällig geküsst wird. Meinen Namen kannte er jedenfalls noch."

„O. Tja. Dann hast du Pech."

Ich stöhnte gequält auf und schlug mir die Hände vors Gesicht.

„Danke. Du bist eine große Hilfe."

„Was soll ich dazusagen, Puppe. Ich denke, es wäre das Beste, nie wieder ein Wort darüber zu verlieren."

„Ich wüsste sowieso nicht, was ich dazu sagen sollte. So in etwa vielleicht, ‚Hey: äh, Jonas, also weißt du, normalerweise küsse ich keine wildfremden Männer, nicht dass du denkst, dass das häufiger vorkommt, ich bin eigentlich ganz zuverlässig. '? Ganz sicher nicht. Hilfe! Es ist so ungerecht."

Isi strich mir aufmunternd über den Rücken, aber es half nichts. Es würde eine Weile dauern, bis ich diese Schmach verdrängt hatte. Vergessen würde ich es nie. Dafür war der Kuss einfach zu gut gewesen.

Die restliche Arbeitswoche verlief glücklicherweise relativ unspektakulär. Wenn ich sage relativ, meine ich: super stressig und trotzdem unglaublich cool. In der nächsten Woche würden wir nach Shanghai fliegen. Shanghai! Wie geil war das denn! Ich hatte viel mit dem Reisebüro und der chinesischen Botschaft zu regeln, innerhalb weniger Tage musste ein Visum für mich besorgt werden, das war so kurzfristig alles andere als einfach. Herr Stein hatte natürlich ein Jahresvisum. Er war ständig dort, um Geschäfte mit den Chinesen zu machen. Ich hatte große Angst, dass das mit dem Visum nicht klappen könnte und ich zu Hause bleiben musste. Aber schließlich hatte ich auch diese Hürde gemeistert, ich hielt meinen Pass mit Visum in Händen und der Reiseplan stand fest.

Hundertmal dachte ich daran, mir Valium zu besorgen, um den Stress davor zu überleben und – wegen meiner Flugangst. Ich schob den Gedanken daran aber zur Seite, Panikattacken konnte ich auch noch bekommen, wenn es so weit war. Fürs Erste hatte ich wichtigere Dinge zu tun.

Am Wochenende wollte ich mir das iPad vornehmen. Ich würde mich gewissenhaft auf meinen ersten Auslandstrip vorbereiten, passende Apps suchen, die mir meinen Job als weltbeste Assistentin erleichtern würden und lernen, wie das Ding überhaupt funktionierte. Natürlich hatte ich mir bis dato kein teures Tablet leisten können und ich wollte am Ende nicht dastehen wie eine Idiotin.

Das großartigste an der Sache war, dass ich in der Business Class fliegen durfte. Ich konnte es, trotz Panik, kaum erwarten und malte mir bereits aus, wie ich in meinem riesigen Flugzeugsessel Champagner schlürfte und mir verschiedene Filme ansah, während mir andere Leute das Essen servierten.

Für mich war es etwas ganz Besonderes, einmal nicht in der Holzklasse zu fliegen, sondern den Luxus der teuren Reiseklasse genießen zu dürfen, und das ganze elf Stunden lang.

5

Ich war überpünktlich.

Um ehrlich zu sein: Ich war am Flughafen, bevor der Check-in überhaupt geöffnet hatte. Meine Nervosität hatte mich zur verfrühten Abfahrt zum Flughafen getrieben. Natürlich hatte ich auch nicht daran gedacht, dass man als Business-Class-Gast einen gesonderten Check-in am Flughafen hat, ebenso wie bei der Sicherheitskontrolle. Daher saß ich viel zu früh am Gate und war eine der Ersten, die in die Maschine nach Shanghai einstiegen. Ich hatte vom Reisebüro einen Fensterplatz reservieren lassen.

Herr Stein flog First Class. Für ihn war die Business Class nicht gut genug.

Wahnsinn.

Es kam mir immer noch alles vor wie ein Traum. Konnte ich echt so einen Glücksgriff getan haben, mit meinem neuen Job? Wie die meisten Leute hatte ich die Aufgaben einer Sekretärin unterschätzt, ich hatte wirklich viel zu tun und trug eine Menge Verantwortung. Bis dato war eine Sekretärin für mich immer nur ein tippendes Blödchen gewesen, aber dieser Job war furchtbar aufregend und hatte mit meinen bisherigen Vorstellungen nur wenig zu tun. Mein Aufgabenfeld war so vielfältig und neu für mich, dass ich davon nur profitieren konnte. Ich hatte keine Ahnung, was mich in weiterer Zukunft noch erwartete, aber es konnte nur noch spannender werden. Die Stein Energy Holding AG war ein Riesenkonzern und allein, dass ich auf Firmenkosten durch die Welt reisen konnte, war es wert, dass ich diesen Job angenommen hatte. Wer machte sich da noch Gedanken über das Klischee eines Sekretärinnenjobs, in dem Kopieren und Kaffeekochen die Hauptaufgaben waren? Ich musste den Kaffee ja nicht mal selbst kochen! Dazu noch das bombige Gehalt. Ich kam zu dem Schluss, dass ich unter Berücksichtigung meiner Lebenssituation, ohne einschlägige Berufsausbildung oder Studium, das große Los gezogen hatte. Ich freute mich, rekelte mich in meinem bequemen Sitz und schlürfte genüsslich den mir angebotenen Champagner. Herrlich! Assistentin zu sein war gar nicht so übel. Warum hatte der Job überhaupt einen so schlechten Ruf?

Nach und nach trafen die anderen Fluggäste ein und die Reihen der Business Class füllten sich. Ich nahm mein iPad vom Nachbarsitz und verstaute es im Fach vor mir. Das Wochenende hatte ich damit zugebracht, mir Bücher, Zeitschriften und alle möglichen hilfreichen Apps aus dem Netz herunterzuladen. Unglaublich, wie viel Zeit man damit verbringen konnte. Die verbliebenen Stunden hatte ich dann damit zu tun gehabt, mir zu überlegen, was ich alles auf dieser Reise benötigen könnte. Ich brach in leichte Panik aus, weil mein Kleiderschrank nicht wirklich viel hergab, also musste ich noch einmal los, die Reisegarderobe aufbessern. Ich konnte es mir jetzt ja leisten! Dann war die Zeit knapp geworden, weil meine Beine gewachst, die Haare nochmal mit einer Colortönung gepimpt, Augenbrauen gezupft und Achseln peinlichst genau rasiert werden mussten. Das volle Beauty-Programm für eine Business-Class-Reise. Für mich stand fest, dass auf einem anderen Kontinent alles möglich war. Ich wollte gewappnet sein.

Nach dem ersten Glas Champagner breitete sich eine wohlige Wärme in meinem Körper aus und mein Kopf fühlte sich seltsam leicht an.

Lecker.

Daran konnte ich mich gewöhnen! Ich schloss die Augen und gab mich meinen Tagträumen von der großen weiten Welt und mir als Businessfrau hin; Shanghai – Hongkong – Dubai, fantastische Hotels und gutaussehende Männer in edlen Anzügen. Großartig! Ich seufzte.

Als ich die Augen wieder öffnete, sah ich einen gut gebauten Männerkörper, der sein Reisegepäck im Fach über mir verstaute.

Ach du meine Güte!

Der Ozeanmann!

Das konnte kein Zufall sein.

Augenblicklich ärgerte ich mich, dass ich das praktische Outfit dem coolen vorgezogen hatte. Nun saß ich in meiner Lieblingsjeans und einem einfachen schwarzen Top in der Business Class und fühlte mich hoffnungslos underdressed.

„Hi, Anna. Ich bin spät dran, wie immer. Der Verkehr auf der A7 ist gruselig. Aber da ich deine Nummer immer noch nicht habe, konnte ich dir nicht mal Bescheid sagen, dass du das Flugzeug aufhältst, damit ihr nicht ohne mich abfliegt." Er grinste mich breit an.

Scheiße.

Er hatte es nicht vergessen. Er dachte tatsächlich, dass ich eine Schlampe war. Es war so unfair. NIEMALS hatte ich einfach so einen Typen geküsst. Da machte man EINMAL eine Dummheit und schon wurde Anna Barker permanent dafür bestraft. Und dann auch noch das Posen vor dem Schaufenster.

O Mann. Es war hoffnungslos mit mir.

„Oh. Hallo. Ja die A7, immer viel Verkehr", beeilte ich mich zu sagen. Etwas Sinnvolleres fiel mir nach meiner gedanklichen Selbstgeißelung leider nicht ein.

„Das klingt nicht gerade begeistert. Hat dir meine Sekretärin keine Mail mit meinen Buchungsdaten geschickt?"

„Vielleicht habe ich das übersehen? Muss ich gleich mal überprüfen. Tut mir leid." Ich tippte schuldbewusst auf meinem iPad herum. So musste ich ihn wenigstens nicht ansehen, denn seine Gegenwart brachte mich ziemlich aus dem Konzept.

„Hey, kein Problem. Alles in Ordnung. Entspann dich. Hier, nimm erst mal ein Glas Champagner." Jonas hielt mir ein weiteres Glas der prickelnden Flüssigkeit vor die Nase.

„Danke." Dass ich bereits einen intus hatte, musste er ja nicht erfahren.

Ich wagte nicht, ihm zu widersprechen. Nach dem Schock musste ich mich erst mal sammeln. Nachdem er letzte Woche aus dem Büro verschwunden war, hatte ich es nicht lassen können, etwas über ihn herauszufinden. „Neugier ist der Katze Tod", hatte meine Mutter früher immer zu mir gesagt, aber dieses Mal, war es gar keine so dumme Idee gewesen. So schien es mir jedenfalls im Moment. Meine Recherchen hatten ergeben, dass Jonas nicht bei der Stein Energy Holding angestellt war.

Das war gut.

Allerdings arbeitete er für eine Anwaltskanzlei, die die Stein Energy Holding bei allen rechtlichen Themen beriet.

Das war nicht gut.

Ich würde ihn also häufiger treffen. Daher nahm ich mir vor, so distanziert wie möglich zu bleiben. Ich wollte mir nicht bereits im ersten Monat der Probezeit Ärger einhandeln.

Meinen Sitznachbar schien das alles nicht sonderlich zu beschäftigen. Jonas packte einen Stapel verschiedene Tageszeitungen aus seiner Laptoptasche und vertiefte sich andächtig in die News. Ich war viel zu aufgeregt, um denken zu können, simulierte aber Interesse am Flugzeugmagazin. Das zweite Glas Champagner hinterließ einen bleibenden Eindruck und ich war ernsthaft beschwipst. Ich hatte vor Aufregung mal wieder so gut wie nichts gegessen, was ich in diesem Moment zutiefst bereute.

Zum dritten Mal überprüfte ich den Sitz des Anschnallgurtes und schaute wiederholt aus dem Fenster. Auf dem Flughafen herrschte geschäftiges Treiben und die Maschine begann, sich ruckartig vom Gate zu entfernen. Plötzlich tauchte Jonas' Gesicht dicht neben meinem auf. Er schaute ebenfalls aus dem Fenster. Im Gegensatz zu mir wirkte er völlig entspannt.

„Ziemlich viel los hier. Du hast doch nicht etwa Flugangst?"

„Ich? Nein, natürlich nicht", rutschte es aus mir heraus.

„Dann ist es ja gut. Auf der Strecke kann es öfter mal Turbulenzen geben."

Was?

Turbulenzen?

Lieber Gott, bitte lass uns lebend ankommen. Ich bin doch noch so jung! Ich will noch nicht sterben!, betete ich still zum Himmel.

„Ach, kein Problem. Ich bin schon so oft geflogen. Ich kenne das. Mein Vater lebt in England." Coolness heuchelnd, versuchte ich unauffällig meine schweißnassen Hände an der Jeans abzutrocknen. Meine Flugangst erreichte einen ersten Pik. Eine Sekunde lang klammerten sich meine Hände an die Armlehnen und ich mobilisierte alles an Selbstüberwindungskräften, was da war, um nicht auf der Stelle wieder auszusteigen.

Einzig und allein die Tatsache, dass mein Vater in England lebte und ich nicht dorthin schwimmen konnte, brachte mich früher überhaupt dazu, in eine solche Höllenmaschine einzusteigen. Denn Schiffsreisen waren fast noch schlimmer. Da hing ich nur über der Reling und kotzte mir die Seele aus dem Leib. Dann lieber eine Stunde Todesangst, als viele Stunden Seekrankheit.

„Prima. Dann können wir den Flug ja genießen."

Lächelnd widmete er sich wieder seiner Tageszeitung.

Wir? Genießen?

Ich wollte es nur überleben.

„Äh. Ja. Sicher." Die Maschine war noch am Boden und ich schaffte es, meine Panik zu unterdrücken, zumindest äußerlich. Ich beobachtete die anderen Fluggäste und mein Blick blieb an Jonas hängen. Er sah ganz entspannt aus. Seine dunklen Haare zerzaust, frisch rasiert, mit einem dunkelblauen Shirt und einer indigofarbenen Jeans. Er hatte seine Schuhe bereits ausgezogen und seine langen Beine lässig von sich gestreckt. Sein Teint war leicht gebräunt, was das leuchtende Blau seiner Augen noch unterstrich.

Jonas ist so HOT.

Wo war dieser Gedanke auf einmal hergekommen? Mr. Doubleyou warnte mich eindringlich und ich versuchte Herr meiner Phantasien zu werden, was gar nicht so einfach war. Ich wandte den Blick mit Gewalt von ihm ab und starrte wieder auf mein Flugmagazin.

„Hast du die Strecken schon auswendiggelernt?" Seine dunkle Stimme klang amüsiert.

„Was?" Ich riss den Kopf herum.

„Na, du starrst jetzt seit fünf Minuten auf das Streckennetz der Lufthansa."

Ups.

„Äh. Ja. Ich muss mich ja vorbereiten."

Ich musste kichern und steckte das Magazin zurück in die Sitztasche vor mir.

Scheiß Alkohol! Am liebsten hätte ich mir selbst eine geklatscht, hielt mich aber zurück. Wenigstens kicherte ich nicht mehr.

„… klappen Sie die Tische nach oben und stellen Sie Ihre Rückenlehne senkrecht."

Die freundliche Stimme der Flugbegleiterin rettete mich aus dieser Situation. Wir schauten beide aus dem Fenster. Ein Hauch seines herben Aftershaves stieg mir in die Nase und mein unermüdlicher Würdewärter warnte mich eindringlich.

Lass es sein, Anna. Er bringt dir nur Ärger! Schöne Männer hat man nie für sich allein.

Ich unterdrückte ein Seufzen und konzentrierte mich in den folgenden Minuten darauf, nicht auszuticken und das ganze Flugzeug mit meiner Panik zu belustigen. Als wir die Reisehöhe erreicht hatten und die Anschnallzeichen nicht mehr leuchteten, atmete ich das erste Mal tief durch und es fiel ein wenig Anspannung von mir ab.

Kurz darauf wurde uns bereits das Abendessen serviert. Und ich fürchte, ich muss erwähnen, dass es vor dem Abendessen noch einen Aperitif gab. Dank Jonas freundlicher Fürsorge bekam ich den dritten Champagner, der mir endgültig das Hirn vernebelte. Ich war dankbar über das Schälchen mit Erdnüssen, das jedem von uns zum Aperitif gereicht wurde, und ich verschlang den Inhalt meiner Snackschale innerhalb weniger Sekunden. Wortlos reichte mir Jonas sein Schälchen,, weiter in irgendeine Tageszeitung vertieft. Ich glaube, es war die China Daily. Die Zeitung interessierte mich allerdings nicht im Geringsten, die schrieben doch sowieso alle den gleichen Mist.

„Danke", murmelte ich mit vollem Mund.

„Bitte, Anna." Er sah mich an und hatte eine Augenbraue spöttisch nach oben gezogen. Und wieder diese blauen Augen. Schmetterlinge flatterten in meinem Bauch. Das musste die Wirkung des Champagners sein.

Definitiv.

Ich räusperte mich und bemühte mich, Jonas' Erdnüsse nicht so herunterzuschlingen wie meine kurz zuvor. Es schien ihn aber auch nicht weiter zu interessieren. Jonas war wirklich die Ruhe in Person. Und dabei sah er auch noch verdammt sexy aus. Mr. Doubleyou verpasste mir die nächste innerliche Ohrfeige, was mich kurzfristig zur Raison brachte. Alkohol und Jonas' Aftershave hatten leider eine zu berauschende Wirkung, das würde ich mir merken und nicht mehr beides zusammenkommen lassen. So war jedenfalls mein Plan. Ich brauche vielleicht nicht erwähnen, dass ich an die hundert Versuche benötigt hatte, um mit dem Rauchen aufzuhören. Meine Erfolgschancen betrachtete ich daher, eher realistisch, als mäßig.

Zum Aperitif wurde uns ebenfalls die Menükarte gereicht. Man konnte jeweils zwischen zwei Vorspeisen und zwei Hauptspeisen wählen. Dann gab es Dessert und/oder Käse. Zwei verschiedene Weiß- und Rotweine. Außerdem diverse Spirituosen und Softdrinks. Aber wer wollte schon Cola, wenn es Champagner gab? Der umnebelte Mr. Doubleyou rührte sich und brummte etwas von Zurückhaltung. Schließlich wollte ich nicht kotzend in der Toilette dieses Flugzeuges enden.

Ganz sicher nicht!

Jonas registrierte die Auswahl nicht einmal.

Klar. Er flog ja ständig. Für ihn war das hier alles Kindergarten. Den beeindruckte so ein olles Menü nicht mehr wirklich.

So unauffällig wie möglich legte ich die Karte zur Seite, aber Jonas entging anscheinend gar nichts.

„Hast du was Gutes gefunden?"

„Ja, mal sehen, eigentlich mag ich Flugzeugessen nicht so wirklich."

„Du wirst sehen, es ist ganz annehmbar."

„Sicher, wir sind ja in der Business Class. Normalerweise kann ich mir so einen Flug gar nicht leisten", gab ich kleinlaut zu.

„Du wirst dich schnell daran gewöhnen. Wenn wir morgen in Shanghai ankommen, wirst du froh über das bisschen Mehr an Komfort sein. Denn dann fängt die Arbeit für uns an. Herr Stein ist nett, aber er erwartet auch volle Leistung von allen Menschen, die auf seiner Gehaltsliste stehen."

„Ja, natürlich. Ich hoffe, ich mache alles richtig."

„Alles ist gut. Entspann dich." Er lächelte mich flüchtig an. „Das wird schon. Immerhin hast du es bis ins Flugzeug geschafft."

Seufz. Ja immerhin. Hoffentlich hatte er Recht.

Ich wollte nicht behaupten, dass das meine letzte Chance auf ein besseres Leben war. Aber bisher hatte ich bei allem versagt. Studium. Job. Liebe. Ich wollte so gerne auch etwas erreichen und nicht immer nur aufzählen, was ich alles verkackt hatte. „Ich weiß, ich sollte das nicht sagen, aber meine bisherige Karriere war nicht sonderlich beeindruckend. Ich möchte das wirklich ändern, ich möchte stolz auf mich sein können. Ich weiß, dass ich es besser kann! Vielleicht kann ich nicht viel, aber das, was ich mache, mache ich gut."

Was redete ich denn für einen Mist? Keinen Alkohol mehr für Miss Blödie!

„Da bin ich mir sicher, Anna." Sein eindringlicher Blick raubte mir den Atem und ich konnte nicht aufhören ihn anzustarren.

Glotz ihn nicht so an! Was soll er denn von dir denken! Und wer würde es ihm verübeln. Schließlich hast du ihn im Christiansens praktisch angesprungen. Er muss ja denken, du bist ein Flittchen!

Wieder hing ich mit meinem Blick an seinen Lippen, verbot mir aber jeden weiteren Gedanken dazu.

Die Vorspeise lenkte mich dankenswerterweise ab und ich beschäftigte mich konzentriert mit der Auswahl. Ich wählte die Antipasti und Jonas machte es mir nach. Mehr oder weniger schweigend aßen wir die italienischen Kleinigkeiten und anschließend das Hauptgericht. Ich bestellte Hühnchen und Jonas den Wolfsbarsch.

Immer noch benebelt vom Champagner versuchte ich, einen klaren Gedanken zu fassen, um die Konversation wiederzubeleben.

„Warst du schon oft in China?"

„Ein paar Mal schon", grinste er mich an. „Ich habe nicht gezählt."

„Ich bin sehr gespannt. Und ich freue mich auch."

„Das ist schön. Ich finde, die erste Woche hast du gut

gemeistert, Anna. Das wird schon."

Woher wusste er das denn? Ich war überrascht, ließ mir aber nichts anmerken und fragte auch nicht weiter nach. Ich wollte gar nicht wissen, was er mit Herrn Stein über mich redete.

Nachdem das Dinner abgeräumt war, schaute ich mir den Film „Best Exotic Marigold Hotel" an. Mit einigem Vergnügen folgte ich der lustigen Rentnertruppe aus England nach Indien, wo sie ihren Lebensabend im vermeintlichen Luxushotel verbringen wollten. Eben dieses entpuppte sich als ein Schatten seiner selbst und die Folgen waren höchst amüsant anzusehen.

Jonas nahm irgendwann die Kopfhörer von meinen Ohren und flüsterte mir leise zu: „Ich mag dein Lachen. Aber ich bin mir nicht so sicher, dass die anderen Passagiere das genauso sehen. Einige Menschen versuchen zu schlafen." Sein warmer Atem streifte meinen Hals. Kleine Schauer liefen mir über den Rücken. Ich hatte eine Gänsehaut.

Oh. Oh. Wie peinlich.

„Sorry. Will try to behave now, Mr. Ackermann!"

Ich blinzelte ihn an und vertiefte mich wieder in meinen Film. Doch ich spürte seinen Blick weiter auf mir ruhen und mir wurde ganz heiß. Ganz sicher nur eine weitere Nebenwirkung des Alkohols. Es dauerte nicht lange und meine Augen fielen zu.

Nach viel zu wenig Schlaf wurde das Kabinenlicht wieder eingeschaltet.

Hallo? Jetzt schon? Ich hatte eben erst die Augen zu gemacht.

Es war doch noch mitten in der Nacht.

Schrecklich.

Wie sollte ich den Tag überleben?

Die netten Saftschubsen verteilten eifrig das Frühstück.

„Guten Morgen", strahlten mich blaue Augen an. Auch Jonas sah noch recht müde aus und unter seinen Augen lagen tiefe Schatten.

„Puh, also, ob der Morgen gut ist, weiß ich noch nicht."

Ich grinste müde zurück und kletterte umständlich über Jonas' Sitz. Es dauerte eine Sekunde zu lange. Jonas packte meine Handgelenke und schaute mir tief in die Augen. Ich erstarrte, am meisten vor Schreck über die Reaktion meines Körpers auf seine unerwartete Berührung. Nach einer gefühlten Ewigkeit sagte er sanft: „Sag doch was, ich kann meinen Sitz zurückfahren. Dann musst du dich nicht so verrenken."

Das klang in meinen Ohren in etwa so wie: „Setz dich bitte auf mich."

Meine Güte, Anna!

Was war nur los mit mir?

Hatte ich völlig den Verstand verloren?

Viel zu schnell ließ er mich los und ich stolperte in die Flugzeugtoilette, wo ich mich mit dem Travel Kit notdürftig frisch machte. Meine Gedanken waren noch bei Jonas.

Hör sofort auf damit, du Gans. Spinnst du eigentlich?, schimpfte ich mich lautlos aus. Wahrscheinlich hatte er sowieso eine Freundin oder gleich mehrere.

O Gott, oder noch viel schlimmer: Vielleicht war er verheiratet.

Nachdem ich mich halbwegs wieder im Griff hatte, offenbarte sich mir ein ganz anderes Problem. Wie sollte man sich mit so einer Zahnbürste in diesem Miniklo, mit einem Mikrowaschbecken und einem noch kleineren Wasserhahn ordentlich die Zähne putzen? Unmöglich. Wenn ich versuchte, mich nach vorne zu beugen, stieß ich mit meinem Hinterteil gegen die Seitenwand. Wie machten das beleibtere Menschen?

Wow, Anna. Keine zwölf Stunden in der Business Class und schon versnobt! Ganz große Klasse.

Ich nahm mir die Zeit, die ich brauchte, um einen einigermaßen wachen Eindruck zu machen und kehrte dann zu meinem Platz zurück. Jonas hatte seinen Sitz mittlerweile aufrecht gestellt und blätterte in einigen Unterlagen. Ich konnte mir nicht verkneifen, seine Hände nach einem Ehering abzusuchen und zu Mr. Doubleyous Ärger freute ich mich, dass er keinen trug. Zur Landung schloss ich die Augen und machte Atemübungen, um die aufkeimende Panik in Zaum zu halten. Ich sandte drei Stoßgebete gen Himmel, dass wir den Boden Chinas heil erreichten. Zum Glück landeten wir unbeschadet. Das war also noch mal gut gegangen.

Ich hingegen war fix und fertig und sehnte mich nach einem Bett und einer heißen Dusche, versuchte aber, mir nichts anmerken zu lassen, denn Jonas schien vom Reisestress nicht beeindruckt zu sein. Wie machte der Kerl das bloß, unter diesen Umständen so lässig zu sein.

Nachdem wir die Landung hinter uns hatten zog ich kurz Resümee. Und um ehrlich zu sein, ich glaube, das war der entspannteste Flug in meinem ganzen Leben. Ich hatte nur gelegentliche Panikattacken gehabt, wenn das Flugzeug unerwartete Bewegungen machte und natürlich bei der Landung, aber alles in allem war es im Gegensatz zu sonst geradezu rosarot und himmelblau gewesen.

6

Am Gepäckband trafen wir Herrn Stein, der ebenso müde aussah wie wir. Sein kariertes Hemd und die beige Bundfaltenhose wirkten zerknittert und die Erscheinung des älteren Herrn war nicht so akkurat wie sonst. Aber wer mochte es einem fast Siebzigjährigen verdenken. Mir selbst ging es wirklich nicht viel besser, eher schlechter. Allerdings hätte ich das niemals zugegeben.

„Guten Morgen, ihr beiden. Wie war der Flug?"

„Guten Morgen, Herr Stein. Sehr gut, vielen Dank." Wäre ich Pinocchio, wäre meine Nase bereits um einiges gewachsen. Aber Herr Stein kannte mein Problem zum Glück ja nicht.

„Ich geh' mal einen Gepäckwagen holen." Jonas lief davon und kam mit einem Trolley wieder. Das Band hatte sich mittlerweile in Gang gesetzt und wir warteten auf die Koffer. Glücklicherweise waren alle dabei, ich hatte schon die ein oder andere Horrorstory vor Augen gehabt, in der ich eine Woche in derselben Unterhose rumlaufen musste. Jeden Tag einmal wenden und am Ende der Woche kam sie mir morgens von selbst entgegengelaufen. Gruselig.

Wir sollten von Herrn Steins chinesischen Geschäftspartnern abgeholt werden, ich war gespannt wie ein Flitzebogen, sowas erlebten doch sonst nur die Queen oder Filmstars. Ein im Anzug gekleideter Chinese wartete mit einem Schild, auf dem *Stein Energy Holding AG* stand, hinter der Absperrung auf uns. Er übernahm unser Gepäck und führte uns zum Wagen. Als sich die Türen des Flughafenterminals öffneten, liefen wir gegen eine Wand aus heißer Luft. Es dauerte einige Sekunden bis ich wieder atmen konnte. Nachdem wir elf Stunden im klimatisierten Flugzeug gesessen hatten, war das ein echter Hitzeschock. Aber ich hatte nicht viel Zeit, mich zu akklimatisieren.

Holy shit! Das wurde ja immer besser!

Ich hatte einen Minivan oder Ähnliches erwartet, aber keine schwarze S-Klasse mit extralangem Radstand und getönten Scheiben. Damit kannte ich mich aus, wenigstens das hatte ich von Paul gelernt. Mir selbst waren Autos nie besonders wichtig gewesen, sonst würde ich auch nicht mit meiner Klapperkiste durch Hamburg cruisen. Aber Paul hatte da ganz spezielle Vorlieben. Er fuhr einen schicken Audi TT mit extrabreiten Reifen und polierten Alufelgen. Damit konnte er etliche Frauen beeindrucken. Das Arschloch. Pff.

„Alles in Ordnung?", fragte mich Herr Stein stirnrunzelnd.

„Ja, vielen Dank. Mir ist nur gerade etwas eingefallen. Das war aber nicht so wichtig ", gab ich lächelnd zurück.

Herr Stein und ich saßen hinten, Jonas hatte vorne auf dem Beifahrersitz Platz genommen. Im Getränkehalter der Mittelkonsole wackelten kleine Flaschen mit stillem Mineralwasser. Für jeden von uns eine. Herr Stein nahm sich direkt eine und drehte am Plastikverschluss.

„Sie sollten darauf achten, hier viel zu trinken. Das ist eine drastische Umstellung für den Körper, wenn man von Hamburg nach Shanghai kommt. Passen Sie auf sich auf, Anna, das werden anstrengende Tage."

„Ja, danke. Das werde ich tun." Herr Stein wirkte im Moment mehr wie mein Großvater als wie ein Chef.

Trotz der Müdigkeit war ich fürchterlich gespannt auf

alles, was mich erwartete. Meine Finger zuckten und ich konnte mich nur mit Mühe bremsen, nicht von allem und jedem Fotos mit dem iPhone zu schießen. Aber ich war mir im Klaren darüber, dass das bei meinem Chef und Jonas total unprofessionell rübergekommen wäre, deswegen ließ ich es sein. Mr. Doubleyou nickte zufrieden.

Die Klimaanlage in der S-Klasse war auf eisige achtzehn Grad eingestellt, daher zog ich meine Strickjacke wieder an. Ich wollte mir nicht gleich am ersten Tag eine Erkältung einfangen.

Auf der einstündigen Fahrt ins Hotel sahen wir unendlich viele Hochhäuser und etwas außerhalb des Zentrums noch viele kleine, traditionelle chinesische Bauten. Je näher wir dem Kern von Shanghai kamen, desto mehr neue architektonische Meisterwerke und ältere Gebäude aus dem zwanzigsten Jahrhundert konnte man sehen, die aussahen wie in Europa. Paris oder London hatten keine schöneren Gebäude. So hatte ich mir China nicht vorgestellt. Aber man sagte mir auch im Voraus, dass Shanghai eigentlich gar nicht China war. Shanghai wäre so westlich, wie es kaum mehr möglich war. Und ich musste zustimmen. Das hätte irgendwo auf der Welt sein können, einzig durch die Schilder mit chinesischen Schriftzeichen konnte man Downtown realisieren, in Asien zu sein.

Als wir unser Hotel erreichten, wurden uns – selbstverständlich – die Türen von Hotelangestellten mit einer Verbeugung offen gehalten und unser Gepäck aus dem Wagen zur Rezeption gebracht. Ich kam mir vor wie eine Prinzessin. Dabei war ich nicht minder beeindruckt von der Größe und dem Prunk des Hotels. Ich wusste, dass das Shangri-La zu einer Luxushotelkette gehörte, aber dass der Luxus diese Ausmaße annehmen würde, hatte ich nicht erwartet. Das Türaufhalten und die übermäßige Freundlichkeit war mir zu dieser Tageszeit fast zu viel. Ich schwebte noch in meiner Zeitzone, in der es gerade mal vier Uhr nachts war.

Nach dem Check-in und auf dem Weg zum Lift gab

mir Herr Stein Instruktionen. Ich sollte versuchen, zwei Stunden zu schlafen. Um vierzehn Uhr Ortszeit wollte er mich frisch und vorbereitet für die erste Sitzung sehen. Wir hätten ein Besprechungszimmer im Hotel und würden direkt mit den Terminen anfangen, um keine Zeit zu verlieren. Ich unterdrückte den Impuls mit den Hacken zusammen zu schlagen und „Aye, aye, Sir“ zu rufen. Stattdessen nickte ich und sagte: „Natürlich, kein Problem Herr Stein.“ Jonas zwinkerte mir zu, aber ich senkte schnell den Blick.

Mein Zimmer befand sich auf dem fünfzigsten Flur. Ein wenig mulmig war mir bei dem Gedanken schon, um ehrlich zu sein. Gab es in dieser Region Chinas auch Erdbeben? Ich erinnerte mich an das Jahrhundertbeben in Japan und verbot mir jeglichen weiteren Gedanken, um keinen Panikanfall zu bekommen.

Da konnte man mal wieder sehen, wie planlos ich in Bezug auf Geografie war. Durch mein Flugstreckenstudium im Flugzeug hatte ich gerade erst erfahren, dass Japan drei Flugstunden von Shanghai entfernt war. Von einem Erdbeben in Shanghai hatte ich allerdings noch nie gehört. Es war hier also bestimmt alles safe.

Ganz bestimmt.

Herr Stein stieg im zweiundzwanzigsten Stockwerk aus. Er mochte die Höhe nicht, sagte er. Konnte ich gut nachvollziehen, aber ich wollte auf der ersten Reise nicht gleich die Diva raushängen lassen. Ich schätzte, dass das nicht so gut angekommen wäre. Jonas und ich fuhren schweigend in die Höhe. Erneut fiel mein Blick auf seine schlanke Hand ohne Ring, was ich ja im Flugzeug schon gecheckt hatte. Aber was hieß das heutzutage schon? Ich musste aufhören, mir darüber den Kopf zu zerbrechen. Eigentlich hätte mir die Geschichte mit Paul eine Lehre sein sollen. Gutaussehende Männer machten nur Probleme.

Und, lieber Gott, Jonas sah echt gut aus.

HOT.

Sogar nach einer in zehntausend Meter Höhe fast schlaflos verbrachten Nacht.

Im fünfzigsten Stockwerk stieg ich aus und wünschte ihm eine gute Nacht, was total irre in meinen eigenen Ohren klang. In Shanghai war es zwar zehn Uhr morgens, Jonas kommentierte das zum Glück nicht weiter, sondern grinste nur breit. Weil ich bei der Zimmervergabe aufgepasst hatte, wusste ich, dass er im dreiundfünfzigsten Stock aussteigen würde.

Ich marschierte den langen Flur entlang und atmete den zarten Duft nach Pfirsich ein, den die hoteleigene Klimaanlage offenbar zum Wohlbefinden der Gäste versprühte. Das alles war so irreal, dass ich es kaum fassen konnte. Ich fragte mich gerade, ob es die Zimmernummer fünfundsiebzig überhaupt auf diesem Flur gab, als ich endlich davor stand. Ich zog die Karte durch das Schloss und das grüne Licht signalisierte freien Eintritt. In meinem Zimmer angekommen, zog ich zuerst die Schuhe aus und ging ins Badezimmer.

Heilige Scheiße! Wo war ich denn hier gelandet? Das war ja wie in einem Palast!

Marmor und goldene Armaturen blitzten mir entgegen. Unendlich viele weiße, flauschige Handtücher und diverse kleine Kosmetikfläschchen im hoteleigenen Shangri-La-Design waren feinsäuberlich aufgereiht im riesigen Badezimmer.

Am liebsten hätte ich drei Tage in diesem Raum verbracht. Kein Vergleich zum Bahamabeige zu Hause. Ich riss mich dennoch los und erlaubte mir einen Blick aus dem Fenster. Ich musste ehrlich sagen, ich fand das etwas freaky! Das war ein Blick über die Skyline der Stadt wie aus einem Helikopter. Unglaublich! Wie sollte ich mich nach diesen ganzen Eindrücken hinlegen und SCHLAFEN?

Das war praktisch unmöglich.

Weil ich aber wusste, dass ich meine Kräfte an diesem Tag noch benötigen würde, zog ich die Vorhänge zu und legte mich in das riesige Bett mit den sechs Kissen und der monströsen Bettdecke. Viel zu groß für eine Person alleine.

Dumme Nuss. Reiß dich zusammen, sonst fliegst du schneller wieder zurück, als dir lieb ist, spottete Mr. Doubleyou, da war ich aber schon halb weggedämmert.

Ich wusste nicht wie, aber ich war offensichtlich eingeschlafen, denn der Wecker meines iPhones riss mich aus dem Tiefschlaf. Orientierungslos versuchte ich, meine Augen zu öffnen. Mehr tastend als sehend stieg ich aus dem Bett und ließ mich von der heißen Dusche mit kaltem Abgang zurück ins Leben befördern. Dreißig Minuten später stand ich fertig gestylt und im Businesslook in der Hotellobby. Pünktlich wie die Maurer, hätte Mama dazu gesagt.

Gut gemacht, Anna! Das hättest du schon mal geschafft.

Mr. Doubleyou klatschte zufrieden.

Es dauerte keine drei Minuten, dann kamen auch Herr Stein und Jonas in die Lobby und mein Arbeitstag begann.

Leider half mir dieser zufriedenstellende Start nicht über die endlose Strecke eines gefühlten Mitternachtsmeetings. Ich glaube, ich war niemals in meinem Leben so müde wie an diesem Nachmittag.

Vor der Sitzung nahmen wir einen kleinen Lunch in einem der fünf hoteleigenen Restaurants ein. Mein Magen trat beim Geruch frittierter Speisen und asiatischer Gewürze als Frühstück in Streik, aber ich zwang mich, etwas zu essen. Glücklicherweise schien es Jonas und Herrn Stein ähnlich zu gehen. Ich war sogar in der Lage, mich an der Konversation über das alltägliche Leben in China zu beteiligen. Und das zu dieser Stunde!

„Versuchen Sie, nicht darüber nachzudenken, welche Uhrzeit es in Hamburg ist. Sie sind jetzt in China und da gibt es nur eine Zeit. Das macht Ihnen die Zeitumstellung möglicherweise leichter.“ Herr Stein klopfte mir auf dem Weg zum Lift auf die Schulter.

„Ich gebe mir Mühe. Das ist alles noch ziemlich neu für mich."

Und das war maßlos untertrieben.

In meinem bisherigen Leben war das aufregendste, was ich jemals erlebt hatte, dass mir ein Date in England seine Fish 'n Chips vor die Füße gekotzt hatte.

Also mal ehrlich.

Wirklich nicht zu vergleichen.

Herr Stein gab mir noch einige Anweisungen für den Ablauf der Sitzung: „Ich erwarte von Ihnen, dass Sie ein Ergebnisprotokoll führen. Sie sollen nicht jedes Wort notieren, aber am Ende möchte ich, dass wir Notizen über die Unterhaltungen haben, die brauchbar sind. Wenn Sie müde sind, trinken Sie einen Kaffee oder eine Cola. Stehen Sie kurz auf und bewegen Sie die Beine, aber schlafen Sie mir ja nicht ein."

Yes, Sir. Das krieg ich ja wohl gerade noch hin, schoss es mir durch den Kopf.

„Selbstverständlich Herr Stein, ich werde Sie nicht enttäuschen.", antwortete ich meinem Chef freundlich lächelnd.

Ich werde Sie nicht enttäuschen. Geht's noch blöder, Anna?

Die vermeintliche Spannung zwischen mir und Jonas war nicht mehr existent. Er war höflich, zuvorkommend, aber in seinem dunklen Anzug mit dem weißen Hemd und der blauen Burberry-Krawatte unnahbar. Genau wie es sein sollte. Warum war ich dann enttäuscht?

Weil du doof bist. Er ist professionell und nicht so ein Dummchen wie du.

Vielen Dank für den Hinweis, Mr. Doubleyou.

Bitte. Du hast es gerade nötig, mal wieder in die Realität zurückzukehren, sonst hebst du völlig ab.

Manchmal fragte ich mich, ob es normal war, dass ich mit mir selbst stritt. Zum Glück gab mir darauf niemand eine Antwort. Wir trafen die Chinesen in der Lobby und machten uns auf den Weg in den Besprechungsraum.

Nachdem die Asiaten Herrn Stein und Jonas begrüßt

hatten, wurde ich auch mit einem Lächeln und Händedruck bedacht. Da Zeit ja bekanntlich Geld ist, ging es direkt zum Thema.

Ich gab mir größte Mühe, alle wichtigen Punkte zu erfassen, aber schon nach einer Dreiviertelstunde hatte ich das Gefühl, im Nebel zu sitzen. Waren meine Augen noch geöffnet oder schon zu? Schnell besorgte ich mir einen Kaffee und fing einen Blick von Jonas auf, der mich mit einem breiten Grinsen fragte: „Milch dazu?"

Ebenso überfreundlich lächelte ich zurück: „Ja, bitte. Und Zucker! Viel Zucker. Danke. Das ist nett."

Da war er wieder. Der Ozeanmann.

Diese Augen.

Warum konnte ich nicht einmal im Leben bei der Sache bleiben? Verärgert konzentrierte ich mich wieder darauf, meine Notizen ordentlich in das iPad einzugeben. Tolles Teil. Wie hatten Assistentinnen das früher gemacht? Bleistift und Papier? Wie langweilig.

Das Koffein war aber leider nach dreißig Minuten verbraucht und die nächste Müdigkeitswelle knockte mich fast aus.

Jetzt lass dir was einfallen und halte die Augen offen.

Wenn mich Windräder wenigstens interessiert hätten. Wäre es um Handtaschen und Schuhe gegangen, hätte ich mich eindeutig leichter getan.

Meine vorläufige Rettung: Einer der Chinesen erhielt einen Anruf und erhob sich vom Tisch, um ungestört in der Ecke des Raumes sprechen zu können. Ich nutzte die Gelegenheit und verschwand auf die Damentoilette. Ich ließ kaltes Wasser über meine Handgelenke laufen und schloss für einen Moment die Augen. Herrlich. Wie schön wäre es gewesen, jetzt ein halbstündiges Nickerchen machen zu können. Aber das war nicht im Angebot.

Kneif die Arschbacken zusammen, Anna Barker, und zieh das hier durch!

Ich straffte meinen Rücken und ging selbstbewusst durch die Lobby zurück in den Besprechungsraum. Im

Vorbeigehen checkte ich die Menschen in der Lobby und ich konnte es nicht leugnen: Irgendwie fühlte ich mich gut. Hübsch.

Anders.

In Hamburg war ich eine von vielen. Hier war ich die Exotin aus Europa. Ich spürte die Blicke der chinesischen Männer und auch Frauen. Eine völlig neue Erfahrung und ich musste zugeben, es gefiel mir, mich auch mal attraktiv fühlen zu können. Nicht zu dünn, nicht mit zu langweiligen dunkelbraunen Haaren und zu heller Gesichtshaut. Andererseits hatte ich mir beim heutigen Outfit echt Mühe gegeben. Mein dunkelblauer Hosenanzug – den ich mir noch am Samstag gekauft hatte – schmeichelte meiner schlanken Silhouette. Die Haare trug ich offen und dank Isis hervorragenden Styling-Produkten glänzten sie gesund und schön. Doch all das sollte mir in den nächsten Stunden nicht weiterhelfen.

Die Sitzung dauerte noch zwei endlos lange Stunden und ich war einige Male hart an der Grenze zum Schlummerland. Aber ich schaffte es wach und professionell zu bleiben und das erfüllte mich mit Stolz. Unter anderem auch, weil ich gesehen hatte, dass die beiden Hamburger Jungs ebenso zu kämpfen hatten wie ich. Die Herren Geschäftsmänner waren eben auch nur Menschen, versteckt hinter Krawatten und teuren Anzügen.

Im Anschluss an die Sitzung, mittlerweile war es nach achtzehn Uhr, trafen wir uns in der Lobby. Herr Stein bestellte eine Flasche Weißwein und wandte sich an mich: „Sie haben sich tapfer gehalten, Anna. Jetzt brauche ich nur noch Ihre Notizen und Sie haben es geschafft. Ich möchte dieses Memo heute noch nach Hamburg mailen, damit Jonas' Kollegen mit den Vertragsentwürfen beginnen können. Sie werden leider für die Überarbeitung erst nach dem Abendessen Zeit haben. Wir werden jetzt mit den beiden Herren in ein gutes Restaurant gehen und ich bitte Sie, mitzukommen. Ich möchte, dass Sie auch die andere Seite des Geschäftslebens kennenlernen, weil für den weiteren Verlauf von Verhandlungen wichtige Informationen oftmals eher außerhalb der Verhandlungsrahmens fließen. Das wird etwa zwei Stunden dauern. Wenn Sie mit der Überarbeitung fertig sind, können Sie das Memo mit Jonas durchgehen, bevor Sie die Mail nach Hamburg schicken. Ist das in Ordnung für Sie?“

Hatte ich eine Wahl? Puh. Ich wollte am liebsten schlafen.

Ich trank einen Schluck vom eisgekühlten Weißwein, den ein Kellner uns eingeschenkt hatte. Fruchtig und leicht prickelnd rann er meine Kehle hinunter, bevor ich Herrn Stein antwortete: „Das ist wunderbar. Gerne begleite ich Sie zu dem Essen. Ich mache das Memo danach fertig und schicke es nach Hamburg.“ Mein Boss nickte zufrieden und in den folgenden Minuten plauderten die Herren über vergangene Deals. Ich versuchte, ihnen zu folgen, musste aber meine Müdigkeit immer wieder mit aller Gewalt unterdrücken.

Herr Stein schaute auf seine Uhr und gab uns zu verstehen, dass wir gleich abgeholt werden würden. Ich trank mein Glas aus und stellte es auf den runden Glastisch vor uns zurück. Ich hatte zuvor einen Blick in die Karte geworfen und gesehen, dass alle Weine in diesem Hotel unglaublich teuer waren.

Wie sollte es auch anders sein.

Ich befand mich in einer völlig fremden Welt. Es wäre die pure Verschwendung gewesen, den Wein stehen zu lassen. Das ging natürlich nicht.

Auf dem Weg zur Limousine kam mir Jonas bedenklich nahe und flüsterte mir ins Ohr: „Siehst du, Anna, ich hab’s dir doch gesagt, Herr Stein kennt keine Gnade.“

Stirnrunzelnd blickte ich ihn an, aber Zeit für einen Kommentar blieb mir nicht, denn er verschwand auf dem Beifahrersitz.

Waren wir wirklich erst am Morgen angekommen? Es

fühlte sich eher wie zehn Tage an. Aber auf der Fahrt kehrten meine Lebensgeister zurück. Alkohol hatte definitiv eine anregende Wirkung. So viel zu meinen guten Vorsätzen.

Nach zwanzig Minuten erreichten wir das chinesische Nobelrestaurant. Uns wurden die Plätze zugewiesen und ich sollte zwischen Jonas und Herrn Stein sitzen.

Mr. Chang und Mr. Hou waren sehr nette Gesprächspartner und sie wählten für uns die verschiedenen Gerichte. Es wurde Weißwein und Mineralwasser gereicht.

Bitte, Anna. Blamier dich nicht und iss ordentlich mit den Stäbchen.

Zum Glück holte ich mir zu Hause öfter was beim Chinamann um die Ecke und deshalb war mir das Hantieren mit Stäbchen nicht gänzlich unvertraut. Wenigstens etwas. Nur mit einigen undefinierbaren Gerichten hatte ich so meine Probleme. Da gab es labberiges, durchsichtiges Gemüse und einen Teller mit Hühnerkleinteilen, komplett mit Knochen und Sehnen. Davon abgesehen war das Essen jedoch ganz in Ordnung. Etwas merkwürdig fand ich allerdings noch, dass jeder vom gleichen Teller aß und man sich nicht, wie ich es kannte, etwas auf seinen Teller packte, bevor man mit seinen Stäbchen drin herumstocherte. Ich blendete den Gedanken an die Spuckereste fremder Menschen auf meinen Bissen aus, indem ich mich als pingelig rüffelte … aber nur ganz minimal, natürlich.

Jonas flüsterte mir zu: „Prost heißt ‚Gambai‘. Normalerweise wird bei Geschäftsessen immer sehr viel Alkohol getrunken. Die Gläser werden gewöhnlich auf ex geleert. Da macht es bei den Chinesen keinen Unterschied, ob Männlein oder Weiblein. Die beiden machen nur eine Ausnahme, weil Herr Stein dafür bekannt ist, dass er sich niemals betrinkt. Aber das solltest du dir merken für zukünftige Abendessen, bei denen er eventuell nicht anwesend sein wird. Du darfst immer nein sagen, das wird dir keiner verübeln. Du bist ja eine Frau und aus Europa."

„Danke für die Information, das ist wirklich interessant. Das habe ich nicht gewusst. Ist schon echt eine andere Kultur! Und woher weißt du das so genau? Aber du kennst wahrscheinlich viele asiatische Frauen und hast die Informationen aus erster Hand." Unschuldig blickte ich ihm in die Augen und Schmetterlinge flatterten wild in meinem Bauch umher. Jonas zog eine Augenbraue nach oben und wirkte nachdenklich, als er sich wieder dem Essen zuwandte. Was hatte ich jetzt wieder falsch gemacht? Die Tischkonversation plätscherte vor sich hin und ich hoffte, es würde sich nicht unnötig in die Länge ziehen. Auf mich wartete noch die Überarbeitung der Notizen und meine Freude darauf hielt sich in Grenzen – selbst mit Jonas an meiner Seite.

Wie angekündigt war das Dinner aber nach genau zwei Stunden vorbei. Wir verabschiedeten uns von unseren chinesischen Geschäftspartnern und wurden mit der schwarzen Limousine zurück ins Hotel chauffiert.

Auch beim dritten Mal fand ich es noch befremdlich, dass mir jemand die Autotür aufhielt. Der Fahrer wartete, bis ich eingestiegen war und schloss sie dann sacht. Andererseits. Irgendwie war es wirklich cool, einmal ein VIP zu sein.

„Vielen Dank für den Abend, Anna, Jonas. Hamburg wartet auf den Bericht, Jonas, der muss heute noch raus, macht das bitte gleich. Anna, bitte setzen Sie mich ins CC bei der Mail. Wir sehen uns dann morgen um acht zum Frühstück. Ich wünsche euch eine gute Nacht."

Damit verschwand Herr Stein im Lift und ließ uns in der Lobby stehen. Obwohl ich mich beim Weißwein sehr zurückgehalten hatte, fühlte ich mich angetrunken. Das musste am Jetlag liegen, wie sollte ich jetzt noch denken? Aber es half nichts. Die Arbeit musste heute noch erledigt werden.

Wir einigten uns darauf, uns in Jonas' Zimmer zu treffen und gingen gemeinsam zum Lift. Es fühlte sich irgendwie merkwürdig an, aber ich konnte das Gefühl nicht wirklich definieren. Die Türen öffneten sich mit einem sanften Ping und wir stiegen ein. Der Aufzug schloss sich geräuschlos und die Stimmung veränderte sich schlagartig,, die Luft war zum Zerreißen gespannt. Jonas kam auf mich zu und presste mich an die Wand des Lifts. Er hielt meine Hände über meinem Kopf fest, während er mich küsste. Jonas war zärtlich und fordernd, wusste genau, was er tat und ich schmolz nach einer Nanosekunde in seinen Armen dahin. Heiße Wellen der Erregung erfassten mich und meine Beine drohten unter mir nachzugeben. Der Lift stoppte in der fünfzigsten Etage und Jonas ließ mich abrupt frei. Atemlos blieb ich im Aufzug zurück und blickte ihn sehnsüchtig an. Seine Pupillen waren fast schwarz und sein Blick war verhangen. Jonas versperrte die Tür des Lifts, damit die Türen nicht zuglitten, und musterte mich mit ernstem Ausdruck, dann sagte er: „Pass auf, Anna. Ich bin nicht gut für dich. Du solltest dich von mir fernhalten. Du verwirrst mich. Hol deine Unterlagen, ich warte oben. 5314.“

Ich war von seinem Kuss komplett überrumpelt. Wortlos verließ ich den Aufzug und torkelte in mein Zimmer.

Was war das? Fernhalten? Nicht gut? Revanche für meinen Geburtstagskuss im Christiansen? Mist, Anna. Da hatte ich es wieder!

Selbst schuld, fügte Mr. Doubleyou unnötigerweise noch hinzu.

Ich packte meine Unterlagen hastig zusammen und machte mich auf den Weg zu Jonas' Zimmer. Um ehrlich zu sein, zitterten mir die Knie. Erwartete er jetzt mehr oder gar nichts?

Meinte er das mit dem Fernhalten ernst?

Wie sollte ich DANACH arbeiten?

Aber heute würde ich den Hormonen nicht nachgeben,

das nahm ich mir fest vor.

Ich klopfte leise an Jonas' Zimmertür und er öffnete sofort. Unsicher blickte ich an ihm vorbei und er ließ mich herein. Sein Zimmer war deutlich größer als meines. Vor dem großen Fenster standen ein Sofa, zwei Sessel und ein Couchtisch. Man hatte einen atemberaubenden Blick über das nächtliche Shanghai. Jonas hatte seine Krawatte bereits abgelegt und das Jackett aufs Bett geworfen. Ich schluckte, als ich einen Blick auf das zerwühlte Laken erhaschte.

Natürlich, er hatte nach unserer Ankunft ebenfalls ein Nickerchen gemacht. Ein Knopf seines Hemdes war geöffnet und mein Blick hing an seiner breiten Brust fest. Mein Mund war trocken wie die Wüste Gobi und ich schluckte erneut. Nur unter Aufwartung aller Kräfte schaffte ich es vernünftig zu sein und damit aufzuhören, ihn wie ein Junkie auf Entzug anzuglotzen.

Erst jetzt realisierte ich, dass er in der kurzen Zeit, die ich gebraucht hatte, um die Unterlagen zu holen, schon etwas vorbereitet hatte.

Auf dem Tisch standen eine Flasche Weißwein und zwei Gläser. Ihm war meine Reaktion offenbar nicht entgangen, denn er beantwortete meine lautlose Frage kühl und sachlich. Genauso gut hätte er mir einen Kübel Eis über den Kopf schütten können.

„Wenn du lieber etwas anderes trinken möchtest, ist das kein Problem. Ich habe einfach etwas bestellt. Ich dachte, vielleicht kühlt der Weißwein uns etwas ab." Ohne eine erkennbare Regung wies er mir einen Platz zu und wartete auf meine Antwort.

„Nein, ist schon in Ordnung. Ein Glas Wein wäre nett und eine Erfrischung kommt mir gerade ziemlich gelegen."

Meine Wangen brannten, das wurde in seiner Gegenwart offenbar zum Dauerzustand.

„Gut, dann lass uns mal anfangen, wir brauchen beide etwas Schlaf heute Nacht." Jonas ging voran und setzte sich an den kleinen Tisch.

Ich schlüpfte aus meinen Pumps und lief barfuß über

den flauschigen Teppich, der sich wunderbar flauschig unter meinen brennenden Fußsohlen anfühlte. Wortlos nahm ich Platz und fuhr meinen Computer hoch. Die Notizen hatte ich schon am Nachmittag vom iPad auf den PC geladen.

Kurz angebunden, professionell und als wäre zwischen uns niemals etwas geschehen, überarbeiteten wir meine Notizen. Nach einer guten Stunde hatten wir die Datei versendet.

Worauf wartest du noch? Geh schlafen!

Ich wollte aber nicht. Das konnte es doch nicht gewesen sein. Obwohl Mr. Doubleyou mich regelrecht anbrüllte, überhörte ich ihn. Ich blieb sitzen und nippte an meinem Glas. Jonas hatte Recht, der Weißwein war wunderbar. Eiskalt und fruchtig. Ich blickte auf das Etikett und sah, dass es ein Pouilly-Fumé Jahrgang 2007 war. Ich war keine Weinkennerin, aber es musste ein schweineteures Fläschchen sein, wie alles andere in diesem Hotel auch. Jonas' Telefon klingelte und er verschwand kurz, um ungestört sprechen zu können. Eigentlich sollte ich aufstehen und gehen, aber meine Beine gehorchten mir nicht. Stattdessen studierte ich die Skyline mit ihren schillernden Lichtern.

Als ich die Augen das nächste Mal öffnete, kniete Jonas vor mir und strich mir über die Wange. Es fühlte sich gut an. Seine Finger waren warm und sanft. Ich bekam eine Gänsehaut.

„Anna, du bist eingeschlafen. Du solltest jetzt wirklich in dein Bett gehen. Du brauchst deinen Schönheitsschlaf."

Wie lange saß er schon hier? Schlaftrunken blinzelte ich in den abgedunkelten Raum.

„Ja, sicher. Ich bin einfach weggenickt. Tut mir leid."

Jonas reichte mir seine Hand und zog mich auf die Beine. Er umfasste meine Schultern und strich mir über den Rücken. Er vergrub seine Nase in meinem Haar und Vorfreude durchflutete meinen übermüdeten Körper. Gleich würde er mich küssen.

„Sieh dich vor, Anna. Ich gebe mir große Mühe, aber wenn du so vor mir stehst, fällt es mir schwer, die Finger von dir zu lassen. Was machst du mit mir?“

Dann lass die Finger nicht von mir!, schoss es mir durch den Kopf. Mein Herz hatte nach seinem Bekenntnis einen Satz gemacht und klopfte nun rasend schnell.

„Geh schlafen. Du würdest es irgendwann bereuen, wenn du hierbleibst.“ Mit einem traurigen Lächeln schob er mich sanft aus seinem Zimmer. Ein merkwürdiger Sinneswandel.

All right. Er will dich nicht. Kapier das und zeige etwas Rückgrat. Mach dich nicht noch lächerlicher!

„Ich habe zwar keine Ahnung, wovon du sprichst, aber Schlaf ist sicher nicht verkehrt. Danke für deine Hilfe, ohne dich hätte ich es heute wahrscheinlich nicht mehr geschafft.“ Mir fiel auf, dass meine Stimme ein wenig verschnupft klang. Ich fühlte mich zurückgewiesen und konnte es leider nicht verbergen.

Jonas deutete eine Verbeugung an, öffnete die Tür und hauchte mir einen Kuss auf die Wange: „Immer zu Ihren Diensten, Miss Barker, gute Nacht und träumen Sie süß.“

„Gute Nacht, Herr Anwalt.“

Fünf Minuten später lag ich erschöpft in dem Riesenbett mit den sechs großen Kissen und versuchte zu verstehen, was in den letzten Tagen alles passiert war. Aber ich war viel zu müde und versank fast augenblicklich in tiefen Schlaf.

7

Mein iPhone weckte mich, wie üblich, viel zu früh. Aber die Arbeit rief und das, was auf mich wartete, war spannend genug, um mich aus dem Bett zu treiben. Nach einer ausgiebigen heißen Dusche wählte ich einen dunkelblauen Rock und eine weiße Bluse, dazu meine schwarzen Pumps. Noch etwas Mascara und Rouge und ich fand mich ganz attraktiv. Danach fühlte ich mich gewappnet für eine erneute Begegnung mit Jonas.

Ich hatte mir nichts vorzuwerfen, ER hatte mich schließlich geküsst und dann angefangen mit dem „Pass auf"-Müll. Sollte er doch einfach sagen, was er für ein Problem hatte, und gut. Nach meinem letzten Erlebnis mit Paul sollte ich wirklich besser aufpassen, dass ich nicht gleich wieder auf so einen Arsch hereinfiel. Und dazu noch ein Jurist. Allein diese Tatsache reichte, um wachsam zu bleiben. Aber der Geist war willig doch Anna Barkers Fleisch meist schwach.

Verdammt!

Das Frühstücksbuffet überwältigte mich und ich fand es äußerst mühsam, so früh bereits derartige

Entscheidungen treffen zu müssen. Herr Stein war schon fertig mit dem Essen und las die *China Daily*.

„Guten Morgen, Herr Stein. Was können Sie empfehlen?"

„Guten Morgen, Anna. Herzlichen Dank für Ihre Arbeit und die Datei gestern, das war sehr gut. Es kommt darauf an, wonach Ihnen der Sinn steht. Es gibt normales Continental Breakfast oder Sie probieren mal die chinesischen Köstlichkeiten aus. Essen Sie gut, wir haben heute einen anstrengenden Tag vor uns."

„Guten Morgen." Mit einem freundlichen Lächeln setzte sich Jonas mit einem vollbeladenen Teller an unseren Tisch. Er hatte sich von allem etwas geholt, was ich sehr mutig fand, aber ich entschied mich auf der sicheren Seite zu bleiben und wählte etwas vom Continental Breakfast.

Kein Risiko zu dieser Tageszeit – mein Magen-Darm-Trakt hatte sich noch nicht wirklich an China gewöhnt. Ich wunderte mich ein wenig, dass die beiden im Freizeitlook beim Frühstück saßen. Beide trugen Jeans, Jonas dazu ein weißes Leinenhemd und Herr Stein ein rot-weiß kariertes Kurzarmhemd. Aber für mein Gehirn war es definitiv noch zu früh, daraus irgendwelche Schlüsse zu folgern. Vielleicht wollten sie sich ihre Anzüge auch einfach nicht beim Frühstück vollkleckern.

Herr Stein legte die Zeitung zur Seite und stand mit den Anweisungen für den Tag auf: „Heute fahren wir etwas raus aus Shanghai. Ich weiß nicht, was Sie schon über China gehört haben, aber die Sauberkeit der Großstadt werden sie dort nicht wiederfinden. Kleiden Sie sich etwas praktischer und tragen Sie robuste Schuhe. Wir werden uns heute die verschiedenen Grundstücke für die Windräder und Solarpannels ansehen. In dreißig Minuten geht es los. Heute Nachmittag erstellen wir die Zusammenfassung und morgen haben wir noch einmal Termine mit den Herren Chang und Hou, um hoffentlich die ersten Entwürfe durchzugehen. Ich hoffe, deine Kollegen in Hamburg kriegen das hin, Jonas. Bei den Stundensätzen habe ich manchmal das Gefühl, die haben es nicht so eilig."

Bei mir fiel der Groschen. Jetzt ergab die Freizeitkleidung der beiden einen Sinn.

„Ich werde den Kollegen auf die virtuellen Füße treten." Er zwinkerte Herrn Stein nach, der bereits auf dem Weg nach draußen war. Dann richtete er das Wort an mich: „Hast du gut geschlafen? Du siehst frischer aus heute Morgen."

„Ja, danke, ich war auch wirklich sehr müde."

Verleugnen des Geschehenen war hier wohl die beste Taktik.

„Darf ich dir noch einen Tipp geben?"

„Ja sicher!"

Dann gib mir mal einen Tipp, Herr Anwalt! Vielleicht auch gleich eine Gebrauchsanweisung für den Umgang mit Kussattacken im Aufzug?, dachte ich während ich ihn wortlos anstarrte.

So ganz verdaut hatte ich die gestrigen Ereignisse noch nicht. Dass er mich praktisch aus seinem Zimmer rausgeworfen hatte, kratzte an meinem Ego. Andererseits war es bestimmt das Beste. Sonst wäre es mit meiner neugewonnenen Seriosität vorbei gewesen, bevor ich darin richtig Fuß gefasst hatte.

„Die sanitären Anlagen auf dem Land sind, sagen wir mal, anders und gewöhnungsbedürftig. Die haben keine westlichen Toiletten und auch mit der Hygiene wird es nicht so genau genommen. Wenn du dich an bestimmte Regeln hältst, wirst du hoffentlich keine Probleme bekommen, aber in Asien hat man es schnell mal mit dem Magen. Iss nichts, was am Straßenrand zubereitet wird und womöglich schon lange in der Sonne liegt. Wenn dir irgendwo übel wird, atme durch den Mund, dann ist der Geruch nicht so stark. Pack dir Taschentücher ein, falls du doch mal eine Toilette aufsuchen musst. Trink viel Wasser, bei der hohen Luftfeuchtigkeit und der Hitze kann man schnell austrocknen."

„Wow, das klingt ja wie ein Ausflug ins Mittelalter. Ist es echt so schlimm?"

„Naja, überzeug dich selbst. Ich wollte nur, dass du da nicht unvorbereitet ankommst. Die Menschen sind alle sehr nett, aber sie sind gleichzeitig äußerst geschäftstüchtig. Falls du also etwas kaufen möchtest, musst du handeln, sonst hauen sie dich übers Ohr."

Was sollte ich davon nun wieder halten? So schlimm konnte es doch nicht werden. Essen würde ich tagsüber einfach nichts, das konnte ich aushalten. Aber Stehklos? Ich kannte das noch aus Frankreich vor ewigen Zeiten. Bis dato war es für mich unvorstellbar, dass man irgendwo auf der Welt noch solche Dinger benutzte. Aber es gab ja wahrscheinlich auch Orte, wo es nicht mal eine Toilette gab. Schnell wurde mir wieder klar, wie wenig ich über China wusste. Ich ärgerte mich, dass ich mich nicht besser auf die Reise vorbereitet hatte. Das hätte ich doch alles wissen können. Stattdessen musste mich Herr Anwalt aufklären wie ein kleines Kind. „Du siehst süß aus, wenn du dich ärgerst. Wir sehen uns gleich."

Ohne mir die Möglichkeit zu geben, seinen Spruch zu kommentieren, stand er auf und war grinsend verschwunden. Bestens! Dann musste ich wenigstens nicht wieder mit ihm Lift fahren. Das ersparte uns beiden peinliche Situationen. Leicht angesäuert machte ich mich auf den Weg in mein Zimmer, um mein Outfit zu wechseln.

Zehn Minuten später traf ich als Erste in der Lobby ein. Ich sah aus, als wollte ich an einer Safari teilnehmen. Grüne Shorts, ein braunkariertes Funktionshemd und Trekkingschuhe. Gott sei Dank hatte ich für alle Eventualitäten etwas eingepackt.

Hoffentlich lag ich mit den Klamotten nicht wieder komplett daneben.

Na, und wenn schon. Die wussten doch alle, dass ich noch nie in China gewesen war. Woher sollte ich mich auskennen? Hätte Herr Stein ja auch gestern Abend schon sagen können, was heute auf dem Plan stand.

Ich war ein wenig irritiert, gab mir aber große Mühe es mir nicht anmerken zu lassen.

Herr Stein und Jonas traten gemeinsam aus dem Lift und wir gingen nach draußen, wo der Fahrer bereits auf uns wartete. In der S-Klasse herrschten wieder eisige Temperaturen und ich zog mir die wohlweislich mitgebrachte Fleecejacke über.

Während der zweistündigen Fahrt arbeitete Herr Stein. Er saß mit seinem Notizblock neben mir und kritzelte eine Seite nach der anderen voll. Jonas war eingenickt und ich konnte ihn ungestört beobachten. Leider sah ich nicht viel, da die Sitze der S-Klasse monströs waren. Ich konnte sein Gesicht schemenhaft im Seitenspiegel erkennen und er sah friedlich und zum Anbeißen aus. Die dunklen Haare zerzaust, und rasiert hatte er sich heute auch noch nicht, was ihm einen Hauch von Wildheit gab.

Wie sich seine unrasierte Wange wohl anfühlte? Genauso weich wie seine Hände mit kratzigen Stoppeln?

Meine Güte, ich war auch nur eine Frau mit Bedürfnissen. Wenn es nach leckerem Essen duftete, bekam man ja auch Hunger.

Aber muss es gleich ein Mann sein, mit dem du arbeiten sollst, du Dummchen?

Gott, wie ich Mr. Doubleyou manchmal hasste. Konnte er nicht einfach mal die Fresse halten? Ich unterdrückte ein Grummeln und verzog stattdessen das Gesicht in der Hoffnung, dass das niemand mitbekam, aber neben Herrn Stein hätte vermutlich auch eine Bombe einschlagen können und er hätte nichts gemerkt. Ich beobachtete die Umgebung und fand es erstaunlich, dass es trotz der Hitze überall grün war. Ich hatte mir China mehr als Wüste vorgestellt. Viele Leute fuhren auf uralten Mofas oder Rollern durch die Gegend. Es war offensichtlich völlig normal, dass auf dem Roller immer mindestens zwei, meistens mehr, Erwachsene und dazu noch etliche Kinder saßen. Die Kinder waren auf dem Rücken oder im Arm, wenn sie noch sehr klein waren, oder sie saßen auf dem Trittbrett vor dem Fahrer. Das fand ich ziemlich atemberaubend. Und beängstigend. Bei uns brauchte man schon fürs Rollschuhfahren einen Helm und im Auto einen tausendfach prämierten Sitz und hier hielt man die Neugeborenen einfach im Arm. Da musste man sich auch nicht über die horrende Zahl an Verkehrstoten wundern, über die mich der Herr-Oberschlau-Anwalt schon auf dem Hinflug aufgeklärt hatte.

Jonas wurde wieder munter und tippte kurz darauf eifrig auf seinem Blackberry herum. Die Autofahrt zog sich und mir wurde langweilig. Mir fiel ein, dass ich Mr. Anwalt noch eine Antwort auf seine blöden Sprüche schuldete. Ich zog mein iPhone raus, es hatte tatsächlich Empfang.

An: Jonas Ackermann
Von: Anna Barker
Uhrzeit: 09:12
Betreff: Kurze Nacht

Sehr geehrter Herr Anwalt,
wie ich sehe, hatten Sie heute nicht die Möglichkeit, sich zu rasieren. Haben Sie etwa verschlafen?
Herzliche Grüße, A.

Wahrscheinlich dache er sowieso, ich sei bescheuert! Naja egal. Da wäre er nicht der erste.

Ich konzentrierte mich wieder auf die Umgebung und

kurze Zeit später signalisierte mir ein Vibrieren, dass ich entweder eine Mail oder SMS bekommen hatte. Gespannt entsperrte ich das Handy und siehe da. Das ging ja schnell.

An: Anna Barker
Von: Jonas Ackermann
Uhrzeit: 09:17
Betreff: Naseweis
Liebe Miss Barker,
das haben Sie wirklich messerscharf kombiniert.
Gratuliere.
Jetzt raten Sie mal, was oder welche Gedanken mich wachgehalten haben.
Herzlichst, Ihr J.

Mein Herz machte einen Sprung. Ich versuchte, mir meine Freude nicht anmerken zu lassen. Natürlich konnte ich mich nicht zurückhalten und tippte prompt zurück.

An: Jonas Ackermann
Von: Anna Barker
Uhrzeit: 09:23
Betreff: Mitleid
Sehr geehrter Herr Anwalt,
Sie haben mein vollstes Mitleid. Dennoch kann ich Ihnen versichern, dass das nicht meine Absicht war. Ich glaube, Sie haben von mir ein gänzlich falsches Bild. Ich bin nicht so ein leichtes Mädchen.
Ernsthafte Grüße, A.

Wie sollte ich ihm sonst klarmachen, dass ich kein Flittchen war, das sich jedem an den Hals warf? Aber wieso war mir das überhaupt wichtig? Eigentlich sollte es mir schnurzpiepegal sein, was der Advokat auf dem Beifahrersitz dachte, aber leider war es das nicht. Trotzdem, nach Paul hatte ich definitiv keine Lust, mich auf ein neuerliches Abenteuer zu begeben. Alle Männer würden mich früher oder später enttäuschen. So war es immer. Traumprinzen gab es nicht auf dieser Welt. Das hatte ich mit meinen fünfundzwanzig Jahren mittlerweile gelernt. Mein iPhone vibrierte erneut.

Von: Jonas Ackermann
An: Anna Barker
Uhrzeit: 09:30
Betreff: Bin erschüttert

Liebste Miss Barker,

ich bin erschüttert, dass Sie von mir denken, ich dächte schlecht über Sie. Das sollten wir ernsthaft diskutieren. Ich habe übrigens immer noch nicht Ihre Handynummer.

Vorwurfsvolle Grüße, J.

Ich war erleichtert. Hatte ich wirklich Angst vor seiner Reaktion gehabt? Das schockierte mich. Seit wann machte ich mir solche Gedanken, was jemand von mir dachte? Das musste die neue Anna Barker sein. Eine andere Erklärung hatte ich dafür nicht. Da war ich ja mal gespannt, auf die ernsthafte Diskussion. Aber was sollten wir besprechen? Reden wollte ich mit ihm eigentlich nicht. Meine Gedanken gingen da in eine ganz andere Richtung, die garantiert nicht jugendfrei war. Mein Gesicht fühlte sich heiß an. Ich wurde tatsächlich rot. Glücklicherweise nahm niemand Notiz davon. Die S-Klasse stoppte und der Fahrer stellte den Motor ab. Wir hatten unser erstes Ziel erreicht.

Die Begehung dauerte knapp zwei Stunden, gefühlt gut zehn Stunden. Das war das Langweiligste und Mühsamste, was ich jemals gemacht hatte. Es wurde jeder Stein einzeln umgedreht und eine Million Fragen dazu gestellt, die mir nicht mal im Traum eingefallen wären. Leider musste ich das Ganze protokollieren und war daher gezwungen, aufmerksam zu sein. Ich fühlte mich wie eine ausgetrocknete Tomate und war froh, dass wir zur

Abschlussbesprechung ins Verwaltungsgebäude gingen. Wenn man dabei von Gebäude sprechen konnte, denn es war ein Container.

Seit geraumer Zeit drückten meine Blase und – viel schlimmer– mein Darm. Ich hatte gehofft, dass es mir erspart bliebe, die sanitären Anlagen aufsuchen zu müssen, aber jetzt konnte ich mich nicht mehr zurückhalten. Obwohl ich meine Beine und Arschbacken zusammenpresste, hätte ich die Rückfahrt nicht überstanden. Die Toilette, oder was die als solche bezeichneten, lag direkt angrenzend zum Besprechungsraum, man musste nur seiner Nase folgen. Das Kämmerlein wurde durch eine duschabtrennungsähnliche Tür separiert.

Scheiße, wie sollte das denn gehen? Die Tür hätten sie sich ja komplett sparen können! Das würde ich nicht überleben.

Die Besprechung hatte noch nicht begonnen und ich nutzte meine Chance, vielleicht doch unbemerkt mein Geschäft verrichten zu können.

Bitte, lieber Gott, mach, dass ich mich nicht selbst töten muss, um diese peinliche Lage zu vergessen!, betete ich zum Himmel, als ich mich auf den Weg machte.

Nachdem ich die Falttür aus Plastik, ja PLASTIK, geschlossen hatte, atmete ich so flach wie möglich, denn drinnen stank es nicht nur erbärmlich, nein, es roch schlimmer als im dreckigsten Dixi, das ich jemals zu nutzen gezwungen gewesen war. Konnte es schlimmer kommen?

Es konnte. Meine Gedärme zeigten deutlich an, dass es nun aber wirklich höchste Eisenbahn war. Eine Sekunde überlegte ich, dann stieg ich hastig ganz aus der Hose, um mich nicht, Pardon, vollzuscheißen.

Nächstes Problem: Wo die Hose aufhängen, ohne dass sie hinterher braun statt grün war? Es schüttelte mich bei der Vorstellung. Ich zog rasch auch noch die Unterhose aus, steckte sie in die Hosentasche und nahm einen Hosenknopf zwischen die Zähne, um keine Sabberspuren darauf zu hinterlassen. Das durfte doch alles nicht wahr sein. Die Herren draußen hatten sich wahrscheinlich direkt hinter meiner Duschabtrennung aufgestellt, damit sie live miterleben konnten, wie Anna Barker die peinlichste Nummer ihres Lebens abzog.

Ich erspare mir die intimen Details, denn was nun kam, war weder schön noch diskret, eher laut. Ich dankte Isabelle im Stillen dafür, dass ich durch meine Laufrunden mit ihr immerhin genug Kraft in den Oberschenkeln hatte, um nicht umzufallen. Anschließend galt mein Dank Jonas, dessen Verdienst es war, dass ich mein Geschäft mit Toilettenpapier beenden konnte. Mehr sag' ich dazu nicht.

Nachdem ich die Toilette so unauffällig wie möglich verlassen hatte, hoffte ich wider jeglicher Vernunft, dass mein Verschwinden unbemerkt geblieben war. Ich war froh, dass sich keiner etwas anmerken ließ. Aber ich konnte es nicht vergessen. Mein schlimmster Alptraum wurde wahr. In Gedanken schrieb ich einen Merkzettel: Vor dem nächsten Ausflug drei Immodium einwerfen und Blockschokolade essen.

Die zweite Besichtigung war auch nicht besser, der Jetlag machte sich zunehmend wieder bemerkbar, aber mir blieben wenigstens weitere Toilettengänge erspart. Auf der Rückfahrt brütete ich immer noch über dem Erlebnis und hoffte, dass sich etwas Derartiges zukünftig niemals wiederholte. Ich schwor, das bei jeder weiteren Reise durch exzessive Vorbereitung, Recherche und Ausrüstung zu verhindern. Schließlich siegte die Müdigkeit und mir fielen die Augen zu.

Ich musste ungefähr eine Dreiviertelstunde geschlafen haben, als mein iPhone losging.

An: Anna Barker
Von: Jonas Ackermann
Uhrzeit: 17:46
Betreff: Schöne Träume
Liebe Miss Barker,
ich hoffe, Sie haben etwas Schönes geträumt. Es war interessant, Sie zu beobachten.
Herzliche Grüße, Ihr J.

Hoffentlich hatte ich nicht mit offenem Mund geschlafen und dabei gesabbert. Schnarchen wäre untypisch für mich gewesen, aber nach dem heutigen Tag hätte mich auch das nicht mehr überrascht.

An: Jonas Ackermann
Von: Anna Barker
Uhrzeit: 17:54
Betreff: Jetlag
Lieber Herr Anwalt,
danke der Nachfrage, ich hatte noch etwas Schlaf nachzuholen. Wie kommen Sie überhaupt dazu, mir beim Schlafen zuzusehen?
Erstaunte Grüße, A.

Den Mann sollte mal einer verstehen. Erst küsste er mich, als er die Gelegenheit für mehr hatte, schickte er mich weg, dann tat er so, als wäre nichts gewesen, und jetzt? Flirtete er mit mir?

Herr Stein war wie bei der Hinfahrt dabei, sich Notizen zu machen. Wie machte der Mann das nur? Der musste eine Wahnsinnsenergie haben. Ob er Drogen nahm? Aufputschmittel? Kokain? In seinem Alter eher unwahrscheinlich. Wahrscheinlich war er einfach hyperaktiv.

Von: Jonas Ackermann
An: Anna Barker
Uhrzeit: 18:00
Betreff: Mehr als einmal

Liebste Miss Barker,

wenn Sie bedenken, wie oft ich Ihnen schon beim Schlafen zugesehen habe, wären Sie jetzt nicht so erstaunt (Flugzeug, gestern Abend). Sie sehen hübsch und friedlich aus, wenn Sie schlummern.

Beobachtende Grüße, J.

Ach, du meine Güte. Daran hatte ich tatsächlich nicht gedacht. Ich schaute aus dem Fenster, wir näherten uns dem Zentrum von Shanghai. Herr Stein hatte mir den Auftrag gegeben, die Notizen zusammenzufassen und an ihn und einige Mitarbeiter in Hamburg zu mailen. Ich öffnete mein Notebook und übertrug meine Aufzeichnungen aus der iPad Notizfunktion in eine Word-Datei und formatierte die Informationen noch etwas übersichtlicher. Die restliche Fahrt verging wie im Flug. Da ich den PC sowieso schon vor mir hatte, schrieb ich auch gleich noch eine Mail.

An: Jonas Ackermann
Von: Anna Barker
Uhrzeit: 18:17
Betreff: Überrascht

Sehr geehrter Herr Anwalt,

flirten Sie mit mir?

Nachdenkliche Grüße, A.

„Jonas, ich möchte Sie bitten, Anna heute Abend in ein nettes Restaurant auszuführen. Ich bin furchtbar müde und habe noch einige Telefonate zu erledigen. Wir sehen uns dann morgen um acht." Der Wagen hielt vor dem Shangri-La, Herr Stein packte seine Notizen in seine Mappe und schien es eilig zu haben, aus dem Wagen zu kommen. In der Lobby verabschiedeten wir uns.

„Ich wünsche Ihnen beiden einen angenehmen Abend, suchen Sie was Nettes für meine wundervolle Assistentin aus, Jonas."

„Bis morgen, Herr Stein. Es wird mir ein Vergnügen sein." Jonas schüttelte ihm die Hand, seine Miene verriet nichts.

„Gute Nacht, Herr Stein. Sollten Sie noch etwas benötigen, rufen Sie mich bitte kurz an." In Wahrheit hoffte ich natürlich, dass er sich nicht mehr melden würde. Ich war ziemlich erledigt und eine weitere Nachtschicht mit Memos würde ich höchstwahrscheinlich nicht überleben. Meine Pläne für die nächsten Stunden sahen eindeutig Relaxen vor. Das Hotel hatte einen Pool. Diese Tatsache alleine war vielleicht noch nichts Besonderes. Aber dieses Hotel hatte den Pool im sechsundzwanzigsten Stock, von dort aus würde man garantiert eine Hammeraussicht haben. Das wollte ich mir nicht entgehen lassen. Dazu vielleicht ein Cocktail und ich wäre im Paradies. Ein wenig Abkühlung vor dem Abendessen mit dem Herrn Anwalt konnte mir mit Sicherheit auch nicht schaden.

„Ist es okay, wenn wir uns um acht treffen? Ich habe noch ein paar Dinge zu erledigen und brauche nach dem Tag in der Wildnis dringend eine Dusche. Wie du weißt, muss ich mich noch rasieren." Er grinste breit und begleitete mich in den Aufzug. Erinnerungen an den gestrigen Abend kamen in mir hoch.

„Das ist in Ordnung. Ich habe auch noch was vor. Dann sehen wir uns um acht."

Konnte eine Fahrt in den fünfzigsten Stock wirklich so lange dauern? Das Schweigen war schrecklich. Ich starrte auf meine verstaubten Schuhe und Jonas tippte etwas in seinen Blackberry ein. Endlich. Die Türen öffneten sich und ich verließ den Aufzug mit einem: „Wir sehen uns dann, bis später!" Falls er noch etwas erwiderte, hörte ich es nicht mehr, weil ich zu schnell weggelaufen war. Ich schnaufte durch und war froh, dass dieser Tag überstanden war. Zum größten Teil jedenfalls. In meinem Zimmer entledigte ich mich als erstes meiner Safariklamotten. Die mussten dringend in die Wäscherei. Keinesfalls würde ich die so mit nach Hause nehmen. Angeekelt packte ich die Sachen in eine Plastiktüte mit der Aufschrift „Laundry“ und stellte sie vor meine Zimmertür. Für dieses Mal war es mir völlig egal, ob das Waschen schweineteuer war. Ich hatte immer noch den Gestank in der Nase und ich fürchtete, mit den Klamotten im Zimmer würde ich ihn niemals loswerden. Ich sprang kurz unter die Dusche und zog anschließend meinen Bikini und den Bademantel über, schlüpfte in die hoteleigenen Badelatschen und packte mein Handy in die Bademanteltasche. In diesem Moment summte das iPhone wieder.

Von: Jonas Ackermann
An: Anna Barker
Uhrzeit: 18:56
Betreff: Dinner
Liebste Miss Barker,
ich hoffe inständig, Sie gehen nicht nur mit mir essen, weil es Ihnen Ihr Chef befohlen hat. Flirten Sie?
Zweifelnde Grüße, J.

Wäre ich mit ihm Essen gegangen, auch wenn Herr Stein nicht darauf bestanden hätte? Ich denke schon. Wenn ich ganz ehrlich zu mir war, musste ich zugeben, dass ich natürlich mit ihm Essen gegangen wäre. Ich hatte leider großes Talent, mich selbst in den größten Schlamassel reinzureiten, den man irgendwo finden konnte. Und bei diesem Mann gab es einige Widersprüche, die ich einfach nicht kapierte. Aber, ich musste mir widerwillig eingestehen, dass er mich reizte. Verbotene Früchte schmeckten seltsamerweise immer am besten.

Von: Anna Barker
An: Jonas Ackermann
Uhrzeit: 19:08
Betreff: Schweigen ist Gold
Lieber Herr Anwalt,
eine Dame schweigt und genießt. Wir sehen uns gleich.
Badenixengrüße, A.

Oh, schon so spät. Ich musste mich sputen. Ich eilte in den Fitness- und Poolbereich und hatte nicht zu viel erwartet: ein Wahnsinnspanorama! Das toppte alles! Ich genoss das klare Nass und schwamm ein paar Bahnen. Außer mir waren nicht viele Hotelgäste im Pool. Ein ungefähr zehnjähriges Kind kraulte hin und her und sah dabei ziemlich professionell aus. Etwas demütigend, wenn man andauernd von einem Kind mit Schwimmbrille überholt wurde. Mr. Doubleyou hatte zum Glück keinerlei sportliche Ambitionen und ließ mich zur Abwechslung in Ruhe. So konnte ich den Moment ohne lästige Kommentare genießen.

Ich war etwas zu spät dran, ließ mich aber davon nicht aus der Ruhe bringen. Ich blickte in den Spiegel. Ich musste unbedingt mehr essen. Meine Schlüsselbeine zeichneten sich deutlicher ab als noch vor ein paar Tagen. Abnehmen stand nicht auf dem Programm, ich war sowieso schon viel zu dünn. Aber wie sollte ich bei dem ganzen Stress auch noch regelmäßig essen? Ganz zu schweigen davon, dass ich absolut Null Appetit hatte, seit ich diesen stressigen Job angetreten hatte. Auf dem Weg zum Lift checkte ich noch mal meine Mails.

Von: Jonas Ackermann
An: Anna Barker
Betreff: Zweifel
Uhrzeit: 19:21

Liebste Miss Barker,

Sie machen es einem Mann nicht leicht. Es würde mich freuen, wenn Sie meine Gesellschaft auch ohne Anweisung von oben schätzen würden. Aber das kann ich natürlich nicht erzwingen. Es wäre töricht von mir, zu glauben, Sie fühlten sich ebenso zu mir hingezogen wie ich mich zu Ihnen.

Erwartungsvolle Grüße, J.

Holla! Jetzt ging es aber los hier.

Ich grinste breit, aber für eine Antwort war keine Zeit mehr. Das war sicherlich besser für mich. Was sollte ich dazu auch sagen? „Ja klar, ich denke die ganze Zeit an deine blauen Augen und das, was nach den Küssen hätte passieren können?“ Sicher nicht.

Es war bereits kurz nach acht, als ich in der Hotellobby ankam, aber früher hatte ich es einfach nicht geschafft. Da ich nicht wusste, wohin wir gehen würden, trug ich ein schwarzes Etuikleid und rote Pumps. Damit konnte man nicht viel falsch machen. Als Jonas mich sah, hellte sich sein Gesichtsausdruck auf und er strahlte mich an: „Hallo, Anna.“ Ich lächelte zurück und ging so grazil wie möglich auf ihn zu. Er sah verdammt sexy aus in seinem Freizeitoutfit und er musste gerade aus der Dusche gekommen sein, denn seine Haare waren noch leicht feucht.

„Sorry, ich bin etwas zu spät. Aber die Zeit war ja auch verdammt knapp“, entschuldigte ich mich. Sein intensiver Blick machte mich nervös.

„Kein Problem. Ich freue mich, dass du da bist, ich hatte schon befürchtet, du kommst nicht. Dann lass uns losfahren. Ich habe einen Tisch in einem hoffentlich guten

Restaurant am Bund bestellt. Das ist das Vergnügungsviertel Shanghais."

„'Vergnügungsviertel' klingt etwas merkwürdig. Aber ich bin gespannt."

„Keine Sorge, alles safe. In China bist du sicher, da kannst du auch nachts auf die Straße gehen und es passiert dir nichts."

„Na, ich möchte das trotzdem nicht ausprobieren … nachts. Alleine."

„Ich werde dich sicher nicht nachts alleine durch Shanghai laufen lassen, Anna." Er nahm meine Hand und führte mich nach draußen.

Mein Herz schlug schneller.

Jonas öffnete mir die Tür zum gelben Taxi, eine Klapperkiste von Volkswagen. Dagegen war mein Auto ein roter Flitzer! Das Modell des Taxis kannte ich nicht, und Jonas klärte mich auf, dass es extra für den chinesischen Markt produziert wurde.

Gleich nach der Abfahrt wünschte ich mir die S-Klasse und unseren Fahrer zurück. Der Taxifahrer machte mir Angst. Er wechselte wie ein Bescheuerter von der rechten auf die linke Spur und wieder zurück auf die mittlere, ohne sich zu vergewissern, was vor, hinter oder neben uns passierte. So wie der aussah, war ich mir auch nicht sicher, ob er überhaupt noch sehen konnte. Ich schätzte ihn auf mindestens siebzig und er trug eine Brille mit zentimeterdicken Gläsern.

„Angst?", fragte mich Jonas mit einem spöttischen Grinsen.

„Wenn ich ehrlich bin: ja. Fahren die hier alle so?" Ich suchte nach einem Anschnallgurt.

„Wieso. Der fährt doch super. Du musst mal bei einem schlechten Taxifahrer mitfahren." Er lehnte sich lässig in den Sitz zurück.

„O Gott. Lieber nicht." Leider hatte der Wagen keine Gurte und ich strengte mich an, meine Panik zu unterdrücken.

Ich versuchte nicht aus dem Fenster zu sehen und den Straßenverkehr zu ignorieren. Außerdem schickte ich mehrere Stoßgebete zum Himmel und hoffte auf eine möglichst kurze Fahrt. Sie dauerte tatsächlich nur zwanzig Minuten, aber am Ende war ich einem Nervenzusammenbruch nahe.

Jonas reichte mir die Hand und half mir aus dem Taxi. Er ließ sie erst vor dem Eingang des Restaurants wieder los. Wir fuhren mit dem Lift – mal wieder – in die vierte Etage des Gebäudes und die Dame der Tischorga-Abteilung teilte uns mit, dass der reservierte Tisch noch nicht frei sei. In ihrem nasalen Chinesen-Englisch bat sie uns, bei einem Drink auf der Dachterrasse zu warten. Sie würde uns abholen, sobald unser Tisch verfügbar war. Ein Aperitif kam mir nach der Taxifahrt ziemlich gelegen. Ohnehin war ich fürchterlich nervös und trachtete danach, meine Nerven mit Alkohol etwas zu entspannen. Es lag ganz bestimmt nicht nur an der Taxifahrt, dass ich so zappelig war. Trotzdem kannte ich mich so nicht und ich traf Jonas schließlich nicht zum ersten Mal.

Als ein Date konnte man das hier auch nicht bezeichnen, es war immer noch ein Abendessen auf Order vom Chef. Was war also los mit mir? Ich hatte glücklicherweise keine Zeit mehr, das tiefergehend zu analysieren, denn ich musste mit der adretten Chinesin und Jonas Schritt halten.

Sie führte uns auf die Dachterrasse des Restaurants und ich war einmal mehr überwältigt vom Ausblick auf diese Stadt. Unter uns strömte der Fluss Huangpu, in dem sich tausende von Lichtern spiegelten, und darüber erhob sich die Skyline des Finanzviertels Pudong. Hell erleuchtete Tower und Hotels, blinkende Werbeschilder und beleuchtete Schiffe, die Touristen durch Shanghai beförderten, strahlten um die Wette. Ein irrsinniger Ausblick. Ich wünschte, ich hätte eine Kamera gehabt, um den Moment festzuhalten.

„Es ist unglaublich toll hier. Ich bin total beeindruckt!"

Ich freute mich wie ein Kind und Jonas lächelte mich an: „Ja, das ist etwas ganz besonderes. Shanghai bei Nacht. Hier wohnen dreiundzwanzig Millionen Menschen. Das kann man sich kaum vorstellen."

Da alle Sitzplätze schon belegt waren, blieben wir an einem der Stehtische. Nachdem ich die Getränkekarte studiert hatte, entschied ich mich für einen Gin Tonic. Ich braucht etwas Stärkeres nach dem ganzen Stress. Jonas bestellte zwei Gin Tonic für uns und wir plauderten über alles Mögliche. Meine Anspannung löste sich und ich fühlte mich wohl in seiner Gesellschaft. Sehr wohl sogar. Er erzählte mir mehr über die Sitten und Bräuche in China, über das chinesische Volk und die Geschichte des Landes. Ich hörte ihm fasziniert zu und klebte an seinen sinnlichen Lippen – zumindest mit den Augen. Die Stimmung hier oben war zudem wirklich toll, alles fühlte sich so leicht und entspannt an. Bei Nacht war das Klima viel angenehmer, die drückende Schwüle des Tages klang ab und eine leichte Sommerbrise brachte frische Luft, die mir angenehm um den Nacken strich. Der DJ spielte Café del Mar und ich genoss es, hier in dieser anderen Welt mit Jonas zu sein. Dieser Moment hätte ewig dauern können. Ich nahm gerade den letzten Schluck des Aperitifs, als wir auch schon wieder los mussten.

Ein Chinese in schwarzer Hose und weißem Jackett teilte uns mit, dass unser Tisch nun frei sei und wir folgten ihm wortlos auf eine tiefer gelegene, andere Terrasse. Jonas legte seinen Arm um meine Schultern und flüsterte mir zu: „Ich freue mich, dass du mitgekommen bist. Freiwillig oder nicht. Jetzt sind wir hier und wir sollten den Abend weiterhin genießen. Ich werde mir Mühe geben, dich nicht zu langweilen."

Langweilen? Der spann ja. Ich explodierte fast vor

Excitement!

Ich mochte das Gefühl seines kräftigen Armes auf meinen Schultern. Daran hätte ich mich auf der Stelle gewöhnen können.

Wir bekamen einen kleinen Tisch am Rande der Terrasse zugewiesen und hatten auch von dort einen atemberaubenden Blick auf das nächtliche Shanghai. Ich liebte den leichten Sommerwind in meinem Gesicht und schloss die Augen für einen kurzen Moment. Herrlich! Der Aperitif war stark gewesen und ich spürte den Alkohol bereits. Ich hatte den Tag über auch kaum etwas gegessen, das war also kein Wunder. Ich verdrängte, dass Jonas eigentlich Tabu war, ich vergaß, dass ich eigentlich seriös sein wollte und genoss den Moment. Jetzt war ich nur ein Mensch inmitten von dreiundzwanzig Millionen anderen und es gefiel mir.

„Woran denkst du, Anna? Alles in Ordnung?“

Jonas blickte besorgt von der Karte auf und schaute mich an.

„Alles bestens. Ehrlich, so gut wie jetzt habe ich mich lange nicht gefühlt. Vielen Dank für heute Abend, das war sehr nett, äh, ist sehr nett von dir.“ Ich lächelte ihn an und er prostete mir zu.

„Es bereitet mir großes Vergnügen, dich heute Abend hier auszuführen, Anna. Und das Beste daran ist, dass ich dich ganz alleine für mich habe.“ Er blickte mir tief in die Augen und ich spürte Schmetterlinge im Bauch. Das lag sicher am Alkohol. Ich vertiefte mich in die Menükarte und versuchte, die Speisen zu sortieren. Ich konnte mich in seiner Gegenwart kein bisschen konzentrieren. Außerdem spürte ich, dass mich die blauen Augen immer noch fokussierten und das machte mich noch nervöser. Ich hatte keine Chance, mir etwas auszuwählen, das Abendessen war mir inzwischen auch völlig egal. Welche Frau brauchte schon Essen, wenn sie die Versuchung in Person vor sich hatte?

Scheiße, Anna. Du drehst ja völlig durch.

„Darf ich dir einen Vorschlag machen?“

Ich wusste da was. Schrieb sich mit drei Buchstaben und hatte nur indirekt mit Essen zu tun.

„Ja klar, was?“ Ich lächelte und mir war klar, dass meine Wangen leicht gerötet waren.

„Ich wähle einige Gerichte aus, von denen ich glaube, du könntest sie mögen. Ist das in Ordnung für dich? Gibt es etwas, was du auf keinen Fall essen magst?“

Essen? Ach so, natürlich. Ich war total in meine Phantasien abgetaucht gewesen.

„Das klingt super, ich esse eigentlich alles. Naja, alles ist relativ. Ich möchte nicht unbedingt Schlangen, Skorpione oder Hühnerfüße. Such einfach was aus.“

„Sehr gut, ein erster Schritt für uns ist doch, dass du mir vertraust, was das Essen anbelangt. Das war ja leicht. Was kommt danach?“ Er grinste mich schelmisch an.

Ich musste lachen: „Ja, danach entscheide ich, wie es weitergeht, also sieh dich vor.“ Ich blickte ihn durch die Wimpern an. Und ich war mir sicher, er spürte es auch. Die Spannung zwischen uns war greifbar.

„Unter diesen Umständen werde ich mir die allergrößte Mühe geben, Miss Barker. Ich werde den Koch anweisen, Skorpione, Hühner und Schnecken von Hand auszulesen, den Reis frisch zu ernten und persönlich zu servieren. Ich werde weder Kosten noch Mühe scheuen und *kein Risiko eingehen.*“

Sein Blick ging mir durch Mark und Bein. Mir war unglaublich heiß und meine Wangen brannten. Obwohl er mich nicht angefasst hatte, war ich on fire. Ich war froh, als der Kellner mit dem bestellten Weißwein und einer Flasche Pellegrino ankam. Jonas hatte einen Weißwein aus Neuseeland gewählt, Cloudy Bay Sauvignon Blanc 2010. Ich durfte den ersten Schluck kosten. Er war gut gekühlt und leicht prickelnd, schmeckte sehr fruchtig und frisch. Zufrieden gab ich Jonas mein Urteil bekannt: „Hervorragend, den können wir trinken. Er schmeckt ein wenig nach Stachelbeeren.“

„Dann bin ich erleichtert. Wenn ich dich jetzt küssen würde, könnte ich den Wein noch schmecken.“ Er nickte dem Kellner zu und dieser schenkte uns Weißwein in die Gläser. Jonas tat so, als hätte er über das Wetter gesprochen. Beiläufig strich er mir über meine am Glas ruhende Hand. Ein anderer Kellner kam mit einem Schälchen voll glasierter Walnüsse und stellte sie in die Mitte des Tisches. Ich musste dringend etwas in den Magen bekommen und mich auf andere Gedanken bringen. Ob er wusste, was er für eine Wirkung auf mich hatte? Jonas wirkte eher zu gelassen auf mich.

Wahrscheinlich spielt er mit dir.

Halt die Klappe. Du hast jetzt offiziell Feierabend, Mr. Doubleyou!, presste ich innerlich gegen zusammengebissenen Zähne.

Jonas nahm seine Essstäbchen und fütterte mich mit einer Nuss. Ich spielte sein Spiel mit.

„Danke. Die schmecken – gut. Etwas komischer Nachgeschmack.“ Ich kaute und trank einen Schluck Wasser.

„Super. Mehr?“

Er bot mir eine weitere Nuss an.

„Bitte … an diesen Service könnte ich mich gewöhnen, also pass auf. Sonst wirst du bald mein persönlicher Sklave.“

Ich grinste ihn an und reckte mein Kinn kokett nach vorne.

„Bitteschön, nimm das.“ Jetzt hatte er die Stäbchen beiseitegelegt und fütterte mich mit der rechten Hand. Seine Finger streiften meinen Mund. Es dauerte eine Sekunde zu lange. Ich schaute ihn an und kleine Schauer liefen mir über den Rücken. Ich schluckte, nahm noch einen Schluck Weißwein und räusperte mich.

„Spitzenmäßig. Aber ich denke, ich sollte deine Servicebereitschaft nicht überstrapazieren. Wer weiß, wofür ich die noch brauche.“ Ich blinzelte ihn an und grinste.

Der Kellner kam erneut und brachte uns die ersten zwei Gerichte. Jonas klärte mich auf, dass das eine Pak Choi und das andere Schweinefleisch mit Ingwer wäre. Der Pak Choi sah aus wie Babymangold, war es vielleicht auch. So genau kannte ich mich mit asiatischem Gemüse nicht aus. Ich probierte von beidem und war begeistert. „Das schmeckt köstlich. Ich hatte vergessen, wir hungrig ich bin."

„Das freut mich, spar dir aber etwas Hunger auf – es kommen noch mehr Gerichte. Es wäre schön, wenn du sie zumindest noch kosten würdest. Ich will deine Meinung wissen."

„Ich kann mehr essen, als du denkst, weißt du ..."

„Mach dir keinen Kopf. Du bist gut so, wie du bist. Und außerdem ...", er zuckte mit den Schultern und steckte sich noch ein Stück Schweinefleisch in den Mund, spülte es mit Weißwein hinunter und lehnte sich zurück, „... habe ich vielleicht nicht nur vom Essen gesprochen."

Oh. Scheiße, ich war kurz davor durchzudrehen.

Wenn wir nicht sofort das Thema wechselten, konnte ich für nichts mehr garantieren. Restaurant hin oder her.

„Aha. Gut. Aber ... ich muss essen. Schau mich mal an. Ich kann dir sagen, die meisten Männer finden was an mir auszusetzen. Dem einen sind die Titten zu klein, dem anderen der Po zu flach. Frau hat es nicht leicht heutzutage."

„Ich finde, du bist perfekt, so wie du bist. Ein Kilo mehr oder weniger ..." Jonas' Handy summte. Seine Miene verfinsterte sich, als er auf das Display schaute. Er beantwortete den Anruf aber nicht und steckte das Telefon in seine Tasche. „Dafür habe ich andere Probleme." Abrupt wechselte er das Thema.

„Gleich kommen die nächsten Gerichte, bist du schon gespannt?"

„Ja, absolut!" Ich sagte nichts zu seiner Andeutung, ich wollte es nicht verderben, dieses eine Mal wollte ich nur den Abend genießen. Weit weg. Nicht an zu Hause denken. Nicht an meinen Arsch von Ex, nicht an mein Leben.

Die Stimmung hatte sich mit dem Anruf verändert und ich war froh, als die nächsten Teller serviert wurden. Es sah nach mehr Gemüse aus, das meiste kannte ich nicht, nur Champignons und Chinakohl konnte ich identifizieren, außerdem Rindfleisch mit Chili. Ich fand beides ausgesprochen lecker und langte kräftig zu. Unsere Unterhaltung kehrte über das Essen zu allgemeineren Themen zurück und entspannte sich. Die Sorgenfalte auf Jonas Stirn verschwand. Ich erzählte ihm von meiner Familie. Wie es war, mit einem Vater in England und der Mutter in Hamburg aufzuwachsen. Er war sehr aufmerksam und stellte viele Fragen. Ich hatte Spaß daran, ihm von mir zu erzählen und genoss es, einfach nur ich sein zu dürfen.

Als der Weißwein zur Neige ging, kapitulierte ich auch beim Essen und legte meine Stäbchen endgültig zur Seite, obwohl die Teller immer noch gut gefüllt waren.

„Ich platze. Noch einen Bissen und es passiert ein Unglück."

„Das wollen wir nicht riskieren, wobei – hier sind die Toiletten etwas, äh, westlicher als heute Morgen."

„Du A…… Anwalt wollte ich sagen." Ich hob meine Faust und drohte ihm. Er hielt sie fest und drückte sie sanft auf den Tisch.

„Passen Sie auf, was Sie tun, Miss Barker. Ich bin stärker als Sie."

„Uhhh. Jetzt hab' ich aber Angst."

„Ich würde da lieber kein Risiko eingehen, wenn ich du wäre."

Er grinste mich spitzbübisch an und sein Griff lockerte sich. Jonas hielt meine Faust mit seiner rechten Hand umschlossen, drehte sie um und öffnete mit seiner Linken meine geschlossenen Finger. Dann fuhr er mit Zeige- und

Ringfinger über meine Handinnenfläche. Obwohl die Berührung keineswegs intim war, empfand ich es als extrem erotisch. Unsere Blicke trafen sich und ich musste schlucken. Meine Hormone fuhren Achterbahn. Im nächsten Moment ließ er meine Hand los und wechselte jäh das Thema.

„Das Essen war wunderbar. Ich hoffe, der morgige Tag läuft gut. Das ist ein wichtiger Auftrag für die Stein Energy." Überrumpelt und verwirrt suchte ich nach den passenden Worten.

Da saß ich nun, wie bestellt und nicht abgeholt. *Er spielt nur mit dir. Ich hab es dir doch gesagt. Gutaussehende Männer kannst du vergessen. Die bringen nur Ärger.* Womöglich hatte Mr. Doubleyou wie immer recht.

Nachdem Jonas bezahlt hatte, spazierten wir schweigend am Huangpu entlang und genossen die Sommernacht. Jeder in seine eigenen Gedanken versunken.

Worauf wartest du jetzt, Anna?

Wollte ich mehr? Was wollte ich überhaupt? Diese Frage hatte ich mir noch nicht gestellt, geschweige denn beantwortet. Die letzten Tage waren in Höchstgeschwindigkeit an mir vorbeigerauscht. Ich hatte bisher überhaupt nur wenig Zeit zum Nachdenken gehabt, hauptsächlich war es bisher ums Funktionieren gegangen. So eine Zeitverschiebung war echt nicht ganz ohne.

„Jonas, können wir uns mal kurz hinsetzen. Meine Schuhe bringen mich um." Das hatte frau nun davon. Wer schön sein will, muss leiden. Dass ich das häufig wörtlich und am eigenen Leib erfuhr, ging mir auf den Keks. Aber wer hätte denn ahnen können, dass ich an diesem Abend noch einen Marathon auf Pumps absolvieren sollte? Autsch.

Die letzten Meter bis zu einer Sitzgelegenheit gingen wir wortlos nebeneinander her, und ich empfand diese

Stimmung, woher auch immer sie auf einmal gekommen war, als schrecklich. Jonas war für mich absolut unberechenbar. Es gibt ein Schweigen, das ist angenehm, weil es auf stummem Einverständnis beruht, und es gibt ein Schweigen, das die Zeit zum Vakuum werden lässt, weil keiner weiß, was er sagen soll. Eine Sekunde fühlt sich dann an wie zehn. Genau da waren wir im Moment.

Wir setzten uns auf die kniehohe Mauer und ich schlüpfte aus meinen Schuhen. Meine Fersen waren aufgescheuert und blutig.

„Warum sagst du denn nichts, Anna! Das sieht ja übel aus." Er hielt meinen Fuß und begutachtete die kleine Wunde. Ich zog den Fuß weg, es war mir irgendwie unangenehm, viel zu intim.

„Ein Indianer kennt keinen Schmerz. Hätte ich gewusst, dass du mich zu Fuß durch halb Shanghai schleppst, hätte ich meine Laufschuhe angezogen." Ich streckte ihm die Zunge raus. Es machte mir Spaß, ihn zu provozieren. Jonas saß direkt neben mir. Ich konnte die Wärme seines Körpers spüren. Sein weißes Leinenhemd war nicht ganz zugeknöpft und ich roch sein Aftershave, ein herber Duft mit einem Hauch Zitrus. Hatte ich eben noch einen kessen Spruch auf den Lippen, war mein Mund jetzt trocken. Zeitlupe. Ich wusste, gleich würde er mich küssen. Wollte ich das? Mein Körper schrie: Ja!

Mr. Doubleyou – ich hörte nicht hin.

Jonas küsste mich sanft, fast zaghaft. Seine Lippen waren leicht geöffnet und er wartete auf eine Reaktion von mir. Vorsichtig und abwartend liebkoste er meine Unterlippe. Unsere Lippen passten perfekt zusammen. Ich erwiderte seinen Kuss, es ging wie von selbst. Mein Körper reagierte auf seine Berührung, als hätten wir nie etwas anderes getan. Ich spürte seine Hände auf meinem Rücken und meinen Haaren, seine Zunge in meinem Mund. Ich vergaß Zeit und Raum, vergaß, wo wir waren, ich wollte mehr. Ich weiß nicht, wie lange wir knutschend auf dieser Mauer saßen. Die Welt stand still. Er atmete stoßweise und ich spürte deutlich sein Herz unter meiner Hand, die auf seiner Brust lag. Er löste sich von mir und vergrub sein Gesicht in meinen Haaren.

„Anna, was machst du mit mir?“ Jonas klang verzweifelt.

Ich sagte nichts, war noch immer atemlos. Er fuhr sich mit der Hand durch die Haare.

„Ich fürchte, ich kann hier nicht weg.“ Er grinste mich an. Erneuter Stimmungswechsel.

„Was?“ Ich blickte ihn ungläubig an.

„Sollte ich aufstehen, kommt die Polizei und nimmt mich fest. Ich glaube, ich muss mich abkühlen. Aber wie soll das gehen, wenn du neben mir sitzt.“

„Ohhhh …“ Ich verstand. „Du hast ein Zelt gebaut.“ Ich kicherte: „Ich kann dir meine Schuhe leihen, die kannst du davorhalten.“

Mir wurde bewusst, dass einige Menschen uns anstarrten. Wir hatten wohl eine ganz gute Show aufs Parkett gelegt. Na dann. Super. Ich beschloss, dass es mir völlig egal war, ich kannte ja sowieso keinen. Jonas' Telefon klingelte. Schon wieder. Ich rollte mit den Augen. Konnte er das Teil nicht auf lautlos stellen? Das ging gar nicht.

Ich hatte nicht mitgezählt, wie oft es während des Essens geklingelt hatte, aber ich schätzte, mindestens zehn Mal.

Nervtötend! Aber auch jetzt nahm er nicht ab und steckte es wieder zurück in seine Hosentasche.

„Komm, Anna “, lächelte er mich an und half mir auf die Beine. „Halt deine Schuhe fest. Ich nehme dich als Abschirmung.“

„Was?“ Er drückte mir die Pumps in die Hand und im Handumdrehen fand ich mich in seinen Armen wieder. Er trug mich zum nächsten Taxi.

„Oh, là, là! Das nenne ich Service!“

„Immer zu Ihren Diensten, Miss Barker! Mit diesen Wunden können Sie unmöglich selbst laufen.“

Jesus, es fühlte sich wunderbar an, auf Händen getragen zu werden. Ich genoss jede einzelne Sekunde.

Im Taxi nahm Jonas wieder eine distanzierte Haltung ein und wir sprachen nicht mehr viel. Ich versuchte, mich abzulenken, und schaute aus dem Fenster, sah die vielen Gebäude, Lichter und Menschen. Wer wusste, ob ich nochmal hierher kommen würde. Ich dachte an meine Arbeit und meine Zukunft in dieser Firma. War ich wirklich gut genug für die Aufgaben, die auf mich warteten? Ich hatte ja nicht einmal eine abgeschlossene Berufsausbildung. Wie sollte ich da die rechte Hand eines Mega-Konzernbosses sein? Bisher lief alles gut, aber ich musste mir eingestehen, dass ich bereits nach einer Woche urlaubsreif war. Konnte ich dieses Tempo überhaupt durchhalten?

Zumindest dieses eine Mal wollte ich es schaffen. Es erschien fraglich, ob es zweckdienlich dafür war, etwas mit einem Quasi-Kollegen anzufangen.

Nein. Sicher nicht, du Schlaukopf.

Na, danke, Mr. Doubleyou. Die Antwort hätte ich mir gerade auch noch selbst geben können.

Wie man so schön sagt, die Stimmung war im Arsch. Jonas musste ähnliche Gedanken haben, denn vom erotischen Knistern war nichts mehr zu spüren. Er half mir aus dem Taxi und bot mir seinen Arm an, den ich dankend ablehnte. Ziemlich förmlich versicherten wir uns gegenseitig, wie schön der Abend gewesen war. Ganz professionell und korrekt.

Scheiße, wie ich korrekt manchmal hasste.

Die Vernunft hatte gesiegt.

Endlich!, schrie Mr. Doubleyou.

Halt die Fresse!, schrie ich lautlos zurück.

Ich stieg brav in meinem Stockwerk aus und warf einen Blick zurück in den Lift: „Gute Nacht, Jonas. Danke noch mal.“

Er lächelte mich an: „Ich habe zu danken. Es war wunderschön.“ War das wirklich ein trauriger Blick oder bildete ich mir das nur ein? Wahrscheinlich.

Ich lief zu meinem Zimmer. In jeder Hand einen roten Schuh. Der Teppich fühlte sich weich, kühl und flauschig unter meinen brennenden Fußsohlen an. Ein schönes Gefühl in dieser heißen Sommernacht. Ich fühlte mich stocknüchtern und kein Stück müde.

Mist. Wie sollte ich jetzt schlafen? Das alles machte mich ziemlich fertig.

Es war zwar kurz nach Mitternacht, doch ich fand keine Ruhe. Wie ein Junkie griff ich nach dem iPhone und checkte meine Mails. Es hätte ja sein können, dass jemand aus Hamburg oder Herr Stein etwas von mir wollte. Insgeheim hoffte ich natürlich auf eine Nachricht von IHM.

Dumme Nuss. Hast du es immer noch nicht begriffen?

Nein. Hatte ich offensichtlich noch nicht.

Ich hatte zwei neue Nachrichten.

Die erste war von Herrn Stein.

Von: Peter Stein
An: Anna Barker
Uhrzeit: 22:47
Betreff: Krise

Liebe Anna,

entschuldigen Sie die späte Störung, aber wir haben eine kleine Krise in Tokio. Unser größter Kunde dort hat Bedenken zu den neuen Verträgen für ein kommendes Projekt geäußert und ich muss morgen dringend dorthin. Ich bitte Sie, unsere Flüge und ein Hotel zu arrangieren. Ich gehe davon aus, dass Sie ein Multiple-Entry-Visum haben, sonst können Sie anschließend nicht wieder nach China einreisen. Bitte prüfen Sie das. Planen Sie fürs erste eine Übernachtung in Tokio. Danke.

Mit freundlichen Grüßen
Peter Stein

Ach du meine Güte. Puh.

Es wurde also nicht entspannter die nächsten Tage. An was man da alles denken musste. Kein Wunder, dass er blutdrucksenkende Medikamente brauchte.

Die zweite Nachricht war von Jonas.

An: Anna Barker
Von: Jonas Ackermann
Uhrzeit: 00:12
Betreff: Schöne Träume

Sehr geehrte Miss Barker,
ich möchte Ihnen für den wunderbaren Abend danken. Ich mag Ihre Gesellschaft. Ich wünsche Ihnen eine gute Nacht. Ich fürchte, meine wird mal wieder schlaflos.
Späte Grüße, J.

Pffff. Was war das jetzt wieder. Er hatte seine Chance gehabt. Idiot.

Ich musste mich jetzt erst mal um die Flüge und das Hotel kümmern.

Einige Telefonate später hatte ich alles arrangiert und war dankbar, dass unser Reisebüro in Hamburg bis zwanzig Uhr geöffnet war, die Zeitverschiebung hatte eindeutig auch Vorzüge. Mit meinem Visum war es möglich, wieder nach China einzureisen. Das hatte ich also geklärt. Dann konnte ich jetzt schlafen gehen. Ich rang immer noch mit mir, ob ich Jonas zurückschreiben sollte. Natürlich sollte ich es lassen, aber meine Finger machten sich mal wieder selbstständig. Ich nahm das iPhone und stellte erstaunt fest, dass er in der Zwischenzeit noch eine weitere Nachricht geschickt hatte.

An: Anna Barker
Von: Jonas Ackermann
Uhrzeit: 00:56
Betreff: Schlafen Sie schon?

Liebste Miss Barker,
ich schaffe es nicht, Sie aus meinen Gedanken zu verbannen. Ich bin Ihnen hoffnungslos verfallen. Es ist gut, dass Sie meine Warnungen ernst nehmen und nicht mehr antworten. Ich bin nämlich ein echter Scheißkerl. Ich möchte lieber ehrlich zu Ihnen sein.
Ernstgemeinte Grüße, J.

An: Jonas Ackermann
Von: Anna Barker
Uhrzeit: 1:04
Betreff: Bin noch wach
Sehr geehrter Herr Anwalt,
auch wenn Sie es sich kaum vorstellen mögen, ich hatte noch zu tun. Weshalb sind Sie ein Scheißkerl? Davon kenne ich einige. Bisher haben Sie die Kriterien dafür nicht erfüllt.
Fragende Grüße, A.

Die Antwort ließ nicht lange auf sich warten.

An: Anna Barker
Von: Jonas Ackermann
Uhrzeit: 1:09
Betreff: Scheißkerl
Liebste Miss Barker,
es gibt viele Gründe, weshalb ich ein Scheißkerl bin. Dennoch kann ich nicht aufhören, an Sie zu denken. Schlafen Sie jetzt, Sie wissen ja, Schönheitsschlaf.
Gute-Nacht-Grüße, J.

Der Mann hatte doch echt einen Schaden. Trotzdem konnte ich es nicht dabei belassen.

An: Jonas Ackermann
Von: Anna Barker
Uhrzeit: 1:12

Betreff: Selber gute Nacht
Lieber Herr Anwalt,
Sie sollten auch schlafen, nicht dass Sie die Rasur morgen wieder VERschlafen. Ich mag Sie unrasiert.
Weckerstellende Grüße, A.

Was er konnte, konnte ich schon lange.

Ich stellte meinen Wecker auf sieben Uhr und ahnte schon jetzt, dass die Nacht viel zu kurz für mich sein würde. Die E-Mail vom Reisebüro hatte ich an Herrn Stein weitergeleitet. Unser Flug ging um elf Uhr nach Tokio Narita. Das hieß, wir mussten das Hotel gegen acht verlassen.

Weil keine Antwort von Jonas mehr kam und ich immer noch nicht schlafen konnte, schickte ich eine Mail an Isabelle. Ich fragte sie, wie es in Hamburg lief, und erzählte etwas von meiner bisherigen Reise. Jonas erwähnte ich dabei nicht. Ich musste erst mal selbst klarkommen. Bisher gab es ja auch nichts Spannendes zu erzählen. Immer wenn es ernster wurde, zog er sich zurück. Seufzend wälzte ich mich im Riesenbett hin und her und fand irgendwann in einen traumgeschwängerten Schlaf.

8

Nach der heißen Dusche packte ich zusammen und ging frühstücken. Meine Laune war nicht besonders, ich war hundemüde und fühlte mich wie durch den Wolf gedreht. Wieso hatte mir vorher niemand gesagt, wie anstrengend so eine Reise sein würde.

„Guten Morgen, Anna. Gut geschlafen?"

Ich traf Jonas beim Buffet, wo er sich gerade vier verschiedene chinesische Teigklößchen, Dim Sum, wie das Schildchen erklärte, auf den Teller lud. Leider sah er auch an diesem Morgen unverschämt gut aus, die dunklen Augenringe taten dem keinen Abbruch. Es geschah ihm nur Recht, dass er auch müde war. Irgendwie stimmte mich das fröhlicher, à la „Geteiltes Leid ist halbes Leid", keine Ahnung. Vielleicht war es auch einfach nur Schadenfreude. Wahrscheinlich eher das.

„Guten Morgen, Jonas, zu kurz. Und selbst? Rasierer kaputt?"

Ich schubste ihn mit meiner Hüfte zur Seite und grinste ihn an. Sein Blick wurde ernst und er kam mir bedenklich nahe, so dass ich seinen Atem dicht an meinem Ohr spüren konnte: „Ich glaube, du weißt, warum ich nicht rasiert bin, Anna." Seine Stimme war dunkel und heiser.

Ich weiß, es klingt lächerlich, aber meine Knie wurden weich. Das war doch kein Spiel mehr.

Was hatte er für ein Problem?

Verdammte Scheiße. Der machte mich fertig.

Er ließ mich stehen und ich häufte mir irgendwas auf den Teller. Keine Ahnung was, war mir auch so völlig egal. Mein Appetit hatte sich in Luft aufgelöst. Ich zwang mich etwas zu essen, und dank Herrn Steins Anwesenheit sprachen wir nur über die Arbeit. Herr Stein gab Jonas Anweisungen für die nächste Sitzung. Er wüsste ja, worum es ginge, und alles, was ungeklärt bleiben würde, müsste dann nach Tokio besprochen werden.

Als ich ihnen so zuhörte, wurde mir bewusst, dass das alles doch einfach supercool war. Ich war mitten im echten Business! Die Wallstreet war ein Dreck dagegen, ha! Anna Barker in Shanghai, Vorbesprechung zu einem Millionendeal und gleich auf dem Weg nach Tokio. Am Beginn einer heißen Affäre mit einem Topanwalt. Ally McBeal hatte ein Provinzleben dagegen; und die paar ungeklärten Stimmungsschwankungen waren der Pfeffer in meinem neuen Jetset-Leben. Mein Verstand hatte Urlaub und Mr. Doubleyou war für den Moment von diesen Aussichten eingenommen. Allerdings kommt Hochmut vor dem Fall, Miss Barkers Fall folgte wie immer prompt.

Jonas drückte uns zum Abschied die Hand und wünschte uns eine gute Reise. Da Herr Stein die Limousine der Chinesen nicht für die Fahrt zum Flughafen nutzen wollte, fuhren wir Taxi. Und wenn ich am Tag zuvor meinte, Angst gehabt zu haben, dann musste ein neuer Begriff für meine Gefühle während dieser Fahrt gefunden werden. Der Taxifahrer hatte a) keinen blassen Schimmer, wo der internationale Flughafen Shanghai Pudong war, b) war dies die klapprigste Kiste, die ich jemals fahrend erlebt hatte, und c) war er mit Abstand der schlechteste Fahrer, von dem ich überhaupt einmal kutschiert worden war.

Ich versprach Gott, ein Opfer zu bringen, wenn er mich diese Fahrt überleben ließ. Niemals kam mir eine Tour so lang vor wie diese. Er wechselte die Straßenseite im Sekundentakt.

Hallo? In Shanghai wohnten immer noch dreiundzwanzig Millionen Menschen, wie konnte man da annehmen, dass KEINER auf der Straße wäre? Meine Hände waren eiskalt und schweißnass, mein Puls auf hundertachtzig und ich hoffte inständig, dass ich bald den Flughafen vor Augen hatte. Lebend. Außerdem fuhr er die Karre permanent mit durchgetretenem Gaspedal. Vollgas. Selbst wenn wir kein anderes Fahrzeug rammen würden, war es durchaus möglich, dass wir einfach aus der Kurve flogen, weil er mit 130 und ohne abzubremsen raste. Ich beobachtete Herrn Stein aus dem Augenwinkel, aber er schien – im Gegensatz zu mir – völlig unbeeindruckt von dieser Horrorfahrt.

Wider Erwarten kamen wir lebendig an. Von meinem kleinen Hochflug war nichts mehr übrig. Ich für meinen Teil hatte für diesen Tag genug. Trotzdem musste ich in das Flugzeug einsteigen, was mir den Rest gab. Schlafmangel, Stress, ein bescheuerter Typ, der mich erst anmacht und dann doch nicht wollte. Das Frühstück war lange her – um genau zu sein: eine Todesfahrt durch Shanghai – und meine Nerven lagen blank. Herr Stein ließ mich Gott sei Dank in Ruhe. Ich saß in der Business Lounge und überlegte ernsthaft, wieder mit dem Rauchen anzufangen oder alternativ etwas Härteres auszuprobieren.

Unser Flug wurde aufgerufen und meine Hoffnung auf Erlösung durch Betäubung war dahin. Ich straffte meine Schultern, atmete tief durch und folgte Herrn Stein in die Maschine. Da es bei diesem Flug keine First Class gab, saßen wir gemeinsam in der Business Class. Das fühlte sich komisch an.

Beim letzten Flug hatte ich neben Jonas gesessen. Was der wohl gerade machte? Kurz vor dem Abflug erreichte meine Nervosität den Höhepunkt und ich versuchte mich abzulenken, indem ich nochmal mein iPhone checkte – obwohl die Stewardess mich missbilligend anfunkelte. Es lohnte sich.

An: Anna Barker
Von: Jonas Ackermann
Uhrzeit: 10:45
Betreff: Entspann Dich

Liebste Miss Barker,

ich kann mir vorstellen, dass Sie so kurz vorm Abflug ziemlich nervös sind. Es ist mir nicht entgangen, dass Flugreisen nicht zu Ihren Lieblingsbeschäftigungen gehören. Alles wird gutgehen, der da oben will Sie noch nicht bei sich sehen. Ich hätte außerdem noch viel vor mit Ihnen, wenn ich dürfte.

Sehnsuchtsvolle Grüße, J.

Na super. Ja, ich hatte Flugangst. Warum ließ er mich nicht einfach in Ruhe. Und was sollte das Geschwätz mit dürfen oder nicht? Immerhin hatte Jonas es damit geschafft, mich auf andere Gedanken zu bringen. Ich antwortete ihm hastig, bevor die Flugbegleiterinnen mir den Kopf einschlugen.

Von: Anna Barker
An: Jonas Ackermann
Uhrzeit: 11:02
Betreff: Hoffentlich

Lieber Herr Anwalt,

ich hoffe, Sie haben Recht. Im Moment wäre mir ein Bus lieber, leider kann der nicht nach Tokio schwimmen. Man sagt doch über Ihre Berufsgruppe, dass sie viel und gerne reden. Zu manchen Themen würde ich mir

etwas ausführlichere Informationen wünschen. Jetzt muss ich das Handy ausstellen, sonst heißt es noch, ich würde das Flugzeug zum Abstürzen bringen.
Angstvolle Grüße, A.

Ich schaltete das Telefon aus und versenkte es in meiner Handtasche, die ich brav unter dem Sitz des Vordermannes verstaute. Ich nahm mir ein Magazin und blätterte es durch. Leider war alles auf Chinesisch und ich steckte es zurück in die Sitztasche vor mir. Herr Stein raschelte mit der Zeitung und wirkte entspannt.

„Sind Sie nervös, Anna?"

„Wie kommen Sie darauf?"

„Das ist schwer zu übersehen, sie kauen Nägel, überprüfen zehnmal den Sicherheitsgurt und naja, eine entspannte Person sieht anders aus." Er lächelte mir aufmunternd zu. Da war er wieder, der Großvater.

„Haben Sie Kinder? Enkelkinder?"

„Nein, leider nicht. Wieso?"

„Ich dachte nur. Sie sind sehr aufmerksam. Vielen Dank. Ich habe Flugangst, ja, aber ich hab' es im Griff, solange es keine Turbulenzen gibt. Dann kann es echt sein, dass ich Panik bekomme. Ich wollte Sie nur schon mal vorwarnen!"

Panik war noch untertrieben. Auf der Strecke nach England gab es öfters Turbulenzen und man hatte mich einige Male wirklich ruhigstellen müssen. Als Kind ging es noch, aber je älter ich wurde, desto schlimmer wurden meine Ängste. Ich glaube, DAS wollte hier keiner miterleben und ich betete im Stillen für einen ruhigen Flug.

Gott stand bei mir heute hoch im Kurs.

Alkohol war leider auch deshalb keine Alternative, weil wir gleich nach der Landung zum Meeting mit dem Problemjapaner fuhren.

„Wenn Sie sich nicht wohlfühlen, möchte ich, dass Sie Bescheid sagen. Haben Sie das verstanden? Sie können jederzeit mit mir reden."

Dieser Tonfall duldete kein Nein.

„Ja, ist in Ordnung. Ehrlich gesagt, ist mir das etwas peinlich. Ich meine, Millionen von Menschen fliegen jeden Tag und ich mache so einen Aufstand."

„Das muss Ihnen nicht peinlich sein. Darf ich Ihnen eine Frage stellen?"

„Ja, sicher."

„Warum haben Sie Ihr Studium nicht beendet? Sie sind klug und pfiffig, das wäre für Sie ein Klacks gewesen."

„Gute Frage. Damals dachte ich, ich könnte das, was ich machen will, auch ohne Studium erreichen. Heute würde ich sagen, dass ich einfach Panik hatte, es nicht zu schaffen. Ich fühlte mich überfordert."

„Das hat man manchmal im Leben. Laufen Sie nicht davon, Anna. Sie können mehr, als Sie denken. Vielleicht sollten wir, wenn wir zurück sind, einmal über ein duales Studium nachdenken. Sie können für mich arbeiten und nebenbei studieren, wenn Sie das möchten."

„Wow. Das, äh, das ist wirklich großzügig von Ihnen. Wie kommen Sie darauf?"

„Wissen Sie, Anna, ich lebe davon, Menschen zu fördern, Talente und Stärken zu entdecken und zu motivieren. Ich bin vielleicht nicht so smart und schlau wie manch anderer, aber ich mag Menschen. Im Geschäftsleben dreht sich alles um Menschen. Man managt Personen jeden Tag, neunzig Prozent meiner Zeit führe ich Gespräche. Die restlichen zehn Prozent analysiere ich und mache Pläne. Ich denke, in Ihnen steckt mehr. Sie müssen es nur selbst entdecken und jemanden haben, der an Sie glaubt."

„Hmmm." Ich fühlte mich mehr als geschmeichelt, mir fehlten die Worte.

„Denken Sie darüber nach." Er drückte aufmunternd meine Hand und widmete sich dann wieder seiner Zeitung.

Als ich aus dem Fenster sah, bemerkte ich, dass wir schon in der Luft waren. Der alte Mann hatte mich abgelenkt. Ich hatte den Start verpasst.

„Wir fliegen ja schon!"

„Wie ich sagte, Anna, in Ihnen steckt mehr, als Sie glauben“, sagte er mit einem geradezu spitzbübischen Lächeln. Ich musste zugeben, ich war etwas perplex. Wie kam es, dass mich ein Mensch, der mich ungefähr eine Woche kannte, so einschätzte? Wie kam er auf die Idee, dass ich das Zeug für all das hatte? Wie sollte ich bei dem Arbeitspensum auch noch studieren? Nebenbei! Gleichzeitig fühlte ich mich geschmeichelt. Und ich war auch ein klein wenig stolz auf mich, dass ich so weit gekommen war.

Kurze Zeit später wurde uns der Lunch serviert. Ich verspeiste alles bis auf den letzten Krümel. Hühnchen mit Reis und frische Früchte zum Dessert. Das Tablett war kaum abgeräumt und ich mit Musik vom iPhone versorgt, als ich einnickte. Ich hörte Damian Rice und träumte von einem Mann mit tiefblauen Augen.

9

Was rüttelte denn da an mir?

Nein. Das sollte aufhören.

Ich öffnete die Augen und die chinesische Stewardess wies mich darauf hin, dass ich den iPod jetzt abschalten müsste. Schlaftrunken machte ich ihn aus und schlief sofort wieder ein. Ich erwachte erst vom Geräusch der aufklappenden Anschnallgurte. Super, das war mal ein entspannter Flug gewesen. Ich fühlte mich einigermaßen erholt und mein Nervenkostüm hatte eine gewisse Stabilität zurückerlangt.

Schlafmangel machte mich immer fertig.

Sicher gelandet, das war klasse. Jetzt hoffte ich nur noch, dass japanische Taxifahrer bessere Fahrer waren als chinesische.

Die Passkontrolle verlief relativ zügig und nach einiger Wartezeit hielten wir unser Gepäck unversehrt in den Händen. Wieder eine Hürde genommen!

Wir verließen das Flughafengebäude und gingen an einer Schlange wartender Japaner vorbei. Alle fein säuberlich in einer Reihe aufgestellt. Wo sah man so was heutzutage noch! Aber die Japaner waren ja bekannt für ihre Disziplin. Wenn man sich zum Beispiel an die letzte Erdbebenkatastrophe zurückerinnerte: Da wurden Menschen interviewt, die gerade ihre komplette Familie verloren hatten, und sie lächelten in die Kamera. Eine andere Kultur in jeder Hinsicht. Für mich etwas befremdlich.

Das Taxi, das wir bestiegen, sah nicht viel vertrauenserweckender aus als das chinesische. Als wir auf dem Rücksitz Platz genommen hatten, sah ich, dass die Sitze mit Häkeldeckchen überzogen waren. Komplett in Weiß. Und der Fahrer saß auf der rechten Seite.

Die fuhren links? Krass.

Hatte ich mal wieder nicht gewusst.

Idiotin.

Ich zeigte dem Taxifahrer den Hotelnamen auf meinem Handy, war mir aber nicht sicher, ob er es auch wirklich verstanden hatte. Er fuhr selbstsicher los und ich beließ es dabei.

Herr Stein erklärte mir, dass es in Japan absolut untypisch war, dass Frauen im Geschäftsleben mitspielten. Er wolle trotzdem, dass ich ihn zur Sitzung begleitete. Wie üblich sollte ich die Ergebnisse protokollieren. Wenn alles gut liefe, würden wir wahrscheinlich zum Essen eingeladen werden. Ich sollte mich darauf einstellen, dass man nicht viel mit mir sprechen würde. Und ich sollte auf alle Fälle höflich und zurückhaltend bleiben.

Was dachte er denn, dass ich die anpöbeln würde? Das würde ja wohl nicht so schwer sein.

Ich kommentierte es professionell, sagte, dass ich mir Mühe geben und er hinterher keinen Grund zur Klage haben würde. Das Spektakel wollte ich mir wirklich nicht entgehen lassen. Wer wusste schon, ob ich jemals wieder nach Japan kommen würde! Meine Aufmerksamkeit wurde wieder auf den Taxifahrer gelenkt. Der hatte es recht eilig und ich entschied mich, lieber den Sicherheitsgurt anzulegen. Außerdem machte er beim Atmen komisch röchelnde Geräusche. Es hörte sich an wie Schnarchen.

Ach du meine Güte, der konnte doch nicht etwa eingeschlafen sein? Er hatte beide Hände fest am Steuer, aber ich hatte auch mal gehört, dass Asiaten überall und sogar im Stehen schlafen konnten. Nein!!! Ich war doch viel zu jung, um auf Japans Straßen tödlich zu verunglücken. Herr Stein dagegen blieb völlig cool und telefonierte mit Deutschland. Ich musste unbedingt auf die Suche nach einem Rezept für mehr Gelassenheit gehen. Alkohol war so oder so keine Lösung. Und wenn ich den Job behielte, würde ich in Zukunft öfter unterwegs sein. Ich konnte ja nicht ständig wegen Taxifahrten und Flügen am Rande eines Nervenzusammenbruchs leben.

In Tokio war es vierzehn Uhr. Mit sieben Stunden Zeitunterschied konnte ich mir an den Händen abzählen, wie spät es zu Hause in Hamburg war. Recht früh für Telefonate, aber es hörte sich ganz nach seiner Frau an. Oder Geliebten? Nein, doch nicht Herr Stein! Meine Phantasie kannte ab und zu keine Grenzen. Ich musste lauschen. Mein zweiter Vorname ist Neugier. Es klang nett, wie er mit ihr sprach, aufmerksam und liebevoll. Ich war ein wenig neidisch, um ehrlich zu sein. Ich wollte auch endlich die große Liebe finden und bis ans Lebensende glücklich sein.

Ob der Ozeanmann dafür der Richtige war?

Keine Ahnung.

Zumindest hatte er seltsame Stimmungsschwankungen.

Vielleicht war er impotent?

Nach der Szene am Fluss unwahrscheinlich, impotente Männer bekamen vom Küssen bekanntlich keinen Ständer. Vielleicht eine Geschlechtskrankheit? Das hätte jedenfalls erklärt, warum wir immer beim Küssen aufgehört hatten.

Wir waren mittlerweile eine gute Stunde im Taxi unterwegs und fuhren immer noch auf einer Autobahn im dritten oder vierten Stockwerk. Das musste man sich mal vorstellen. Die hatten keinen Platz auf ihrer Insel und bauen die Straßen *über*- statt nebeneinander. Heftig. Ob die auch alle erdbebensicher waren? Mussten sie wohl, sonst wären sie beim letzten Erdbeben zusammenklappt. Die schrecklichen Bilder aus Fernsehberichten kehrten in meine Erinnerungen zurück.

„Lieber Gott, bitte lass in der Zeit, in der wir in Japan sind, kein Erdbeben passieren." Ich betete in den letzten Tagen wirklich recht häufig. Vielleicht musste ich mit meinen Ängsten doch mal eine Therapie machen.

Um mich abzulenken, zog ich das iPad raus. Im Stillen schickte ich einen Dank an unseren IT-Mann Hansi, denn ich hatte sogar in Japan eine passable Internetverbindung. Ich googelte die Häufigkeit von Erdbeben in Japan. Vielleicht würde mich das beruhigen. Ich gab die Stichworte Japan, Erdbeben, Häufigkeit ein. Leider beruhigten mich die Ergebnisse keineswegs. Nein, eher im Gegenteil. Es war sogar so, dass in Japan sehr häufig die Erde bebte. In regelmäßigen Abständen. Aus diesen Gründen waren die Gebäude aber so gut wie alle erdbebensicher gebaut. Na, das war ja wenigstens etwas. Wenn es ein Erdbeben geben würde, sollte man sich unter einem Tisch oder unter einem Türrahmen aufhalten, damit die Dinge, die von der Decke fielen, einen nicht direkt treffen konnten.

Uahhhh!

Ich stellte mir vor, wie wir alle in einem Besprechungsraum unter einem runden Tisch kauerten.

Ich hoffte, der Termin mit dem verärgerten Japaner würde nicht lange dauern und wir könnten morgen – spätestens – wieder abreisen. Mir gefiel das, was ich über Japans Erdbebenhäufigkeit las, ganz und gar nicht. Außerdem teilte mir Google noch mit, dass gerade für Tokio ein Jahrhundertbeben erwartet wurde. Das letzte lag schon sehr lange zurück und wäre eigentlich demnächst fällig gewesen. Ich hatte Angst. Um mich ein wenig abzulenken, überprüfte ich meinen E-Mail-Account und stellte zu meiner Freude fest, dass ich eine neue Mail von Jonas im Posteingang hatte.

An: Anna Barker
Von: Jonas Ackermann
Uhrzeit: 13:34
Betreff: Konnichiwa Anna-san
Sehr geehrte Miss Barker,
ich hoffe, Sie sind gut in Japan gelandet. Der Ausdruck in der Betreffzeile ist japanisch und bedeutet ‚guten Nachmittag'. Viel Spaß in Japan. Und Sie wissen ja, bei Erdbeben Ruhe bewahren und in den Türrahmen stellen.
Sayonara, J.

Na, besten Dank für den Hinweis. Das hatte ich schon selbst herausgefunden.

An: Jonas Ackermann
Von: Anna Barker
Uhrzeit: 15:07
Betreff: Gemein
Sehr geehrter Herr Anwalt,
ich nehme an, Sie haben schon bemerkt, dass Flugzeuge und andere Naturkatastrophen mich nervös machen. Ich finde es nicht korrekt, dass Sie sich über mich lustig machen.
Schmollende Grüße, A.

Ich schickte die Antwort ab und hoffte, wir würden bald das Hotel erreichen. Der Fahrer wirkte auf einmal ziemlich nervös und ihm lief der Schweiß an den Schläfen herunter. Vielleicht hatte er sich doch verfahren. Ich dachte immer, Japaner wären klein und dünn. Dieses Exemplar war zwar klein, hatte aber bestimmt dreißig Kilo Übergewicht. Ausnahmen bestätigten also überall die Regel. Insgesamt fühlte ich mich bisher in Asien zur Abwechslung mal nicht unterernährt. Das war ein gutes

Gefühl.

Schließlich hatten wir unser Hotel erreicht, der Fahrer schien fast so erleichtert wie ich. In Japan war es mindestens genauso heiß wie in Shanghai. Als wir ausstiegen, bildete sich augenblicklich ein Schweißrinnsal auf meinem Rücken.

Das war reichlich unangenehm und ich begann, Klimaanlagen mehr und mehr zu schätzen.

Der Hoteleingang war großzügig gestaltet, Marmorfußböden, viele Menschen und ein Wegweiser, was sich wo befand. Wir checkten ein und ich bemerkte, dass an der Rezeption keine Frau arbeitete. Durften Japanerinnen nicht arbeiten? Merkwürdig. Mir war bis jetzt nie klar gewesen, wie leicht wir es als Europäerinnen doch hatten.

„Wir treffen uns in zwanzig Minuten, dann werden wir von Herrn Minawas Fahrer abgeholt. Schaffen Sie das?"

„Klar. Ich beeile mich."

Zu meiner Überraschung hatte dieses Hotel nur sechzehn Etagen. Eine echte Umstellung zur letzten Unterkunft. Auf den ersten Blick wirkte alles etwas in die Jahre gekommen. Der Teppich auf dem Flur hatte ein komisches Muster, das mich an England erinnerte. Gleiches Styling, gleicher Jahrgang, irgendwie – so traditionsbewusst, dass es unerheblich schien, wie mottenzerfressen die Vorhänge sind, solange die Urgroßtante noch Erinnerungen damit verband. In England gab es manchmal sogar Teppich in der Toilette. Gruselig.

In meinem Zimmer sah es nicht anders aus.

Mensch, Anna, du bist echt schon versnobt. Eine Woche Business Class und das Hotel für 400 Euro die Nacht ist nicht mehr gut genug. Du spinnst ja.

Versnobt war etwas übertrieben. Es war lediglich eine Bestandsaufnahme, korrigierte ich Mr. Doubleyou. Das

Zimmer war sehr sauber und ordentlich. Auf dem kleinen Couchtisch standen Kekse und Nüsschen. Ich muss zugeben, das Badezimmer enttäuschte mich am meisten. Es war winzig und man musste in der Badewanne mit Duschvorhang duschen. Kein Vergleich zu dem Luxusbad in China, und dort kostete eine Übernachtung gerade mal die Hälfte. Ich hatte mir ausgemalt, in Tokio in einem noch spitzenmäßigeren Hotel zu landen als in China. Aber vielleicht war es gut, wieder ein wenig auf den Boden der Tatsachen zurückgeholt zu werden. So ein Hotel hätte ich mir niemals selbst leisten können. Das war schon klasse!

10

Für die Sitzung mit Herrn Minawa wollte ich korrekt gekleidet erscheinen, Japaner waren angeblich sehr steif und förmlich. Ich wollte mit meinem Outfit ein klares Statement setzen und wählte deshalb meinen dunkelblauen Hosenanzug und eine weiße Bluse. Weiß war auch deshalb praktisch, weil man eventuelle Schweißflecke nicht auf den ersten Blick sah. Ich legte Mascara und Rouge auf, steckte meine Haare locker hoch, schnappte mir das iPad und machte mich auf den Weg in die Lobby. Herr Stein wartete schon auf mich und wir gingen sofort zur Limousine. Wen überraschte es, dass es eine schwarze S-Klasse mit langem Radstand war? Mercedes machte offensichtlich im Ausland mindestens ebenso gute Geschäfte wie zu Hause mit den großen Schlitten.

Wir fuhren zwanzig Minuten und ich wurde wieder nervös. Nicht wegen des Fahrers, sondern wegen der bevorstehenden Sitzung. Die Vorstellung, womöglich nicht beachtet zu werden, war seltsam. Normalerweise konnte ich mit so was schlecht umgehen, wenn jemand mich nicht begrüßte oder wie Luft behandelte, dann wurde ich schnell zickig. Aber das war für die Sitzung mit den Japanern keine

Option, ich würde es einfach schlucken müssen. Ich tapste Herrn Stein hinterher und wir fuhren in die siebzehnte Etage. Wahrscheinlich durften die hier gar nicht so hoch bauen, sonst war das Einsturzrisiko bei einem Erdbeben zu groß. Daran musste es wohl liegen. Ich schickte noch einmal ein kurzes Stoßgebet nach oben, dass bitte heute nicht die Erde beben sollte, und straffte meine Schultern für die kommende Begegnung.

Ein kleiner Japaner, obwohl, eigentlich waren sie alle klein, führte uns in ein Besprechungszimmer. In der Mitte stand ein runder Mahagonitisch mit acht schwarzen Ledersesseln. Im Stillen ärgerte ich mich mal wieder, dass ich keine Zeit gehabt hatte, mich besser auf die Kultur vorzubereiten. Dunkel meinte ich mich zu erinnern, dass es in Japan nur runde Tische gab, damit sich keiner benachteiligt fühlte.

Aber sicher war ich mir nicht.

Das Besprechungszimmer war noch leer und wir warteten. Nach fünf Minuten öffnete sich die Tür und eine Gruppe kleiner Japaner betrat den Raum. Ich zählte vier. Wow. Die Lage musste wirklich ernst sein. Herr Stein wurde der Reihe nach begrüßt und jeder Japaner verbeugte sich vor ihm. Herr Stein verbeugte sich ebenfalls. Sie tauschten Visitenkarten aus. Jede Visitenkarte wurde mit beiden Händen angefasst, nach vorne gehalten und das Gegenüber musste ebenfalls mit beiden Händen die Visitenkarte annehmen und sich nochmals verbeugen. Eine ziemlich steife und langwierige Prozedur. Nachdem die Herren durch waren, stellte Herr Stein mich vor und ich durfte den vier Japanern auch die Hände schütteln. Zuerst Herrn Minawa, dann Herrn Hosomi, danach Herrn Ishida und schließlich Herrn Kamika. Die Namen musste ich später für das Protokoll bestätigen lassen, beim ersten Hören konnte ich sie kaum auseinanderhalten.

Ich verbeugte mich ebenso wie die Herren und flüsterte zu jedem ein „Nice to meet you". Hoffentlich wirkte ich unterwürfig genug, nicht dass ich sie durch mein Verhalten beleidigte. Ich wollte nicht einen Millionenauftrag für die Stein Energy Holding AG in Gefahr bringen – und es mir mit meinem Chef und den frisch gewonnenen Zukunftsplänen verderben. Herr Stein legte die Visitenkarten vor sich in einer Reihe auf den Tisch. Im Raum herrschte eine angespannte Stimmung und ich war auf alles gefasst. Vielleicht mussten wir die Flucht ergreifen und türmen? Nein. So schlimm konnte es nicht sein. Ich schmunzelte; egal wie cool die Reise auch war und wie aufregend die Ereignisse, ich musste mich ab und zu in die Realität zurückholen. Manche Situationen waren allerdings wirklich so skurril, die hätte ich mir im Leben nicht ausdenken können.

Ich protokollierte die Hauptpunkte der Diskussion gewissenhaft. Nach ungefähr drei Stunden – und wenn ich sage drei, dann meine ich drei –, hin und her, immer wieder Getuschel auf Japanisch untereinander, stellte sich heraus, dass Herr Minawa offensichtlich gar kein Problem mit den Verträgen hatte, nein, er hatte schlichtweg nicht kapiert, wie das Projekt aufgebaut war. Wir waren also nach Tokio geflogen, um etwas zu erklären, das man im Zeitplan einfach nachlesen konnte. Merkwürdig. War das normal für Japaner? Zum Glück wurde ich nicht nach meiner Meinung gefragt, ich schrieb weiter stumm mit. Nach den letzten Sitzungen hatte ich langsam den Dreh gut raus, das Wichtige zu filtern und zu notieren. Die Überarbeitung und Zusammenfassung im Anschluss würde dadurch deutlich schneller gehen. Hundert Stunden später war Herr Minawa endlich glücklich und teilte uns mit, dass wir nun essen gehen würden. Super. Ich hatte wirklich großen Hunger. Herr Minawa fragte, ob wir Sushi und Sashimi essen würden.

Juhuuu! Klar mochte ich Sushi und Sashimi!

Der Unterschied zwischen Sushi und Sashimi war lediglich, dass beim Sashimi der Reis fehlte. Also Protein pur! Nach dem chinesischen Essen der letzten Tage fand ich die Aussicht auf etwas, das ich kannte, sehr erholsam. Isabelle und ich aßen das zu Hause mindestens einmal in der Woche, wir waren Stammgäste bei Sushi Express und Sushi Point – das würde quasi ein Heimspiel auf japanischem Boden.

Nach fünfzehn Minuten Fahrt durch die Schluchten der Büroviertel hielten wir vor einem großen Gebäude. Ein beeindruckender Glasbau, hell und offen. In den unteren Etagen war eine Shopping Mall und weiter oben Gastronomie. Wir fuhren mit dem Lift in die fünfte Etage und wurden von einer japanischen Frau am Eingang des Restaurants begrüßt. Es gab sie also doch!

Ich hatte mir das Restaurant größer vorgestellt, nachdem Herr Stein mir im Auto zugeflüstert hatte, dass das eines der besten Sushi-Restaurants in Tokio sei. Ich sah lediglich sechs kleine Tische und die Theke. An ihr saßen die meisten Gäste, es waren aber noch vier Plätze frei; zwei Japaner hatten sich nach der Sitzung direkt von uns verabschiedet. Herr Minawa bestimmte die Sitzordnung. Der Finanzmann, ich hatte den Namen schon wieder halb vergessen, Kamiko oder so ähnlich, saß links von mir. Rechts von mir nahm Herr Stein und rechts außen Herr Minawa Platz.

Uns wurden vier kühle Biere serviert und ich freute mich über die Erfrischung. Ich war eigentlich keine passionierte Biertrinkerin, aber in diesem Moment war mir das kühle Gebräu willkommen. Es war ein japanisches Bier und schmeckte erstaunlich gut. Das konnten sie also auch, die Japaner. Respekt! Dann ging es los mit Sashimi. Jedem von uns wurde ein Teller mit einem Stück Fisch vor die Nase gestellt, zusätzlich die üblichen Schälchen mit Ingwer und Sojasoße. Ich beobachtete die anderen und nachdem Herr Minawa das Zeichen zum Loslegen gegeben hatte, nahm ich meine Stäbchen und probierte den Fisch.

Nummer eins war schon mal nicht schlecht. Lecker. Das konnte so weitergehen. Nummer zwei und drei waren auch ok, allerdings waren bei Nummer drei teilweise noch Gräten dran, die musste ich unauffällig wieder loswerden. Ich kaute und fischte die kleinen Dinger mit meinen Fingern aus dem Mund und ließ sie in der Serviette verschwinden.

Nummer vier und fünf waren so, naja, mittelmäßig. Man konnte es essen, aber besonders lecker war es nicht.

Nummer sechs wurde schwieriger, weil das Stück Fisch äußerst zäh war, aber ich bewältigte auch das. Mit jedem Tellerchen wurde allerdings klarer, dass das hier mit dem Sushi, das ich von zu Hause kannte, nix zu tun hatte. Hier gab es keine California Rolls oder Futo Maki.

Das waren alles Fische, die frisch vor der Küste Japans gefangen worden waren. Und mir drängte sich zunehmend die Frage auf, ob denen nicht klar war, dass die Fischgründe vor ihrer Küste von Fukushima total verstrahlt waren. Ich hoffte, dass ich einfach keine Ahnung hatte und das mit der Strahlung nicht so schlimm war und wartete auf Teller sieben. Außerdem würde einmal etwas verstrahlter Fisch bestimmt keine bleibenden Schäden hinterlassen.

Die Japaner neben mir sahen noch ganz gesund aus, und die waren hier Stammgäste. Herr Minawa hatte sein Bierglas geleert und fragte, was wir jetzt trinken wollten. Ich hätte gerne ein Glas Weißwein gehabt, traute mich aber nicht, etwas zu sagen. Somit bekam ich wie die Herren auch ein kleines Becherlein für Sake. Nach dem ersten Schluck wurde mir klar, warum ich bis dato nichts verpasst hatte. Alles andere als lecker. Es schmeckte irgendwie fade und sprittig. Zum Glück hatte ich noch das halbe Bier. Mir schwante, dass ich das noch brauchen würde.

Nach dem siebten Tellerchen hörte ich auf, zu zählen, irgendwann hieß es, die Vorspeisen wären jetzt beendet und wir würden zum Hauptgang übergehen … Hilfe! So viel Fisch aß ich sonst bei drei Sushi-Sessions nicht. Und schon gar nicht ohne Beilagen. Der Hauptgang startete mit Nigiri, sehr gut, wenigstens Reis dazu. Sehr lecker war tatsächlich der Nigiri mit Thunfisch. Was allerdings als nächstes kam, forderte meine volle Selbstbeherrschung.

Hätte Herr Stein doch nur nichts vorher gesagt. Ohne Informationen wäre es leichter gewesen DAS zu essen.

Seeigel.

Würg.

Dann noch die Kommentare von wegen, eigentlich wäre der Geschmack von Seeigel ja sehr streng und stark und so. Der andere Kommentar von Herrn Stein, dass das letzte Mal, als er Seeigel in Neuseeland gegessen habe, eine Person mit einer Vergiftung im Krankenhaus gelandet sei, gab mir den Rest. Was also tun? Sein nachdrücklicher Hinweis, dass ich, wenn ich mitkäme, hinnehmen müsste, was immer kommen mochte, hallte mir noch in den Ohren.

Scheiße. Die hatten sie ja nicht mehr alle. Augen zu und runter? Sollte ich kauen oder nicht? Was war, wenn ich kotzen musste?

Ich zählte innerlich bis zehn und folgte mit den Augen den Essstäbchen der drei Herren, die ihren rohen Seeigel in null Komma nichts gegessen hatten. Mein Mund wurde ganz trocken, ich schluckte einmal krampfhaft. Ich wollte auf alle Fälle vermeiden, dass sie aufmerksam wurden und mich beobachteten.

Ich nahm das ganze Nigiri in einem Happs in den Mund und kaute so wenig wie möglich Der Seeigel hatte eine seltsam glibberige Konsistenz. Ich entschied, dass er so schnell wie möglich runter musste, schluckte den ganzen Brocken auf einmal und spülte mit Bier nach. Geschafft. Der Seeigel machte sich in meinem Magen breit. Ich verbot mir, weiter darüber nachzudenken.

„How did you like it, Anna-san?“, fragte mich Herr Minawa.

„Great, thank you."

Lügen gehörte noch nie zu meinen Stärken.

Ich rang mir ein Lächeln ab.

Es wurde leider nicht belohnt.

Das nächste Nigiri war mit einem weißen Fisch belegt, der sich schlicht und ergreifend nicht kleinkauen ließ. Ein Kaugummi war nichts dagegen. Der Fisch wurde immer mehr in meinem Mund. Ich kaute und kaute und kaute, stopfte noch ein Stück Ingwer dazu, denn der Geschmack des Fisches war nicht besser als seine Konsistenz.

Nicht kotzen, Anna! Schluck es runter! Reiß dich zusammen. Tief atmen.

Ich versuchte nochmal, das Stück Fisch mit den Zähnen im Mund zu zerteilen, aber es gelang mir nicht. Es blieb mir keine Wahl. Eins. Zwei. Drei. Runter.

Schnell mit Bier nachspülen.

Ich verfluchte mich, dass ich dem Sake zugestimmt hatte. Wenn noch mehr von diesen Köstlichkeiten aufgetischt wurden, würde ich definitiv ein weiteres Bier brauchen – oder eine Kotztüte. Doch ich hatte Glück. Die nächsten beiden waren erträglich.

Bitte, bitte. Lass das Essen bald vorbei sein, flehte ich lautlos.

Herr Minawa langte beim Sake kräftig zu und sein Kopf wurde rot und röter. Er gehörte offensichtlich zu den Asiaten, die keinen Alkohol vertrugen, denn er fing an, ununterbrochen zu kichern. Kein Wunder, dass die Frauen nicht dabei haben wollten.

Kaum zu glauben, aber ich schaffte es ohne größeres Malheur und ohne die Geschäftsbeziehungen zu gefährden. Herr Minawa wurde zum Schluss richtig umgänglich und bedankte sich. Das konnte nur eines heißen: Ende. Danke! Wir bedankten uns mehrmals für das leckere Essen und den tollen Abend. Ich war zutiefst erleichtert, dass ich den Abend ohne Katastrophen überstanden hatte. Auf der Fahrt zum Hotel erzählte Herr

Minawa viele lustige Geschichten. Er jedenfalls fand sie komisch, denn er sagte etwas und lachte sich danach halb tot. Herr Stein lachte aus Höflichkeit mit, ich schwieg. Es hatte also doch Vorteile, eine Frau zu sein. Denn Frauen hielten, nach Meinung der Japaner, am besten die Klappe.

Am Hotel angekommen, stieg Herr Minawa aus und verabschiedete sich von Herrn Stein. Mir sagte er zwar tschüss, reichte mir aber nicht mehr die Hand, wie am Morgen zur Begrüßung.

Aha. Jetzt kam das wahre Gesicht durch.

Auch so ein Frauenverächter. Pff.

Ich wollte dem Japaner auch gar nicht die Hand geben, so! Ich ließ mir natürlich nichts anmerken und tat einfach so, als ob ich tatsächlich Luft wäre. Schließlich wollte ich Herrn Stein auch nicht verärgern, daher beachtete ich meinen gekränkten Stolz nicht weiter.

11

„Vielen Dank für heute, Anna, das haben Sie wirklich gut gemacht. Ich muss noch ein paar Telefonate erledigen und melde mich nachher mit einem Plan für die nächsten Tage bei Ihnen. Ist das in Ordnung?“

„Selbstverständlich. Ich werde mir mal die Bar ansehen und vielleicht ein Glas Wein bestellen.“

Oder fünf Verdauungsschnäpse, sonst überlebte ich die Nacht nicht. Der Fisch rumorte in meinem Magen.

„Machen Sie das, meine Liebe. Bis später.“

Ich fuhr mit dem Lift in die oberste Etage und ließ mir in der Bar einen Platz am Fenster zuweisen. Die Japanerin am Eingang trug ein traditionelles Kleid und stellte ein gefriergetrocknetes Dauerlächeln zur Schau. Ich bestellte mir ein Glas Weißwein und hoffte, das würde genügen, um das Abendessen zu verdauen. Ich starrte aus dem Fenster und sah auf jedem Hochhaus ein rotes Licht blinken. Ich hatte dafür keine Erklärung und fand auch, dass es merkwürdig aussah. Herr Anwalt würde bestimmt wissen, warum es überall rot blinkte. Von ihm hatte ich den Nachmittag und Abend über nichts gehört. Ob er die ganze Zeit mit den Chinesen unterwegs war? Ich checkte meine Mails, Isabelle hatte geantwortet und Jonas auch. Isi konnte warten.

An: Anna Barker
Von: Jonas Ackermann
Uhrzeit: 22:47
Betreff: Wiedergutmachung

Liebste Miss Barker,
ich hoffe, Sie nehmen meine Entschuldigung an. Das war wirklich unfair von mir. Obwohl Sie noch keine vierundzwanzig Stunden weg sind, vermisse ich Sie. Wie kann das sein?
Leidende Grüße, J.

Mein Herz machte einen Sprung. Er vermisste mich! Ich freute mich wie ein kleines Kind und tippte eine Antwort.

An: Jonas Ackermann
Von: Anna Barker
Uhrzeit: 23:24
Betreff: Zu einfach

Lieber Herr Anwalt,
Sie denken, eine Entschuldigung wäre für Ihre Gemeinheiten ausreichend? Sie sollten sich etwas Besseres einfallen lassen. Wie können Sie mich vermissen. Sie kennen mich doch gar nicht.
Zweifelnde Grüße, A.

Ich grinste mir einen Ast. Dass ich nicht losträllerte war alles. Der Wein beruhigte meinen Bauch, im Moment war ich also recht zufrieden mit meiner Situation. Ich erinnerte mich an die letzte Nacht und die Szene am Shanghaier Bund. Wären wir dort alleine gewesen, hätte ich für nichts garantieren können. Ich hatte ziemlich anschauliche Gedanken und Vorstellungen. Mir wurde heiß und mein Puls raste.

Damn. Wenn man einen Mann brauchte, war keiner da.

Es dauerte nicht lange und mein Handy vibrierte erneut.

An: Anna Barker
Von: Jonas Ackermann
Uhrzeit: 23:32
Betreff: Leider

Liebste Miss Barker,

ich kann mir etwas einfallen lassen. Ich befürchte jedoch, wenn Sie mich näher kennenlernen, werden Sie enttäuscht von mir sein.

Ich denke den ganzen Tag an gestern Nacht. Was wäre wenn?

Nachdenkliche Grüße, J.

Was wäre wenn? Wollte er etwa doch? Verstand einer diesen Kerl!

An: Jonas Ackermann
Von: Anna Barker
Uhrzeit: 23:37
Betreff: Verwirrung

Lieber Herr Anwalt,

Sie verwirren mich. Warum sollte ich enttäuscht von Ihnen sein? Sind Sie so ein schlechter Liebhaber?

Neckische Grüße, A.

Ha! Vielleicht lag es daran und er war einfach eine Niete im Bett? Konnte ja sein. Ich musste kichern und nippte an meinem Weißwein. Es machte mir Spaß und ich fand mich verdammt cool. In einem sauteuren Hotel in Tokio zu sitzen und Mails nach Shanghai zu schreiben. Die letzten Tage waren so irreal für mich, dass ich mutiger wurde und Dinge tat und dachte, die ich mir sonst nicht zugetraut hätte. Über Konsequenzen machte ich mir keine Gedanken. War mir heute mal egal. Mr. Doubleyou war auch verschwunden, der kurierte möglicherweise seinen Jetlag aus.

An: Anna Barker
Von: Jonas Ackermann
Uhrzeit: 23:40
Betreff: Manneskraft

Liebste Miss Barker,
zu gerne würde ich Sie vom Gegenteil überzeugen. Um ehrlich zu sein, kann ich an nichts anderes mehr denken. Leider sitze ich gerade mit vier Chinesen beim Abendessen. Jetzt dürfte ich den Tisch nicht verlassen, ich könnte den Beweis Ihres Einflusses nur schwer verbergen.
Stehende Grüße, J.

Ach, Du meine Güte! Ich kicherte erneut. Das war so HOT. Es machte verdammt viel Spaß, diese Spielchen zu spielen. Natürlich meldete sich Mr. Doubleyou immer dann, wenn es am Schönsten war. Von wegen Jetlag und so, nix da.

Lass es sein. Wie viele Warnungen soll der Typ dir noch geben, dass du ihn in Ruhe lässt. Das kann nur schiefgehen. Am Ende bist du die Dumme. Der Anwalt wird seinen Job behalten.

Insgeheim musste ich ihm recht geben. Aber ich wollte es nicht wahrhaben. Daher ignorierte ich seine Warnungen erneut.

An: Jonas Ackermann
Von: Anna Barker
Uhrzeit: 23:45
Betreff: Abkühlung

Lieber Herr Anwalt,
kann es sein, dass Sie getrunken haben?
Zu gerne würde ich Ihnen eine Abkühlung verpassen, die sich gewaschen hat.
Erheiterte Grüße, A.

Das konnte alles heißen und er hatte die Möglichkeit, weiter darauf einzugehen oder nicht. Mal schauen, ich hatte gerade sowieso nichts Besseres zu tun. Ich versuchte mir einzureden, dass es mir nichts bedeutete. Insgeheim freute ich mich aber wie eine Schneekönigin. So lebendig hatte ich mich seit der Anfangszeit mit Paul nicht mehr gefühlt.

An: Anna Barker
Von: Jonas Ackermann
Uhrzeit: 23:53
Betreff: Betrunken
Meine liebe Miss Barker,
ich bin trunken vor Liebe.
Vielleicht habe ich das ein oder andere Glas intus, das möchte ich nicht abstreiten.
Wie könnten Sie mich abkühlen?
Verliebte Grüße, J.

Scheiße. Der war total irre. Er musste voll sein wie ein Eimer. Verliebte Grüße? Trunken vor Liebe? Er war verrückt und deswegen: Finger weg!

Andererseits fühlte ich mich geschmeichelt. Mehr als nur das.

An: Jonas Ackermann
Von: Anna Barker
Uhrzeit: 00:02
Betreff: Diverse
Lieber Herr Anwalt,
da gibt es viele Möglichkeiten.
Gartenschlauch.
Kalte Dusche.
Oder etwas ganz anderes. Ich bin durchaus kreativ und erfahren.
Zuprostende Grüße, A.

Erfahren? Du erzählst mal wieder Müll, Anna.

Ist ja gut, beschwichtigte ich meinen Würdewärter. Ich würde mich zusammenreißen. Aber der Anwalt war echt süß.

Ich schmolz dahin und leerte mein Glas. Es wurde Zeit, dass sich Herr Stein meldete. Er hatte doch gesagt, er würde telefonieren und mir dann Bescheid sagen, oder hatte ich mich da verhört? Ich wippte ungeduldig mit dem Bein, warten hatte mir noch nie gefallen. Glücklicherweise verkürzte Jonas mir die Wartezeit mit einer weiteren E-Mail.

An: Anna Baker
Von: Jonas Ackermann
Uhrzeit: 00:10
Betreff: Entrüstung
Meine liebe Miss Barker,
Sie machen sich lustig über mich. Ich bin doch nur ein liebestoller Anwalt.
Betörte Grüße, J.

Ich schmunzelte. Zu gerne hätte ich ihn jetzt beobachtet. Unbemerkt. Was wäre gewesen, wenn gestern mehr passiert wäre? Zog er die Show nur ab, um mich ins Bett zu kriegen? Ich zweifelte. Vielleicht war es das, was er meinte. Einmal flachgelegt und tschüss? Aber so wirkte er ganz und gar nicht auf mich, deswegen wollte ich das nicht glauben.

An: Jonas Ackermann
Von: Anna Barker
Uhrzeit: 00:13
Betreff: Einmalig
Lieber Herr Anwalt,
sind Sie ein Mann für eine Nacht?
Fragende Grüße, A.

Ich fand mich unglaublich mutig. Aber ich wollte doch wissen, woran ich bei ihm war. Wenn ich schon das Risiko auf mich nahm, meinen Job zu verlieren, musste ich wissen, ob er es wert war. War ich zu berechnend? Die Japanerin kam an meinen Tisch, zeigte ihr Lächeln und fragte, ob ich noch ein Glas Wein bestellen wolle. Da Herr Stein sich noch nicht gemeldet hatte und ich nicht schlafen gehen konnte, bevor ich seine Anweisungen erhalten hatte, bestellte ich ein zweites Glas.

Diesmal ließ er sich Zeit. Ob ich zu weit gegangen war? Der Wein kam, ich wartete. Kleine Schmetterlingsraupen begannen sich in meinem Magen zu verpuppen. Meine Finger zitterten leicht, als ich schließlich zum summenden iPhone griff.

An: Anna Barker
Von: Jonas Ackermann
Uhrzeit: 00:27
Betreff: Nein
Liebste Miss Barker,
definitiv nicht.
Entrüstete Grüße, J.

Ups. Sorry! Wer würde denn gleich so empfindlich sein.

Ich nippte an meinem zweiten Glas Weißwein. Abwesend blickte ich ins nächtliche Tokio. Herr Stein bog um die Ecke und setzte sich zu mir.

„Darf ich?"

„Gerne. Wie ist es gelaufen? Alles in Ordnung?"

„Ich denke, wir haben unsere Mission hier erfüllt. Ich habe eben mit Jonas gesprochen und bei ihm läuft alles nach Plan."

Oh. Er hatte mit ihm gesprochen. Ich spürte Hitze in meinen Wangen und hatte ein schlechtes Gewissen wegen meiner ziemlich eindeutigen Nachrichten. Hoffentlich überprüfte niemand meinen Account.

„Und was sagt er?"

„Der heutige Tag lief prima und die Vertragsentwürfe liegen jetzt bei den Chinesen. Morgen hat er noch weitere Termine mit deren Anwälten. Dann können

Verständnisprobleme direkt geklärt werden."

„Das klingt ja gut."

„Ja, das ist es auch. Ich würde sagen, unsere Reise war bis hierhin ein Erfolg."

„War?"

„Ja, für mich gibt es vorerst nichts mehr zu tun in Tokio und Shanghai. Wir können morgen zurückfliegen."

Echt? Nein! Mist.

„Das ist ja prima."

„Bitte buchen Sie einen Direktflug von Tokio nach Europa. Ich hasse dieses Umsteigen und Warten auf den Transfer."

„Mache ich. Haben Sie Präferenzen für die Abflugzeit?"

„Nicht vor dem Aufstehen, Anna. In meinem Alter muss man auch mal schlafen." Herr Stein zwinkerte mir zu. „Haben Sie die Reise genossen, hat es Ihnen etwas Spaß gemacht?"

Wieder wurde ich rot. Ja, es hatte mir sogar ziemlich viel Spaß gemacht. Dabei bezog ich mich aber eher auf die Nebenkriegsschauplätze mit einem gewissen Herrn Anwalt.

„Es war wirklich eine tolle Erfahrung und ich glaube, dass ich eine Menge gelernt habe."

Und ich hatte auch schon eine Menge Scheiße gebaut. Geknutscht mit einem Geschäftspartner, idiotische Mails über den Firmenserver verschickt, um nur die gröbsten Dinge aufzulisten.

„Das freut mich. Dann gehe ich jetzt schlafen. Schicken Sie mir die Details, wenn Sie fertig sind. Danke, Anna, und gute Nacht."

„Gute Nacht. Ich beeile mich."

Herr Stein erhob sich und ich stand auf, um ihm die Hand zu geben. Er war nach wie vor sehr förmlich. Lag wahrscheinlich an der Generation. Ich fand das gar nicht so übel.

Unser Reisebüro hatte glücklicherweise noch geöffnet

und innerhalb von wenigen Minuten hatte ich alle Details geklärt. Unser Flug ging am Vormittag um 11:50 Uhr von Tokio Narita. Mir wurde leicht schlecht bei dem Gedanken, morgen schon wieder in ein Flugzeug steigen zu müssen, und ich war auch enttäuscht, dass ich Jonas nicht wiedersehen würde. Nicht morgen jedenfalls. Wie lange er wohl noch in Shanghai bleiben würde?

An: Jonas Ackermann
Von: Anna Barker
Uhrzeit: 01:17
Betreff: Gute Nacht

Lieber Herr Anwalt,
ich wollte Ihnen nicht zu nahe treten und wünsche Ihnen eine geruhsame Nacht. Nehmen Sie eine Kopfschmerztablette vor dem Schlafengehen.
Müde Grüße, A.

Mir war die Lust auf Alkohol vergangen, das Sushi schien zum Glück keine weiteren Probleme zu machen. Ich bestellte die Rechnung und ging zurück auf mein Zimmer, machte mich bettfertig, löschte das Licht und legte mich ins Bett.

Scheiße. Ich war einfach nicht müde.

Jonas hatte auch nicht mehr geantwortet. Vielleicht hatte er meine Mail gar nicht mehr gelesen und war bereits im Traumland. Der Glückliche! Ich kämpfte auch nach einigen Tagen noch mit dem Jetlag. Ich knipste das Nachtlicht an und suchte nach der Fernbedienung. Mal sehen, ob es noch was im Fernsehen gab. Ich blieb bei einer Dokumentation über die Entstehung der Erde auf Discovery Channel hängen. In den Pausen sah ich japanische Werbung und fragte mich, ob deutsche Werbespots auf Ausländer genauso lächerlich wirkten wie das hier auf mich. Lustig war auch, wie „Discofferriiee Chaaannel“ auf Japanisch ausgesprochen wurde. Nach drei Episoden löschte ich das Licht und machte den Fernseher aus. Irgendwann übermannte mich die Müdigkeit doch.

12

Katerstimmung. Das Abenteuer neigte sich dem Ende zu. Zurück nach Hamburg. Ich war traurig. Wenige Stunden zuvor hatte ich noch in der Tower Bar gesessen und heiße Mails mit Jonas ausgetauscht und jetzt war ich auf dem Rückweg.

Alleine.

Aber es war bestimmt besser so. Dann konnten sich die Gemüter etwas abkühlen und in Hamburg war vielleicht alles vergessen und ich würde nicht weiter meinen Job riskieren. Die Taxifahrt verlief zum Glück ohne riskante Aktionen des Fahrers, somit konnte ich mich mental auf die kommenden elf Stunden Flug vorbereiten.

Ich schaute aus dem Fenster. Im Vergleich zu Shanghai war Tokio irgendwie verschlafen.

Vielleicht waren wir nicht im richtigen Viertel, aber es wirkte alles wie in Slowmotion auf mich. Sofern man davon bei einer Stadt mit neun Millionen Menschen sprechen konnte. Es war wenig los, kaum Menschen auf den Straßen, weniger Leben, dabei alles geordnet und bis ins letzte Detail durchgeplant. In Shanghai war es möglich, dass neben der S-Klasse ein Roller mit drei lebendigen Hühnern im Gepäck hielt, in Tokio unvorstellbar.

Wir kamen problemlos durch den Verkehr und hielten unerwartet früh vor dem Tokioter Flughafen Narita.

Ich fand es auch am Ende der Reise noch unendlich

geil, als VIP behandelt zu werden, aus rein pragmatischen Gründen. Am Flughafen gab es für die Business Class immer eine VIP-Line und man kam überall schneller durch, sowohl beim Einchecken, bei der Security-, Pass- und Visa-Kontrolle als auch beim Ein- und Aussteigen. Echt super. Das machte gerade bei Visa und Security einen großen Unterschied.

Im Flugzeug trank ich Orangensaft und keinen Champagner. Der Glamour des Reisens verblasste langsam und ich kehrte in die Realität zurück. Jonas sah das vielleicht ähnlich, denn von ihm hatte ich nichts mehr gehört. Bestimmt war er zur Vernunft gekommen. Was Alkohol aus Menschen machte. Sicherlich bereute er seine Mails von gestern. Verliebt und so. Bestimmt nicht.

Seufz.

Ich war nicht mal besonders aufgeregt, als die Maschine das Rollfeld verließ und sich auf den Weg zur Startbahn machte. Schweißnasse Hände und Herzklopfen wertete ich als gutes Befinden. Der Platz neben mir war leer und ich hatte meine Ruhe. Das war auch gut so. Lustlos blätterte ich in der Tokio Times. Jonas hätte jetzt höchstwahrscheinlich einen Stapel aller Tageszeitungen vor sich liegen gehabt. Inklusive japanischer. Das traute ich ihm durchaus zu. Doppelseufz. Konnten elf Stunden Flug so lange dauern? Ich schaute auf die Uhr.

Erst fünfzig Minuten in der Luft. Mist.

Die Nüsschen und der Aperitif wurden verteilt, aber ich wollte nichts. Zum Mittagessen gab es Hühnchen oder Fisch. Ich wählte das Hühnchen. Schlechte Entscheidung. Das war so widerlich schleimig, dass ich es nicht essen konnte. Reis allein war ja auch fein. Ich beschloss schließlich zu lesen und vertiefte mich in einen Liebesroman. Meine Seele brauchte eine Schnulze – wenn ich selbst schon keine hatte.

Eine Stunde nach dem Essen wurden die Fenster

verdunkelt und viele der Fluggäste lehnten ihre Sitze zurück. Ich war nicht müde. Keine Lust auf gar nichts. Immer noch sieben Stunden. Schrecklich langweilig. Nach zwei weiteren Stunden gab es einen kleinen Snack, den ich dankbar annahm. So hatte ich wenigstens etwas zu tun. Schließlich versuchte ich zu schlafen, damit die Zeit etwas schneller vorbeiging. Alle zehn Minuten checkte ich die Uhrzeit, ob ich vielleicht geschlafen hatte. Sehr ermüdend diese Taktik. Wenigstens gab es keine Turbulenzen.

Ich hatte es tatsächlich geschafft und wir waren in Frankfurt angekommen, es hatte leider keinen Direktflug von Tokio nach Hamburg gegeben. Mittlerweile war ich so müde, dass ich im Stehen hätte schlafen können. Aber unsere Reise war noch nicht zu Ende, wir fuhren mit dem ICE nach Hamburg. Unendlich viel später kam ich zu Hause an und Isabelle empfing mich herzlich, sie wollte mir etwas zu essen machen und hatte Wein und Zutaten für Pasta eingekauft. Mir war alles zu viel, ich wollte nur noch schlafen. Es war 21:00 Uhr in Hamburg, für mich aber schon vier Uhr morgens, da die Zeitverschiebung nach Tokio sieben Stunden betrug. Isi nahm mir das nicht übel. Sie packte mich ins Bett und brachte mir eine heiße Milch. Wie eine Mama. Das fühlte sich gut an und ich entspannte mich sofort.

„Hier, Anna. Du siehst echt fertig aus. Ist auch alles okay bei dir?“

„Na klar. Ich bin ungefähr dreißig Stunden auf den Beinen, habe in vier Tagen tausende von Flugkilometern hinter mich gebracht und musste ackern wie ein Schwein. Ich bin durch.“

„Versteh’ ich. Schlaf dich aus. Trink deine Milch. Soll ich noch bei dir bleiben?“

Isi war so süß. Wenn sie ein Mann gewesen wäre, hätte ich sie sofort geheiratet.

„Jaaa, biittee.“

Isi kroch unter meine Decke und streichelte über meine

Haare. Ich hätte heulen können. Warum hatte Jonas nicht mehr geantwortet? Zwei Sekunden später war ich weg. Die Milch wurde kalt. Reisen machte müde..

13

Ich erwachte in völliger Dunkelheit und hatte keine Ahnung, wo ich war. Es roch vertraut. Ach ja. Zuhause. Ich blickte auf die Uhr: drei Uhr morgens. Scheiß Jetlag. Ich versuchte wieder einzuschlafen. Erfolglos. Schließlich stand ich auf und machte mir Frühstück. Zwei Scheiben Toast mit Marmelade und Käse, dazu ein Glas Orangensaft und eine Folge *Two and a half men.* Danach ließ ich mich aufs Sofa fallen und las den Rest meiner Liebesgeschichte.

Als ich meine Augen das nächste Mal öffnete, war es hell draußen. Ich musste noch einmal eingeschlafen sein. Was für ein Tag war heute?

Samstag? Sonntag? Montag?

Bitte nicht.

Hastig griff ich zu meinem iPhone. Es war Sonntag. Zum Glück. Ich hatte noch einen Tag Zeit, mich zu erholen, bevor die nächste Arbeitswoche auf mich einstürzte. Wie spät war es jetzt wohl in Shanghai? Jonas hatte sicherlich zu tun. Oder er wollte mir einfach nicht schreiben. Das konnte auch sein. Trotzdem fühlte ich mich irgendwie leer. Ich war wie ein Junkie auf Entzug. Schließlich checkte ich meine Mails und mein Herz machte einen Satz. Dass es so einfach war, meine Stimmung zu verbessern, war in der Tat ein wenig beängstigend, aber leider nicht zu ändern.

An: Anna Barker
Von: Jonas Ackermann
Uhrzeit: 02:34
Betreff: Guten Morgen
Liebste Miss Barker,
ich hoffe, Sie hatten eine komfortable Rückreise.
Ein Mann in der Ferne denkt an Sie.
Verzehrende Grüße, J.

Juhuuuu!

In der hintersten Ecke meines kleinen Gehirns war mir klar, dass ich einen ziemlichen Dachschaden haben musste, wenn ich mich über die paar Worte so freute. Natürlich tippte ich sofort eine Antwort. Mr. Doubleyou schüttelte mit dem Kopf, aber es war ihm mittlerweile offenbar zu blöd geworden, immer die gleiche Leier zu fahren. Meine Müdigkeit war verflogen und Energie strömte durch meinen dünnen Körper, während ich die Worte ins Handy tippte.

An: Jonas Ackermann
Von: Anna Barker
Uhrzeit: 07:12
Betreff: Mahlzeit
Lieber Herr Anwalt,
ich habe schon befürchtet, Sie wären verzagt. Die Reise war sehr ermüdend. Hamburg ist erfrischend kühl.
Gejetlagte Grüße, A.

Ich hielt es nicht mehr auf dem Sofa aus, Isabelle schlummerte noch und ich musste die Hummeln unter dem Hintern loswerden. Voller Elan schlüpfte ich in meine Sportklamotten und drehte eine Runde. Ich stöpselte meinen betagten iPod ins Ohr und hörte Alanis Morisette, Guardian. Konnte Jonas mein Guardian sein?

Was war das? Was sollte das? Wollte ich das überhaupt?

Und er?

Wieder und wieder hörte ich das Lied, bis ich völlig außer Atem zu Hause die Treppen nach oben lief.

Isi saß in der Küche und schlürfte verschlafen ihren Morgenkaffee, ohne den ging bei ihr gar nichts.

„Guten Morgen. Was hast du denn für Drogen genommen?" Dazu gähnte sie herzhaft.

„Dir auch einen wunderschönen guten Morgen, meine liebe Isabelle. Denk mal nach. Für mich ist es schon zwei Uhr nachmittags. Eigentlich sollte das Mittagessen auf dem Tisch stehen. Und jetzt kommst du! Bähm!" Ich reckte die Faust in die Luft.

„Richtig. Was willst du? Schnitzel?" Dazu tippte sie sich an die Stirn, als ob ich sie nicht mehr alle hätte.

„Danke, dann muss ich kotzen. Bin, glaub' ich, etwas zu schnell gelaufen. Musste mal den Kopf frei kriegen." Ich ließ mir Leitungswasser in ein Glas ein.

„Aha." Sie kaute auf ihrer Unterlippe und durchbohrte mich förmlich mit ihrem Blick.

„Was, aha?" Ich trank das Glas in einem Zug aus.

„Männer." Sie nickte wissend. Ich fühlte mich plötzlich schuldig und schaltete auf Verteidigungsmodus.

„Spinnst du?" Meine Augen waren vermutlich nur noch zwei Schlitze.

„Ich kenne dich, Anna Barker." Sie nickte immer noch und ihr Zeigefinger war auf mich gerichtet.

„Vielleicht." Ich zuckte mit den Schultern und stellte das Glas in die Spüle.

„Wer?" Von Müdigkeit keine Spur mehr, ihre Augen waren weit aufgerissen und der Mund leicht geöffnet, als würde sie einen spannenden Thriller ansehen. Sie hatte ihre Emotionen noch nie im Griff gehabt.

„Pff." Ich atmete hörbar aus.

„Paul?" Isabelles Stimme wurde leicht schrill.

„Nein", beruhigte ich sie.

„Ohhhhhhhhhh. Jetzt wird es spannend. Ein Chinese?" Sie hob den Kopf noch ein Stück höher, als könnte sie mich dann besser hören.

„Bist du des Wahnsinns!“, entfuhr es mir aus tiefstem Herzen. Ich hatte gerade neulich erst gelesen, dass die besten Teile der Asiaten im Schnitt viel kleiner als die der Europäer waren. Das kam also für mich definitiv nicht in Frage.

„Dein Chef? O Gott. Der ist doch hundert Jahre alt.“ Sie grübelte und kaute weiter auf ihrer Unterlippe.

„Isabelle!“ Ich fuhr sie an, unglaublich was das Weib sich manchmal dachte.

„Na los, sag schon.“ Sie wurde langsam ungeduldig, aber ich hatte echt keine Lust die Erlebnisse mit Jonas hier in der Küche durchzukauen.

„Lass mich in Ruhe, ich muss duschen. Ich stinke“, versuchte ich mich aus der Affäre zu ziehen

„Nein, nein, nein, junge Dame. So einfach kommst du mir nicht davon. Raus mit der Sprache!“ Sie sprang auf und ihre leere Tasse kippte um. Isabelle baute sich vor mir auf, aber ich schob sie zur Seite, knallte ihr die Badezimmertür vor der Nase zu und drehte den Schlüssel um. Das war die klare Botschaft für *no disturbing!*

Mein bahamabeiges Bad hatte mich wieder. Das war doch auch ganz schön. Wer brauchte schon Luxusbäder mit goldenen Armaturen. Ich nicht. Aber schön war es trotzdem gewesen, ein paar Tage im Luxus zu leben.

Nach einer heißen Dusche schlich ich mich in mein Zimmer und packte den Koffer aus. Ich sortierte meine Klamotten für die Wäsche und zog mich an. Erschrocken stellte ich fest, dass meine Jeans noch lockerer saßen als üblich.

Scheiße. Das konnte doch wohl nicht wahr sein. Wie konnten Leute Probleme haben mit Dicksein, und ich, Anna Barker, schaffte es nicht mal, mein Gewicht zu halten?

Mit deutlich gedämpfter Stimmung brachte ich die erste Ladung Wäsche in die Maschine, wobei Isabelle mich abfing. Sie wedelte mit meinem iPhone wild vor meiner Nase.

„Sag mal, bist du irre? Hast du etwa in meinem Handy geschnüffelt? Du bist ja schlimmer als ein Mann!“ Ich riss es ihr aus der Hand.

„Du sagst mir ja nix. Wer ist Jonas Ackermann? Und warum spricht er dich mit ‚Miss Barker‘ an? Was sind das überhaupt für kranke Mails?“ Sie fuchtelte aufgebracht mit den Händen. Das Mädchen konnte manchmal wirklich nerven.

„Du bist echt der Knaller, Isi. Du machst mich fertig. Brat mir mal lieber ein paar Pancakes und Speck, sonst werde ich noch dünner.“

„Stimmt. Du siehst schlimm aus.“ Sie musterte mich von oben bis unten und nickte mitleidig.

„Danke, du blöde Kuh.“ Ich boxte sie in die Seite.

„Komm mal her, Süße.“

Isabelle nahm mich in den Arm und strich mir über den Rücken. Das tat gut. Ich schmiegte mich an sie und genoss die Nähe. Es war schön, eine Freundin wie Isi zu haben. Manchmal.

„Ich mach’ dir deine Pancakes und du erzählst mir, was los ist.“

„Okay. Gewonnen.“ Irgendwann würde ich es ihr ja doch erzählen müssen, dann konnte ich es auch gleich rauslassen.

Isabelle hantierte in unserer kleinen Essküche und bereitete den Teig vor. Im Gegensatz zu mir war sie eine echte Meisterköchin und sie benötigte nicht mal ein Rezept, geschweige denn eine Küchenwaage. Mit abschätzenden Handgriffen rührte sie ruck, zuck einen geschmeidigen Teig zusammen, der eine halbe Stunde ruhen musste.

Während ich ihr von meiner Reise und Jonas erzählte, begann Sie, den Speck zu braten. Ein verführerischer Duft breitete sich in unserer Küche aus. Ich saß am winzigen Esstisch, erzählte ihr von meinem Asientrip und trank eine große Tasse Yogi-Tee. Zwischendurch fragte ich mich, ob sie mir überhaupt zuhörte, denn bisher hatte ich außer einem „Aha“ oder „Mhhh“ keinen Kommentar von ihr bekommen.

Ich beschloss, sie zu fragen: „Sag mal, hast du nichts dazu zu sagen?“

„Willst du, dass ich etwas sage?“

„Das ist mal eine gute Frage“, grinste ich sie an. „Natürlich will ich, dass du etwas sagst, du Idiotin.“

„Jetzt werd’ mal nicht frech, sonst gibt’s gleich kein Frühstück.“

„Dann bin ich lieber still. Los, sag schon.“

„Was ist mit Paul?“

„Paul?“ Was hatte der denn damit zu tun?

„Hallo? Paul? Der Typ, wegen dem du die letzten Monate hier Trübsal geblasen hast? Sex mit dem Ex und so?“

Ups. Wie hatte sie das nur rausgefunden?

„Woher weißt du das denn? Der steht nicht mehr zur Diskussion. Mit dem bin ich endgültig fertig.“

„Na, dann los.“

„Wie – los?“

„Schau, was mit Jonas passiert. Mehr als nichts draus werden kann ja nicht.“

„Du meinst also nicht, dass ich meinen Job verliere?“

„Wenn du nicht anfängst, im Büro zu poppen, denke ich nicht. Das geht doch deinen Chef nichts an, mit wem du deine Freizeit verbringst. Oder hast du einen Vertrag bekommen, in dem steht, dass Angestelltenverhältnisse verboten sind?“ Ich grübelte, so genau hatte ich mir den Vertrag gar nicht durchgelesen. Wenn ich ehrlich war, außer der Höhe meines Gehalts hatte mich der Text recht wenig interessiert.

„Jonas ist nicht angestellt.“ Immerhin das wusste ich.

„Siehst du. Noch besser.“ Sie schwang den

Pfannenwender und nickte mir zu.

„Hmm." Ich kratzte mich am Kopf und überlegte.

„Was, hmm? Hier, Frühstück." Sie legte mir drei Pancakes und vier Streifen Speck auf den Teller und goss reichlich Ahornsirup über die Pfannkuchen.

„Danke. Das sieht göttlich aus. Ich hab dich vermisst in China. Und Tokio."

„Hau rein. Schön dass du wieder da bist." Sie setzte sich zu mir und strich mir über die Wange.

„Was soll ich denn jetzt machen?" Ich hörte selbst, dass meine Stimme einen verzweifelten Unterton angenommen hatte.

„Wann kommt er denn wieder nach Hamburg?"

„Keine Ahnung. Müsste ja bald." Ich schob mir ein Stück Pfannkuchen in den Mund und kaute.

„Dann warte es doch erst mal ab. Vielleicht hast du ja übermorgen auch gar kein Interesse mehr, wenn der Kick der Reise vorbei ist. Manchmal ist das ja so. Ich meine, du hast echt viel erlebt und das war sicher total spannend. Geduld, meine Liebe."

„Das sagst du so einfach." Ich seufzte und rollte mit den Augen, dann widmete ich mich wieder dem restlichen Pancake.

Den übrigen Sonntag verbrachten wir zuhause. Lagen gemeinsam auf dem Sofa und schauten ein paar DVDs. Da wir keine Lust auf Kochen hatten, bestellten wir uns zum Abendessen Pizza, und gegen acht war ich so müde, dass ich ins Bett ging.

Von Jonas hatte ich nichts gehört. Vielleicht war es ja genau so, wie Isabelle sagte. Es war ein Kick auf der Geschäftsreise, fernab von zu Hause. Und jetzt, wo ich zurück war und er noch dort, hatte er sicher was Besseres zu tun. Umso besser. Das würde mir viel Ärger ersparen. Leider sagte mir mein Bauch etwas ganz anderes, der grummelte nämlich beim Gedanken daran, dass Jonas etwas *viel Besseres* zu tun haben könnte.

Ich schlief trotzdem bald ein und hatte eine traumlose Nacht.

14

Ich fühlte mich ausgeschlafen und freute mich auf den Tag, auch ohne Nachricht vom Anwalt. Bei Tageslicht sah ich das Ganze etwas weniger emotional als gestern Abend. Nach der letzten Woche hatte ich einiges aufzuarbeiten und machte mich voller Elan auf den Weg zur Arbeit. Bevor ich in mein Büro ging, unterhielt ich mich einige Minuten mit Susi vom Empfang. Ich fühlte mich wohl in dem riesigen Gebäude mit den monströsen Glasfronten. Auf dem Weg nach oben rückte ich meine Frisur zurecht und machte mir einen Plan für das, was ich heute alles schaffen wollte.

Das Büro versprühte immer noch den Charme meiner Vorgängerin, das musste dringend geändert werden, was ich mir für die nächste Woche vornahm. Als erstes fuhr ich mein Notebook hoch und öffnete das Mailprogramm. Eine Mail von der Buchhaltung, eine vom Chef, mehrere bezüglich Terminabsprachen und, und, und ... nichts von Jonas.

Ich war enttäuscht. So viel zum Thema weniger emotional.

Weniger emotional für die Tonne.

Mir juckte es in den Fingern, ihm eine Mail zu schicken. Ich ließ es aber sein, schließlich hatte ich genug zu tun. Und ein klein wenig Stolz hatte ich dann auch. Ich lief ihm doch nicht hinterher.

Gegen elf holte ich mir einen Kaffee und Herr Stein machte sich auf den Weg in ein Meeting. Das verschaffte mir etwas Luft und ich fühlte mich freier beim Ausmisten der Aktenschränke in meinem Büro. Es klang gut. Mein Büro! Hatte er es ernst gemeint mit dem dualen Studium?

Ich surfte ein wenig im Netz und informierte mich über die Möglichkeiten. Dann wandte ich mich wieder der Korrespondenz zu. Zwei Stunden später stellte ich fest, dass mein Kaffee kalt und mein Magen leer war. Da ich gewusst hatte, dass an diesem Montag sehr viel zu tun war, hatte ich vorgesorgt und mir unterwegs zwei Brötchen gekauft, die ich auf der Stelle verputzte.

Dreizehn plus sechs.

Neunzehn Uhr in China.

Obwohl es mich brennend interessierte, hatte ich Herrn Stein nicht gefragt, wann Jonas zurückfliegen würde. Jetzt ärgerte ich mich. Seufzend versuchte ich, mich auf meine Aufgaben zu konzentrieren und die nächsten Stunden vergingen tatsächlich wie im Flug. Bevor ich meinen Computer herunterfuhr, checkte ich noch die Termine für den kommenden Tag.

Ach du liebe Güte!

Die Vorbereitung für das Aufsichtsratsmeeting hatte ich total vergessen. Das war eine der Aufgaben, die ich wirklich, wirklich gerne an jemand anderen delegiert hätte. Aber die zahlten mir hier echt ein Bombengehalt, es blieb mir also nichts übrig, als zwei Stunden weiterzuarbeiten und den Kram herzurichten, bevor ich nach Hause gehen konnte.

Den Abend verbrachte ich alleine. Isabelle hatte zu tun und wollte danach ein paar Leute treffen. Ich hatte keine Lust, zog meine bequemste und älteste Jogginghose an und warf mich mit einer Packung Vanilleeis aufs Sofa. Das Fernsehprogramm gab nichts Interessantes her und ich klickte mich hier und da mit meinem iPad durchs Netz.

Das bekannte *Bing* teilte mir mit, dass ich eine Mail im Posteingang hatte.

An: Anna Barker
Von: Jonas Ackermann
Uhrzeit: 20:12
Betreff: Schlaflos in Hongkong
Liebste Miss Barker,
ich hoffe, Sie haben mich nicht vergessen?
Ich wollte Ihnen nur mitteilen, dass ich Sie vermisse.
Sie rauben mir den Schlaf. Haben Sie den Jetlag gut überwunden?
Müde Grüße, J.

Yippeyjejejej! Ich sprang vom Sofa auf und hüpfte wie ein wildgewordener Teenie durch das Wohnzimmer, bis ich realisierte, dass ich mich wie ein Volltrottel aufführte. Also setzte ich mich wieder hin und tippte die Antwort während ich die Eispackung auf meinen Knien balancierte.

An: Jonas Ackermann
Von: Anna Barker
Uhrzeit: 20:17
Betreff: Eiscreme in Hamburg
Lieber Herr Anwalt,
es tut mir leid, dass Sie nicht schlafen können. Ich fürchte, ich kann von hier aus nichts dagegen tun.
Was machen Sie in Hongkong?
Eiscremenaschende Grüße, A.

Ich war viel zu neugierig, um nicht zu fragen. Hongkong war neu für mich. Morgen musste ich nachforschen, was unsere Firma in Hongkong machte. Davon hatte Herr Stein noch nie ein Sterbenswörtchen verloren, oder ich hatte möglicherweise nicht aufgepasst.

Shit happens.

An: Anna Barker
Von: Jonas Ackermann
Uhrzeit: 20:21
Betreff: Qual

Liebste Miss Barker,
sie quälen mich. Allein die Vorstellung bringt mich fast um. Habe ich einen Wunsch frei?
Schüchterne Grüße, J.

Jetzt wurde es interessant. Ging es ihm womöglich ähnlich wie mir? Was könnte er sich wünschen? Und was war nun mit Hongkong?

An: Jonas Ackermann
Von: Anna Barker
Uhrzeit: 20:23
Betreff: Ja

Lieber Herr Anwalt,
ich bin heute mutig, deswegen das Ja zu Ihrem Wunsch, ohne zu wissen worum es geht. Seit wann sind Sie schüchtern? Ist mir noch nie aufgefallen.
Belustigte Grüße, A.

Ein breites Grinsen lag auf meinem Gesicht und ich konnte es kaum erwarten eine Antwort zu bekommen. Jonas ließ mich glücklicherweise nicht allzu lange warten.

An: Anna Barker
Von: Jonas Ackermann
Uhrzeit: 20:32
Betreff: Danke

Liebste Miss Barker,
vielen Dank für Ihr Vertrauen. Das ehrt mich, obwohl ich es vielleicht nicht verdiene. Sie haben mir den Kopf verdreht. Mein Wunsch war ein Date, und Sie haben in der

vorigen Mail zugesagt. Ich freue mich.
Erleichterte Grüße, J.

Ein Date? Deswegen fragte er? Und wieso sollte er es nicht verdienen? Der Mann sprach wie so oft in Rätseln. Trotzdem kribbelte es in meinem Bauch. Das Wort Date klang irgendwie bedeutend in meinen Ohren. Ich versuchte daher das Ganze etwas ins Lächerliche zu ziehen.

An: Jonas Ackermann
Von: Anna Barker
Uhrzeit: 20:39
Betreff: Date
Sehr geehrter Herr Anwalt,
das haben Sie ja geschickt eingefädelt, aber jetzt komme ich aus der Nummer nicht mehr raus.
Wann soll das Date stattfinden? Und was machen Sie in Hongkong?
Neugierige Grüße, A.

An: Anna Barker
Von: Jonas Ackermann
Uhrzeit: 20:47
Betreff: Bald
Liebste Miss Barker,
ich bin geschäftlich in Hongkong. Ich komme so bald wie möglich zurück, nicht dass Sie es sich anders überlegen.
Erwartungsvolle Grüße, J.

Als ob ich es mir anders überlegen würde! Bestimmt nicht. Bisher war Jonas nahezu perfekt, fast zu perfekt. Ich wartete immer noch auf den berühmten Haken, den mir Mr. Doubleyou ständig aufs Brot schmierte.

An: Jonas Ackermann
Von: Anna Barker
Uhrzeit: 20:52
Betreff: Schafe zählen

Lieber Herr Anwalt,
no risk no fun.
Versuchen Sie zu schlafen, manche Leute sagen, Schäfchen zählen würde helfen.
Gute-Nacht-Grüße, A.

Es klingelte an der Haustür. Ich erwartete niemanden. Isi hatte sicher nur Ihren Schlüssel vergessen. Ich schlurfte zur Tür und drückte den Buzzer ohne zu fragen. Nach kurzer Zeit klopfte es. Als ich die Haustür öffnete, kniete vor mir – Paul.

Fuck. Was wollte der denn hier? Da wollte monatelang keiner was von mir wissen und jetzt standen alle Schlange! Das war absolut nicht fair.

„Paul? Was machst du hier?" Ich spürte, dass mein Mund weit offen stand.

„Anna, hör mich an. Ich weiß, ich habe viel Scheiße gebaut in unserer Beziehung, aber seit du weg bist, habe ich mich geändert. Du fehlst mir. Bitte komm zurück. Ich liebe dich."

Ich musste kurz durchatmen. Vor einigen Wochen hatte ich mir nichts sehnlicher gewünscht als das. Ein Paul Hinze, der vor mir zu Kreuze kroch. Ich hatte mir das Triumphgefühl vorgestellt, wollte es auskosten, um ihn dann großmütig wieder zurückzunehmen. Und jetzt?

Da war kein Triumphgefühl. Ich wollte ihn nicht zurück. Da war nichts mehr. Außer ein wenig Mitleid vielleicht. Er sah irgendwie dämlich aus, während er da so vor mir kniete.

„Ach Paul – es ist zu spät."

„Anna, bitte. Ich weiß, ich habe viele schlimme Dinge getan. Verzeih mir."

„Gut, ich verzeihe dir. Aber das ändert nichts. Komm

rein und steh endlich auf. Ich will nicht, dass das ganze Treppenhaus das hier mitkriegt."

In den zwei Jahren Beziehung mit Paul war er keine zehnmal in meinem Apartment gewesen. Er fand es nicht repräsentativ und stylisch genug. Und ich war so blöd, mich von ihm beeinflussen zu lassen. Heute wusste ich, dass alles gut so war, wie es war. Meine Wohnung war vielleicht klein und nicht mit Designermöbeln vollgestopft, aber es war meins. Naja. Unseres. Isis und meins. Wenn auch nur gemietet, aber immerhin. Seit neustem bezahlte ich die Miete sogar pünktlich.

„Willst du etwas trinken?"

Eigentlich war das Letzte, was ich jetzt machen wollte, mit meinem Ex zu sprechen. Aber ich war einfach zu geschockt, um ihn direkt wieder wegzuschicken. Wir hatten auch gute Zeiten gehabt. Hatte ich jedenfalls gedacht, bis ich rausfand, dass er mich andauernd mit irgendwelchen Schlampen betrogen hatte.

„Hast du ein Bier?" Ein trauriger Hundeblick war nichts gegen seinen Gesichtsausdruck.

Ich ging leicht genervt zum Kühlschrank, um zwei Bier zu holen, und reichte ihm eine Flasche, die ich zuvor geöffnet hatte.

„Pass auf, Paul. Ich finde es ja toll, dass du dich ändern willst und so. Aber –!"

Er fiel mir mit großen Gesten ins Wort: „Anna, ich weiß, was du jetzt sagen willst. Bitte gib mir noch eine Chance. Ich kann nicht ohne dich leben. Die letzten Monate waren die Hölle." Wenn er noch anfing zu heulen, würde ich einen Lachkrampf bekommen.

„Na, besten Dank. Ich hatte auch keine schöne Zeit, Paul. Was glaubst du, wie ich mich gefühlt habe? Und jetzt überleg mal, wer schuld daran war."

„Es tut mir leid. Tut mir echt leid. Aber ich habe mich wirklich geändert ..."

„Nein, mir tut es leid, Paul. Es ist zu spät. Ich will das nicht mehr. Das hättest du dir ein paar Monate früher überlegen müssen oder bevor du die Tussen gevögelt hast." Langsam wurde ich sauer, er hatte kein Recht, mich jetzt zu belagern. Er kam einfach zu spät.

Schweigen breitete sich aus. Wir tranken beide von unseren Flaschen. Es schmeckte schal, aber es lag nicht am Bier. Mir war so gar nicht nach Alkohol, daher stellte ich es auf den kleinen, grauen Ikea-Couchtisch.

„Anna ... Willst du mich heiraten?" Paul zog plötzlich ein blaues Kästchen aus seiner Hosentasche. Wie bitte? Ich fiel vom Glauben ab.

Entsetzt starrte ich ihn an. War das das Rezept, Männer abzukriegen? Sei scheiße zu ihnen, und sie liefen einem hinterher? Heiraten? Er musste was Falsches geraucht haben.

„Paul! Bist du nicht ganz bei Trost?" Meine Stimme überschlug sich.

„Anna, bitte. Ich würde alles für dich tun …!"

Er flehte mich an, Tränen standen in seinen Augen. Erneut überkam mich Mitleid. Zum ersten Mal, seit ich ihn kannte, tat er mir wirklich nur noch leid. Wie ein kleiner Junge, der etwas Schlimmes getan hatte und jetzt Absolution verlangte, saß er vor mir.

Sollte ich es noch einmal mit ihm versuchen? Schließlich dachte ich lange, er wäre mein Traummann. Bis ich ES herausfand. Konnten sich Menschen verändern? Konnte Paul Hinze treu sein? Heiraten?

Das war alles zu viel für mich und ich musste lachen. Ich platzte laut los und konnte mich nicht mehr beruhigen. Paul starrte mich schockiert an.

„Anna? Was ist los? Was ist daran lustig?"

„Paul … Entschuldigung. Das ist nur so, so skurril. Ich meine, denk doch mal nach!" Ich sprang auf und lief, mir die Seite haltend, weil ich ein weiteres Lachen unterdrücken wollte, durch das kleine Wohnzimmer.

„Ich weiß. Aber ich meine es ernst – du bist alles, was ich will." Er klappte das Kästchen mit dem Ring auf.

Heilige Scheiße!

Er war auch noch vorbereitet. Auf dem goldenen Ring strahlte ein lupenreiner Diamant. Was sollte ich tun? Warum kam er bloß jetzt damit an? Warum nicht ein paar Wochen früher?

„Paul, ich weiß nicht." Das Lachen war mir vergangen. Ich blieb stehen und ließ die Arme sinken.

„Anna, bitte!" Er flehte mich an.

Ich kam ins Zweifeln.

„Gib mir diese letzte Chance. Zieh zu mir, gib diese Wohnung auf. Das passt doch alles gar nicht zu dir. Du hast etwas viel Besseres verdient. Komm zu mir, wir bauen uns ein Heim."

Etwas Besseres verdient? Passte nicht zu mir? Das wischte jeglichen Zweifel endgültig weg.

„Weißt du was. Es tut mir leid. Ich kann nicht. Und ich will auch nicht. Nicht mehr. Es ist zu spät." Ich würde nie wieder etwas mit Paul anfangen, es war wirklich ein für alle Mal vorbei.

„Das ist doch jetzt nicht dein Ernst. Ich habe einen Ring hier."

„Heb ihn auf für die Nächste." Das war das Einzige was mir dazu noch einfiel. Er würde bestimmt bald eine bessere Verwendung finden.

„Was?" Pauls Schultern hingen nach unten und sein Mund stand weit offen.

„Ich kann das nicht. Es ist vorbei. Es ist doch schon lange aus, Paul ... Machen wir uns nichts vor. Wir sind nicht füreinander bestimmt." Schließlich fand er einen Teil seiner Fassung wieder. Er trank sein Bier in einem Zug aus, legte den Ring auf den Tisch und stand auf.

„Anna Barker, bitte, bitte! Überleg es dir. Ich liebe dich. Ü-ber al-les. Ruf mich an!"

Er zog mich in seine Arme und küsste mich leidenschaftlich.

Ich empfand nichts. Kein Herzklopfen. Keine Schmetterlinge.

Nichts.

Er schmeckte nach Bier, aber ich wehrte mich nicht. Nach einigen Sekunden ließ er mich los und ich hatte das Bedürfnis, mir den Mund abzuwischen. Es fühlte sich nicht richtig an.

„Mach's gut, Paul. Nimm den Ring. Du kennst meine Antwort."

„Der Ring ist für dich bestimmt, behalte ihn. Warum liebst du mich nicht mehr?"

„Die Antwort kannst du dir selbst geben. Mach es besser bei der Nächsten." Ich schob ihn langsam, aber bestimmt Richtung Ausgang.

„Der Nächsten? Ich will nur dich, Anna!" Er startete einen letzten Versuch, aber ich ließ ihn abprallen.

„Mach's gut, Paul." Ich wollte gerade die Klinke herunter drücken, als sich die Tür öffnete und Isabelle hereinkam. Sie schaute von links nach rechts und auf ihrer Stirn machte sich ein großes Fragezeichen breit.

„Was ist denn hier los?" Ich zuckte mit den Schultern, das war nicht in einem Satz erklärt.

„Paul wollte gerade gehen", sagte ich deshalb nur und schob ihn aus der Wohnung.

„Ruf mich an!" Rief er noch, bevor ich die Tür hinter ihm zuknallte. Ich stöhnte auf und taperte zum Sofa in das ich mich mit Schmackes fallen ließ.

Das Vanilleeis war mittlerweile geschmolzen, die Packung stand noch auf dem Boden und es sah nicht mehr sonderlich appetitlich aus.

„Kannst du mir erklären, was das für eine Szene war?" Isabelle stand vor mir und ihr Ton ließ keinen Widerspruch zu. Ich rollte mit den Augen und trank einen großen Schluck von meinem Bier.

„Du wirst es nicht glauben“, setzte ich an.

„Jetzt bin ich aber gespannt.“ Isabelle stand immer noch vor mir und hatte offenbar nicht vor sich einen Millimeter zu bewegen, bevor sie eine für sie befriedigende Antwort bekommen hatte. Sie war ja beinahe schlimmer als Mr. Doubleyou, wenn es um Paul ging.

„Er hat mir einen Heiratsantrag gemacht.“ Es kam ziemlich trocken heraus, worüber ich mich selbst ein wenig wunderte. Das Ganze war so absurd, dass ich es selbst noch nicht ganz kapiert hatte.

„Neeeee.“ Jetzt sank sie neben mir in die Polster und zog hörbar die Luft ein.

„Doch.“ Ich nickte.

„Und?“ Sie drehte ihr Gesicht zu mir und ihr Blick bohrte sich förmlich in mein Gesicht.

„Wie, und?“ Warum stellte sie so bescheuerte Fragen?

„Hast du Ja gesagt?“ Meine beste Freundin musste ernsthaft was an der Waffel haben.

„Spinnst du? Ich heirate den doch nicht“, gab ich entrüstet zurück und nahm noch einen Schluck vom lauwarmen Bier.

„Das hat sich vor ein paar Wochen noch ganz anders angehört.“ Ihr Kommentar war ziemlich spitz, aber sie hatte natürlich recht. Ich hatte mich wegen Paul lange aufgeführt wie eine liebeskranke Idiotin.

„Es ist viel passiert.“ Meine Schultern zuckten.

„Aha.“ Das klang so als ob sie eine göttliche Eingebung bekommen hatte und ich verstand mal wieder nur Bahnhof.

„Häh? Isabelle. Du sprichst in Rätseln!“

„Du bist verliebt.“ Das war eine simple Feststellung von Isabelle, ich fühlte mich ein wenig wie eine Patientin bei ihrer Therapeutin. So stellte ich es mir jedenfalls vor.

„In Paul?“ Ich zog eine Augenbraue nach oben.

„In Jonas, du Depp.“ Wieso kannte sie mich besser als ich mich selbst?

„Ach so.“ Zu mehr als einem leisen Flüstern war ich

nicht mehr in der Lage.

„Dann gibst du es also zu?“ Ihre Stimme überschlug sich ein wenig.

„Kann sein,“ antwortete ich kleinlaut.

„Na, das war ja einfach. Normalerweise muss ich mit dir in die Inquisition gehen.“ Sie lehnte sich entspannt zurück und grinste.

„Ich bin einfach zu fertig, Isi. Das ist mir alles zu anstrengend. Ich hab’ ein Date.“ Ich raufte mir die Haare.

„Mit wem?“ So schlau wie sie auch war, manchmal war sie doch schwer von Begriff.

„Na, Jonas“, klärte ich sie auf.

„Ach! Wann?“

„Weiß ich noch nicht. Wenn er wieder da ist.“ Ich suchte nach Fusseln auf meiner Hose.

„Und das habt ihr in eurer komischen E-Mail-Kommunikation vereinbart?“

„Jepps.“ Ich hatte immer noch keinen gefunden, aber meine Hände brauchten eine Beschäftigung.

„Ihr seid ein merkwürdiges Paar“, stellte sie erneut trocken fest.

„Du weißt doch, dass ich verrückt bin.“ Jetzt musste ich grinsen.

„Das war mir schon lange klar. Kann ich auf den Schreck auch ein Bier haben?“

„Sicher doch. Du kennst dich ja aus hier.“ Ich strahlte sie an und Isabelle schlug mit ihrer Handtasche auf mich ein, ging aber doch selbst zum Kühlschrank und holte sich ein Bier. Sie erzählte mir von ihrem Abend, aber ich war in Gedanken weit weg. Um genau zu sein, ganz in der Nähe von Hongkong.

15

Ich hatte das gestrige Erlebnis noch nicht ganz verdaut. Die Nummer mit Paul war schon ein echter Hammer. Wie war das möglich? Musste man Männer allen Ernstes wie Dreck behandeln, dass sie einen wollten? Wenn das das Rezept war, würde ich bestimmt niemals jemanden finden. Womit ich wieder bei meinen tagefüllenden Gedanken zu einem ganz bestimmten Typen angekommen war.

Jonas hatte sich noch nicht gemeldet. Er hatte sicher zu tun, versuchte ich mich selbst zu beruhigen. Wahrscheinlich war er so beschäftigt mit seinen Aufgaben, damit er so bald wie möglich nach Hause fliegen konnte.

„Was? Entschuldige, ich war gerade einen Moment abgelenkt." Wie peinlich, mein Gesicht brannte. Ich saß mit Susi im Café gegenüber der Stein Energy Holding, wo wir unsere Mittagspause verbrachten. Susi war immer auf dem Laufenden und versorgte mich mit Eins-a-Büroklatsch. Sehr spannend, eigentlich. Ich wusste nun, wer mit wem und wer mit wem nicht konnte. Bei welchen Personen ich mich in Acht nehmen musste und wer welche Pizza bestellte.

Nicht schlecht, dieses Insiderwissen. Der Name passte bei Susi wie die Faust aufs Auge. Sie war knapp eins siebzig mit geschätzten fünfundfünfzig Kilo, Wasserstoffperoxid blondiertem Haar und knallroten Fingernägeln. Ihr Arbeitsoutfit bestand aus kurzen Röcken und mörderischen High Heels. Aber sie war nett, sehr nett sogar. Und es war schön, dass ich meine Mittagspause nicht alleine verbringen musste.

Den restlichen Nachmittag saß ich in einem langweiligen Meeting, bei dem ich zur Abwechslung nicht das Protokoll schreiben musste. Das war viel entspannter, denn die Schulze vom Finanzchef bestand darauf, sich wichtig zu machen und hatte die Aufgabe an sich gerissen. Das war echt eine zickige Tante. Mit der würde ich sicherlich nicht mehr warm werden. Unser erstes Zusammentreffen hatten wir gleich in meiner ersten Arbeitswoche in der Küche gehabt, wo sie mich direkt darauf hingewiesen hatte, dass sie meinen Job wollte und ihn auch kriegen würde. Von solchen Sprüchen ließ ich mich aber nicht einschüchtern. Der würde ich es schon zeigen. Und wenn sie den Job bis dato nicht gekriegt hatte, war sie ohnehin chancenlos. Abgesehen davon, dass Herr Stein mir erst kürzlich bestätigt hatte, dass ich mich gut machte.

Nach dem Abendessen drehte ich eine Runde an der Alster. Das Wetter war hervorragend und ein wenig sportliche Betätigung tat mir gut. Ich fühlte mich erfrischt und es half mir beim Denken.

Als ich zurück war, stellte ich enttäuscht fest, dass ich heute keine einzige Nachricht von Jonas bekommen hatte. Seufzend ließ ich mich auf dem durchgesessenen Sofa nieder und zappte durchs Abendprogramm.

Isabelle war mal wieder unterwegs, aber ich war nicht traurig über ein wenig Zeit für mich.

Zwei Stunden später ging ich schlafen und träumte wirres Zeug von kleinen Asiatinnen, die mich mit Stäbchen verfolgten. Komischer Traum.

16

Der nächste Tag verging wie im Flug und gegen siebzehn Uhr machte ich mich auf den Heimweg. Im Bus checkte ich meine Mails.

An: Anna Barker
Von: Jonas Ackermann
Uhrzeit: 16:12
Betreff: Handynummer
Liebe Miss Barker,
wann verraten Sie mir endlich Ihre Handynummer?
Fragende Grüße, J.

Die hätte er ja wohl schon selbst rausfinden können, wenn er gewollt hätte.

Ich rollte mit den Augen, freute mich aber trotzdem über seine Nachricht. In meinem Bauch kribbelte es, wie so oft, wenn ich von ihm hörte.

An: Jonas Ackermann
Von: Anna Barker
Uhrzeit: 17:26
Betreff: Detektiv
Sehr geehrter Herr Anwalt,
ich dachte, Sie wüssten die Nummer längst.
Seien Sie kreativ und finden Sie sie raus.
Busfahrende Grüße, A.

Ich ließ ihn zappeln, wenn er wirklich was von mir wollte, dann würde er schon dranbleiben. Es war wirklich nicht so schwer, ich meine, hallo! Ich war die Sekretärin seines besten Kunden, ein Anruf bei unserer Rezeption und er hatte meine Handynummer. Männer! Ich hatte den Gedanken noch nicht ganz beendet, da brummte mein iPhone schon wieder und kündigte eine neue E-Mail an.

An: Anna Barker
Von: Jonas Ackermann
Uhrzeit: 17:29
Betreff: Date
Liebste Miss Barker,
wann haben Sie Zeit?
Erwartungsvolle Grüße, J.

Man konnte nicht über ihn sagen, dass er lange um den heißen Brei herumredete. Aber ich freute mich, so lächerlich es war, wie ein junges Ding.

An: Jonas Ackermann
Von: Anna Barker
Uhrzeit: 17:32
Betreff: Vorschläge
Lieber Herr Anwalt,
Sagen Sie mir doch lieber, wann *Sie* wieder da sind.
Dann finden wir sicherlich einen passenden Termin.
Ebenso erwartungsvolle Grüße, A.

Damit hatte ich mich nicht zu weit aus dem Fenster gelehnt, ganz so einfach wollte ich es ihm auch nicht machen. Ich hatte immer noch meinen ersten Eindruck bei ihm im Gedächtnis und würde alles daran setzten, nicht wie ein billiges Flittchen rüberzukommen.

An: Anna Barker
Von: Jonas Ackermann
Uhrzeit: 17:35
Betreff: Jetzt
Liebe Miss Barker,
wie wäre es mit jetzt gleich?
Wann sind Sie zu Hause?
Freudige Grüße, J.

Wie jetzt? Hallo? Ich war auf einen Spontanbesuch nicht vorbereitet. Ahhhhh!

Mein Herz stolperte und meine Hände waren feucht. Er hatte mich eiskalt erwischt. Ich überlegte kurz, ob ich vorzeigbar war. Panik machte sich in mir breit. Wann hatte ich mir zuletzt die Beine rasiert? Welche Unterwäsche trug ich? Wo wollte er mich treffen? Ich hob einen Arm und prüfte, ob ich nach dem stressigen Arbeitstag müffelte, aber glücklicherweise roch noch alles frisch wie der Frühling. Puh. Ich fühlte mich einem Herzinfarkt nahe.

An: Jonas Ackermann
Von: Anna Barker
Uhrzeit: 17:37
Betreff: Spontan
Lieber Herr Anwalt,
Sie machen mich fertig. Wo sind Sie denn jetzt?
Bin in zehn Minuten zu Hause.
Schockierte Grüße, A.

Was hatte er vor? Ich kam nicht mehr klar, war kurz davor durchzudrehen.

Meine Finger zitterten, während ich die Antwort las.

An: Anna Barker
Von: Jonas Ackermann
Uhrzeit: 17:41
Betreff: Dringende Frage

Liebe Miss Barker,
Warten Sie es ab. Sind Sie bereit?
Ungeduldige Grüße, J.

Ich fächelte mir Luft zu, warum musste es in diesem blöden Bus auch so stickig sein. Hilfe! In meinem Kopf schwirrten tausend Sachen umher und ich konnte keinen klaren Gedanken mehr fassen.

An: Jonas Ackermann
Von: Anna Barker
Uhrzeit: 17:42
Betreff: Unsicher
Lieber Herr Anwalt,
ich weiß es nicht. Aber ich habe zugesagt, deswegen: ja.
Wann und wo?
Aufgeregte Grüße, A.

Jetzt gab es kein Zurück mehr. Aufgeregt hoffte ich, der Busfahrer würde sich beeilen. Ich musste noch so viele Dinge erledigen. Was sollte ich anziehen, wie schnell konnte ich mich noch mal duschen, rasieren (ich liebte babypopoglatte Beine), parfümieren. Es war hundert Jahre her, seit ich das letzte Date hatte. Mr. Doubleyou schwieg seit ein paar Tagen und ich fragte mich, warum und was er wohl dazu sagen würde. Wenn man den einmal brauchte, war er in der Versenkung verschwunden.

Hmpf.

Ich blickte erneut auf mein Handy. Nichts mehr. Was war jetzt los? Rückzieher? Ich wurde immer nervöser, obwohl das fast gar nicht möglich war. Mein Atem ging flach und ein Nervenzusammenbruch konnte sicher nicht schlimmer sein als das, was ich jetzt am eigenen Leibe erfuhr. Endlich war meine Haltestelle gekommen und ich sprang aus dem Bus. Nur noch um die Ecke und dann schnell rauf und unter die Dusche. Bis dahin würde er sich ja wohl hoffentlich mit näheren Details gemeldet haben.

Wie vom Blitz getroffen, blieb ich stehen. Das konnte jetzt nicht wahr sein.

Mein Herzschlag setzte aus, als ich ihn sah. Jonas stand mit Koffer und zwei Edeka-Tüten vor dem Haus, in dem ich wohnte. Ich starrte ihn mit offenem Mund an bevor ich endlich die Sprache wiederfand. Er grinste und seine strahlend weißen Zähne kamen zum Vorschein.

„Was machst du denn hier?“ Meine Stimme klang schrill und atemlos.

„Das ist ja eine freudige Begrüßung, Miss. Ich freu’ mich auch, dich zu sehen.“ Ich war zu aufgeregt, um eine schlagfertige Antwort auf seinen Sarkasmus zu finden. Jonas ließ Tüten und Koffer stehen und gab mir einen Kuss auf jede Wange. Die Berührung war wie tausend kleine Stromschläge auf meiner Haut. Er war unrasiert und seine Bartstoppeln fühlten sich rau auf meiner Wange an. Mein Körper produzierte eine Gänsehaut und die feinen Härchen stellten sich auf. Dann fing ich mich wieder und kramte nach dem Haustürschlüssel in meiner Tasche.

„Bist du direkt aus dem Flugzeug hierhergekommen? Woher weißt du überhaupt, wo ich wohne?“ Endlich fand ich die Sprache wieder. Er musste ja denken, dass ich sie nicht mehr alle hatte.

„Ich wollte keine Zeit verlieren. Du hattest ein Schild mit deiner Adresse auf dem Koffer, das habe ich mir gemerkt.“ Er grinste wieder und das Blau seiner Augen war tiefer als der Ozean.

Ich war völlig perplex. Er meinte es doch nicht etwa ernst mit mir? Konnte das sein? Mein Puls ging immer noch rasend schnell, dazu mischte sich ein warmes Gefühl in der Magengegend.

„Wow, na dann, komm mal rein. Du kriegst meine Adresse raus, aber nicht meine Telefonnummer?“

„Ich wollte, dass du mir deine Nummer freiwillig

gibst.“

Wir liefen die drei Stockwerke nach oben. Er bestand darauf, Tüten und Koffer selbst zu tragen und ich kam mir irgendwie nutzlos vor. Ich war mir sicher, dass ich in den nächsten Minuten vor Aufregung sterben müsste.

„Was hast du in den Tüten?“ Die Neugier siegte schließlich über meine Nervosität.

„Ich habe eingekauft. Wenn du es erlaubst, würde ich gerne bei unserem ersten Date für dich kochen.“

Mein Gott, der Mann war perfekt. Und er konnte auch noch kochen!

„Tu dir keinen Zwang an. Aber ich warne dich. Ich wohne nicht alleine.“ Es musste sein, ich wollte ihn auch einmal sprachlos sehen.

Schockiert schaute er mich an, das Leuchten in seinen blauen Augen erlosch.

„Du hast einen Freund? Wieso um alles in der Welt hast du mir das nicht gesagt?“ Seine Arme hingen schlaff nach unten, er tat mir in dem Moment fast ein wenig leid.

„Ich habe keinen Freund. Aber eine Freundin.“ Ich grinste.

„Oh.“ Seine Augen weiteten sich, er glaubte doch nicht ernsthaft, ich wäre in einer lesbischen Beziehung!

„Nicht so. Meine beste Freundin, wir haben eine WG.“

Er atmete hörbar aus.

„Gott, Anna! Mir ist fast das Herz stehen geblieben. Ich hatte echt Angst.“

Ich kicherte. Seine Reaktion war echt gewesen, das machte mir Hoffnung.

„Auf den Schock mache ich uns eine Flasche Rotwein auf. Wo hast du Gläser?“ Er schien sich immer noch davon erholen zu müssen.

„Bist du nicht todmüde?“, fragte ich vorsichtig nach.

„Ja, aber die Sehnsucht war größer.“

Er blickte mir tief in die Augen und für einen Moment stand die Zeit still. Ich vergaß zu atmen und mir wurde heiß. Ich löste mich als erste aus der Starre und reichte ihm zwei Gläser aus dem Küchenschrank. Jonas öffnete die Flasche und schenkte uns beiden ein. Er reichte mir eines der Gläser und prostete mir zu.

„Auf einen schönen Abend. Danke, Anna."

„Danke wofür?"

„Dass du das mitmachst."

„Häh?"

„Es ist kompliziert. Bevor ich anfange zu kochen –, darf ich vielleicht kurz duschen? Ich bin vierundzwanzig Stunden unterwegs und stinke wahrscheinlich wie ein Otter."

„Fühl dich wie zuhause. Soll ich etwas vorbereiten?"

„Du entspannst dich. Danke. Ich brauche nicht lange."

Zehn Minuten später stand er mit Jeans und weißem T-Shirt vor mir. Die Haare waren noch nass und der Geruch seines Duschgels stieg mir in die Nase. Ich atmete tief ein. Ich mochte den Geruch, denn er erinnerte mich an Shanghai. Das Flugzeug, den Lift, sein Zimmer, den Bund.

„Träumst du?" Er stupste mich auf die Nasenspitze

„Nein, ich habe nur den Moment genossen."

„Ach so. Ich habe mich nicht rasiert, ich hoffe, es stört dich nicht. Ich wollte so schnell wie möglich wieder bei dir sein."

„Kein Problem."

Ich hatte meinen Wein schon ausgetrunken und eine wohlige Wärme breitete sich in meinem Bauch aus, oder lag es vielleicht an seiner Nähe? Sicherlich eine Mischung von beidem. Jonas sah aus wie ein Gott. Oder jedenfalls wie ich mir einen Gott aus der Antike vorstellte. Durchtrainiert, männlich und bildschön. Wie konnte ich so etwas verdient haben?

Wart's ab. Irgendwo ist ein Haken. Ich hab's dir doch schon hundertmal gesagt, Anna.

Mr. Doubleyou war wieder da. Er war nur auf Kurzurlaub. Ich hatte ihn fast schon vermisst.

„Darf ich alle Schränke aufmachen, wenn ich was suche? Sonst frag' ich hier die ganze Zeit und nerve dich."

„Mach nur. Kann ich echt nichts helfen?"

„Nein. Ich hab' doch gesagt, ich lade dich ein."

„Dann ist es gut. Ich kann nämlich gar nicht kochen."

„Wunderbar. Ich kann sehr gut kochen und hoffe, dass es dir schmecken wird."

Er gähnte, ließ sich aber sonst nichts anmerken. Gut gelaunt lächelte er mich immer wieder an und erzählte mir von Shanghai und Hongkong, von seiner Reise und dann fragte er mich aus. Er wollte alles genau wissen. Paul hatte mich nie etwas gefragt, er hatte am liebsten von sich selbst gesprochen.

Es knisterte zwischen uns. Ich war gespannt wie ein Flitzebogen und war mir sicher, wenn er mich angefasst hätte, wäre das Abendessen ausgefallen. Stattdessen saß ich aber brav am Küchentisch und beobachtete ihn beim Kochen. Jonas brutzelte in der Pfanne und setzte Nudelwasser auf. Es gab also Pasta. Lecker. Dazu einen Rucola-Salat mit frischem Parmesan. Geschickt und schnell verarbeitete er den Inhalt seiner zwei Edeka-Tüten. Ich kaufte immer bei Aldi ein. Da war schon der erste Unterschied zwischen uns.

Er lebte, allein was das Einkaufen anbelangte, in einer völlig anderen Welt als ich. Aber er ließ es mich nicht spüren. Er trug keine Uhr, keinen Ring und auch sonst keinen Schmuck. Ein Goldkettchen wäre auch ein Grund zum sofortigen Rausschmiss gewesen. Seine Jeans war ausgewaschen und das Shirt hing luftig um seine Taille. Zu gerne hätte ich mit den Fingern den Kragen des V-Ausschnitts nachgefahren. Wie sich seine Haut wohl anfühlte? Ich nahm noch einen Schluck Rotwein, um meine trockene Kehle zu befeuchten.

Jonas nahm in der Zwischenzeit zwei Teller aus dem Schrank und deckte den Tisch. Nachdem er die Hände wieder frei hatte, beugte er sich zu mir und flüsterte mir ins Ohr:

„Sehen Sie sich vor, Miss Barker, ich sterbe vor Verlangen."

O mein Gott! Ich wusste nicht, was ich darauf antworten sollte, aber mein Körper zeigte mir ziemlich genau, was ich wollte. Ich hörte meinen Herzschlag in den Ohren rauschen und Hitze breitete sich im ganzen Körper aus. Ich befeuchtete meine Lippen. Jonas ging derweil seelenruhig zurück zum Herd, goss die Pasta ab und vermengte sie mit der Soße in einer großen Schüssel. Dann brachte er sein Weinglas, die Pasta und den Salat zum Tisch und setzte sich mir gegenüber.

„Ich sterbe vor Hunger. Ich hoffe, es schmeckt dir."

„Sieht jedenfalls gut aus. Danke." Ich lächelte ihn an und verlor mich einen kurzen Moment im Blau seiner Augen. Dann senkte ich den Blick, ging ja gar nicht, dass ich ihn anschmachtete wie ein Schulmädchen. Jonas grinste, füllte meinen Teller und schenkte mir Rotwein nach. Die Pasta schmeckte köstlich, aber Appetit hatte ich in Wirklichkeit auf etwas ganz anderes. Aber ich riss mich am Riemen und konzentrierte mich auf das Essen, meine Hormone würden sich noch einen Moment gedulden müssen.

„Ich freue mich wirklich, dass ich heute bei dir sein kann."

Jonas hatte tiefe Schatten unter den Augen und er sah müde aus. Ich war schon bei meiner zweiten Portion Pasta, während er noch nicht mal mit dem ersten Teller fertig war. Der Mann gehörte ins Bett. Zum Schlafen.

Ich konnte ihn doch nicht fragen, ob er auf dem Sofa übernachten wollte.

„Wo wohnst du eigentlich? Weit von hier?"

„Weit ist immer relativ. Wieso?"

„Nur so." Ich grinste ihn an. Ich wollte ihn definitiv nicht rauswerfen. Um ehrlich zu sein, hatte ich ganz andere Ideen, wollte den Eindruck eines Flittchens aber nicht noch verschlimmern. Schwierige Sache. Springt man gleich mit dem Mann ins Bett, ist man eine Schlampe, wartet man zu lange, ist man langweilig.

„Was ist los?“ Jonas blickte mir tief in die Augen und ich schmolz wie üblich dahin. Es war ja bald lächerlich, aber ich kam nicht dagegen an.

„Ich – ich weiß auch nicht.“

Jonas stand auf und kam zu mir, nahm meine Hand und zog mich zu sich. Ich spürte die Wärme seines Körpers ganz nah. Mein Puls raste.

„Anna ... du hast mir den Kopf verdreht. Ich kann nicht mehr denken. Oder sagen wir es so, ich denke nur noch an dich.“

Ich musste träumen. Das war zu schön, um wahr zu sein.

Mein Körper spannte sich in Vorfreude auf das, was kommen musste, an. Jonas zog mich zu sich und küsste mich. Seine sanften Lippen liebkosten meine, er schmeckte ein wenig nach Rotwein. Ich presste mich an ihn, vergaß meine guten Vorsätze, ein braves Mädchen zu bleiben, und vergrub meine Hände in seinen Haaren. Wie oft hatte ich mir das vorgestellt! Sein Atem ging schneller und der Kuss wurde fordernder.

Er hob mich hoch und setzte mich auf die Arbeitsplatte. Meine Beine umklammerten seine Hüften und ich spürte seine Erregung. Ihm ging es also genau wie mir. Der Gedanke erleichterte mich, aber zu mehr Denken war ich ohnehin nicht mehr fähig.

Mit vielen kleinen Küssen erkundete Jonas meinen Hals und hinterließ eine heiße Spur auf meiner Haut. Ich bog mich ihm willig entgegen und mir entfuhr ein leises Seufzen, es fühlte sich so gut an. Meine Hände streichelten seinen nackten Rücken unter dem T-Shirt. Mein Körper reagierte heftig auf ihn und wollte mehr. Ich wollte ihm die Kleider vom Leib reißen und ihn nackt spüren. Jonas küsste mich jetzt hart und leidenschaftlich, unser Atem ging nur noch stoßweise. Ich fühlte seine kräftigen Muskeln unter meinen Händen und umschlang ihn noch fester.

„Was geht denn hier ab? Heilige Scheiße, Anna, hast du jetzt jeden Abend einen andern Kerl hier?“ Es dauerte einen Moment, bis ich realisiert hatte, dass da noch jemand war.

Verwirrt blickten wir Richtung Küchentür. Jonas starrte mich entgeistert an und ließ mich los.

„Jonas. Isabelle. Isabelle. Jonas. Und nein, ich habe nicht jeden Tag einen anderen Typen hier, Isabelle! Jonas, das ist eine lange Geschichte. Frag jetzt nicht. Isabelle tickt nicht richtig.“ Ich hob entschuldigend die Arme, ohne mich von Jonas Körper zu entfernen.

„Hallo, Jonas. Hab schon viel von dir gehört.“ Isabelle kam auf uns zu und streckte ihm ihre Hand entgegen, so dass er einen Schritt zurückging.

„Hallo, Isabelle. Äh. Ich nicht. Tut mir leid. Ich …“ Jonas konnte seine Erregung nicht verbergen. Ich schielte auf seine Hose und kicherte.

„Was ist so lustig?“, fragte Isabelle in meine Richtung. Sie sah es entweder nicht oder war diskret genug es einfach zu übergehen.

„Ach. Naja. Ist irgendwie komisch, die Situation gerade. Gestern macht mir mein Ex einen Heiratsantrag und heute steh ich mit jemandem in der Küche, der eine mega Latte hat. Findest du das nicht komisch?“ Isabelles Miene hellte sich auf und sie grinste breit.

„Mädels. Ihr wisst schon, dass ich noch hier bin? Heiratsantrag?“ Jonas Gesicht schob sich vor meines und seine blauen Augen blickten mich nicht gerade erfreut an.

„Hey, ihr beiden. Ich lasse euch in Ruhe. Ich verzieh’ mich in mein Zimmer. Anna, tue nichts, was ich nicht auch tun würde, klaro?“

„Ist klar, Chef.“ Ich tippte mir an die Stirn und Isabelle verschwand. In der Küche breitete sich peinliches

Schweigen aus. Die knisternde Stimmung war verflogen. Jonas hatte mittlerweile die Stirn gerunzelt und schaute mich immer noch an.

„Mehr Wein?", fragte ich Jonas, um überhaupt etwas zu sagen. Wo sollte ich anfangen? Ging ihn die Geschichte mit Paul überhaupt etwas an?

„Vielleicht." Er gähnte.

„Soll ich dir die Geschichte erzählen? Du siehst echt müde aus."

„Anna ... Ich – ich sollte wohl gehen."

„Nein, nein, nein! Du verstehst da was falsch." Ich fühlte mich genötigt, ihm von Paul und dem Heiratsantrag zu erzählen. Andererseits, was ging es ihn an. Er war nicht mein Freund, der eifersüchtig war. Oder doch? Oder was? Verwirrt raufte ich mir die Haare.

„Jonas, kannst du fünf Minuten warten? Ich muss kurz mal verschwinden. Bitte geh nicht, okay? Ich erkläre dir alles, auch wenn es eine scheiß abgedroschene Floskel ist, es ist nicht so, wie du denkst."

„Okay." Er nickte.

Ich verschwand im Bad, um Zeit zu gewinnen. Außerdem musste ich dringend pinkeln. Als ich zurückkam, saß Jonas auf dem Sofa. Ich wollte gerade loslegen mit meiner Erklärung, als ich sah, dass er eingeschlafen war. Arme Sau – scheiß Jetlag. Ich nahm meinen Rotwein und setzte mich auf den Sessel gegenüber.

Endlich hatte ich die Gelegenheit, ihn mir auch mal ungestört anzusehen. Ich studierte seine Gesichtszüge. Jonas hatte eine kleine Zornesfalte zwischen den Augenbrauen und kleine Lachfältchen um die Augen. Das Unrasierte stand ihm, machte ihn noch männlicher. Mir gefiel der Jonas in Jeans und T-Shirt fast besser als der Herr Anwalt mit Krawatte und Anzug. Dass er ein paar Jahre älter war als ich, störte mich nicht im Geringsten. Zu gerne hätte ich seine Arme gestreichelt und die Muskeln gespürt. Er hatte dunkle Haare an den Oberarmen, aber seine Brust war glatt. Ob er sich die Brusthaare rasierte?

Was rasierte er sonst wohl noch? Ich kicherte und nahm einen Schluck vom Wein. Ich hoffte, dass ich das bald rausfinden würde. Aber heute wohl nicht mehr. Sollte ich ihn in mein Bett bitten? Ich saß noch eine Weile da und trank mein Glas aus. Tisch abräumen konnte warten bis zum Morgen. Ich holte eine Decke und legte sie über Jonas. Er schnarchte leise. Süß.

Sacht schlich ich mich aus dem Wohnzimmer. Wahrscheinlich hätte ich auch trampeln können wie ein Elefant und er wäre nicht aufgewacht.

Ich lag noch lange wach. Da sollte mal einer sagen, nur Männer wären scheiße drauf, wenn sie nicht befriedigt wurden. Ich fühlte mich beschissen unbefriedigt. Ganz ehrlich. Am liebsten hätte ich mir von Jonas geholt, was ich wollte. Aber ich traute mich nicht. Außerdem brauchte er sicher seinen Schlaf.

17

Am nächsten Morgen taperte ich ins Badezimmer und mir stieg der Geruch von Speck und Eiern in die Nase. Herrlich. Isabelle war schon so fleißig? Ungewöhnlich. Aber nicht unwillkommen.

Schlaftrunken setzte ich mich aufs Klo und verrichtete meine Notdurft.

„Guten Morgen. Machst du nie die Tür zu?"

Ach, du lieber Gott. Das durfte doch nicht wahr sein.

Ich war schlagartig wach und riss erschrocken die Augen auf.

„Geh raus und mach die Tür zu. Das ist ja oberpeinlich!"

„Hab ich die Tür aufgelassen oder du?" Lachend verließ er das Badezimmer.

Anna, du bist doch echt hohl. Ich schlug mir mit der flachen Hand an die Stirn, ausnahmsweise mal mit Mr. Doubleyou völlig einig. Um mich von diesem Schock zu erholen, sprang ich kurz in die Dusche und erschien zehn Minuten später einigermaßen erfrischt in der Küche. Was sollte ich jetzt sagen? Worüber konnten wir sprechen?

„Guten Morgen", lächelte ich ihm schüchtern zu. „Gut geschlafen?"

„War ein bisschen einsam auf dem Sofa. Hier. Ich hab' uns Frühstück gemacht."

„Wie viel Uhr ist es denn? Das sieht ja lecker aus."

„Ich glaube, es ist sieben."

„Ganz schön früh."

„Du weißt ja: Jetlag. Und wie soll ich schlafen, wenn ich weiß, du liegst einsam und alleine in deinem Bett? Glaubst du, ich bin deshalb tausende von Kilometern geflogen? Und was war das nun mit dem Heiratsantrag?"

Ups. Er kam mal wieder direkt zur Sache.

„Hm. Es ist ganz simpel: Mein Exfreund hat mir einen Antrag gemacht, ich hab nein gesagt."

Er hob eine Augenbraue. „Und weiter?"

„Nichts weiter. Mit Paul ist lange Schluss. Du führst dich ja auf, als wäre ich schon dein Eigentum."

„Was ist los. Bin ich dir zu schnell?"

„Weiß nicht."

Jonas kam zu mir und nahm mich in die Arme. Er roch frisch. Ich liebte diesen Geruch.

„Hör zu, Anna. Wenn du es langsamer angehen willst …"

„Ja?"

„… dann muss ich dir sagen, dass ich das nicht kann. Ich schwöre dir, du hast mich verhext."

Ich kicherte: „Was sollen wir jetzt machen?"

„Frühstücken." Jonas packte Eier, Toast und Speck auf meinen Teller und goss mir Kaffee ein.

„Gut. Dann frühstücken wir."

„Kriege ich ein zweites Date?"

„Hm."

„Musst du echt so lange überlegen?" Er wirkte enttäuscht.

„Hey, du Spinner. Ich bin gerade mal aufgestanden. Du kriegst dein zweites Date. Zufrieden?"

„Jepps."

„Na, dann ist ja gut. Darf ich jetzt essen?"

„Jepps."

„Kannst du jetzt nur noch Jepps sagen?"

„Jepps."

„Okay. Dann ess' ich jetzt mal." Ich lachte und schlug ihm mit der Gabel auf den Kopf. Er hielt meine Hand fest, zog mich zu sich auf den Schoß und flüsterte mir ins Ohr: „Miss Barker, sehen Sie sich vor. Ich habe nicht vergessen, wo wir gestern Abend aufgehört haben."

Ich wusste genau, wovon er sprach, und mein Körper reagierte augenblicklich. Er nahm mein Gesicht in beide Hände und küsste mich sanft.

„Ja, sag mal. Was wird das denn hier? Habt ihr kein Bett?"

Ich rollte mit den Augen: „Guten Morgen, Isabelle. Du kommst mal wieder genau im richtigen Moment."

„Guten Morgen, Isabelle." Jonas lächelte ihr zu und ich sah an ihrer Reaktion, dass er sie auf seiner Seite hatte. Isabelle-approved sozusagen. Auch gut.

„Mädels, ich hoffe ihr entschuldigt mich, aber ich muss nach Hause und dann ins Büro. Es gibt wie immer viel zu tun. Isabelle, es war mir ein Vergnügen. Anna, wir, äh, mailen. Ich hab' ja immer noch nicht deine Telefonnummer." Damit gab er mir einen Kuss und hob mich von seinem Schoß.

Nachdem die Tür ins Schloss gefallen war, unterzog ich mich dem Isi-Verhör.

„Und wie war er?"

„Müde."

„Was?"

„Ich war pinkeln und dann schlief er auf dem Sofa. Bis heute Morgen."

„Oh."

„Ja, oh. Außerdem war der Kommentar von wegen jeden Tag ein anderer Mann auch nicht unbedingt stimmungsförderlich."

„Ach, das. Sorry."

„Ist schon okay."

„Und jetzt?"

„Keine Ahnung. Wir mailen."

„O Gott. Ihr seid echt ein bescheuertes Paar." Isabelle nahm sich noch einen Streifen Speck und verschwand ins

Badezimmer. Mir fiel jetzt erst auf, dass Jonas die Spuren des gestrigen Abends schon beseitigt hatte. Sehr gut. Endlich mal ein Mann, der nicht nur alles einsaute.

18

Gegen dreizehn Uhr holte ich mir ein Sandwich und als ich zurückkam, hatte ich eine Mail von Jonas im Posteingang.

An: Anna Barker
Von: Jonas Ackermann
Uhrzeit: 12:48
Betreff: 2. Date
Sehr geehrte Miss Barker,
Geben Sie mir noch eine zweite Chance?
Hoffnungsvolle Grüße, J.
PS: Danke für die Decke letzte Nacht.

Ich grinste. Zweite Chance! Und ob!

An: Jonas Ackermann
Von: Anna Barker
Uhrzeit: 13:23
Betreff: Jepps
Lieber Herr Anwalt,
keine Ursache, ich wollte nicht, dass Sie sich eine Erkältung holen. Sie sehen auch süß aus, wenn Sie schlafen.
Beobachtende Grüße, A.

An: Anna Barker
Von: Jonas Ackermann
Uhrzeit: 13:26
Betreff: Angst
Liebe Miss Barker,
ich hatte schon Angst, Sie antworten mir gar nicht mehr.
Darf ich heute Abend noch einmal für Sie kochen?
Hoffnungsvolle Grüße, J.

Ungeduldig war er auch noch. Ich kicherte.

An: Jonas Ackermann
Von: Anna Barker
Uhrzeit: 13:32
Betreff: Geduld
Lieber Herr Anwalt,
Sie sind nicht gerade mit viel Geduld gesegnet.
Sie dürfen.
Jetzt muss ich etwas arbeiten, sonst habe ich bald keinen Job mehr.
Beschäftigte Grüße, A.

An: Anna Barker
Von: Jonas Ackermann
Uhrzeit: 13:35
Betreff: Danke
Meine liebe Miss Barker,
ich danke Ihnen für Ihr Vertrauen in meine Kochkünste.
Darf ich um neunzehn Uhr zu Ihnen kommen, ich mag Ihre Küche. Besonders die Arbeitsplatte.
Verliebte Grüße, J.

Bei der Erinnerung an die Küchenszene lief ich rot an. Noch knapp fünf Stunden. Endlose fünf Stunden. Ich seufzte und schrieb eine Antwort.

An: Jonas Ackermann
Von: Anna Barker
Uhrzeit: 13:44
Betreff: Pokern

Sehr geehrter Herr Anwalt,

Isabelle hat heute Abend ihre Pokerrunde bei uns zu Hause. Ich fürchte, meine Küche kann ich für heute nicht zur Verfügung stellen.

Küchenlose Grüße, A.

Ich widmete mich wieder meinen Unterlagen und konzentrierte mich auf die Dokumente auf dem Bildschirm. Drei Stunden später packte ich zusammen und las Jonas' E-Mail. Er wolle mich um sieben bei mir abholen und dann für mich in seiner Wohnung kochen, schrieb er.

Ui, wie spannend.

Wie er wohl wohnte?

Die Aufregung kehrte zurück und ich beeilte mich, nach Hause zu kommen. Heute wollte ich besser vorbereitet sein und meinen Körper etwas pflegen. Ich hatte fast Glück, dass gestern nichts gelaufen war. Mit meiner Hello-Kitty-Unterhose hätte Jonas wahrscheinlich einen Schock fürs Leben gekriegt und mich nie mehr angerührt. Unruhig rutschte ich auf dem Sitz im Bus hin und her. Konnte der nicht schneller fahren?

Ich hasste den Feierabendverkehr Downtown. Auch ein Grund, warum ich meine Klapperkiste nicht jeden Tag benutzte. Der Verkehr machte mich wahnsinnig und ich wurde regelmäßig schrecklich aggressiv. Im Bus konnte ich – normalerweise – etwas entspannen und lesen oder schlafen. Es war durchaus schon vorgekommen, dass ich eingeschlafen und am Ende der Stadt aufgewacht war und noch mal die ganze Strecke zurückfahren musste. Ah. Endlich. Meine Haltestelle.

Ich sprang aus dem Bus und rannte nach oben, sprang unter die Dusche und rasierte alles, was ich als störend empfand. Dazu noch ein Peeling, Haarkur und fertig. Bodylotion, föhnen, etwas Schminke und reichlich Deo. Das Schlimmste, was mir heute noch passieren konnte, war, dass ich nach Schweiß roch. Gruselig. Ich benutzte das extra strong Deo mit zweiundsiebzig Stunden Wirksamkeit, obwohl ich mich jedes Mal kopfschüttelnd fragte, wer sich denn drei Tage lang nicht wusch. Bei mir versagten Deos je nach Anstrengung viel früher und wenn ich nicht jeden Tag duschen konnte, empfand ich es als eine Qual. Echter Luxus, wenn man mal so darüber nachdachte. In China hatte ich sogar das Bedürfnis gehabt, noch viel häufiger zu duschen. Durch die hohe Luftfeuchtigkeit und die Hitze hatte ich das Gefühl, schon nach einer halben Stunde zu schwitzen wie ein Schwein.

Dann kam der schwierigste Teil. Ein Blick auf die Uhr. O Gott. Schon Viertel nach sechs! Ich hatte nichts zum Anziehen. Gestern war ich noch im Businessoutfit, da hatte ich keine Wahl. Aber heute musste ich mir schon was überlegen. Zu aufgebrezelt war nicht gut. Zu casual auch nicht. Hm. Ich probierte mehrere Kombinationen. Auf meinem Bett türmten sich umgehend die Klamotten, aber nichts gefiel mir.

Scheiße. Wenn man Isi einmal brauchte, war sie nicht da.

Ein tiefer Ausschnitt kam bei mir nicht gut an, außer Knochen sah man da nicht viel, selbst mit einem A-Körbchen-Push-up konnte ich nicht groß was rausholen. Ich war und blieb einfach eine Bohnenstange. Mist. Warum konnte mir Gott nicht ein paar mehr Kurven bescheren? Zehn vor sechs.

Fuck. Jetzt wurde es aber Zeit!

Am Ende hatte ich das erste Outfit an. Es war doch immer das gleiche. Man probierte zwanzig Kombinationen aus und zuletzt nahm man doch die erste. Hätte ich mir die

Zeit auch sparen können. Ich trug einen knielangen, asymmetrischen Rock von Desigual und ein weißes T-Shirt mit einem pastellfarbenen Print. Sommerlich locker und ein kleines bisschen sexy. Dazu Flipflops und ich fand mich ganz ansehnlich. Meine langen Haare glänzten und ich hatte sie mir locker hochgesteckt, ein paar Strähnen hingen lose heraus. Er konnte kommen! Ich lief zum Fenster, konnte aber niemanden entdecken.

Fünf nach sieben.

Kam er etwa nicht? Ich wurde unsicher. Wäre ich noch Raucherin gewesen, hätte ich mir jetzt eine angesteckt. Aber ich rauchte nicht mehr, was sollte ich also tun? Ich checkte mein Handy. Nichts. Hm.

Ich lief nochmal ins Badezimmer und versuchte zu pinkeln. Reizblase. Immer wenn ich aufgeregt war, musste ich Pipi, echt nervig. Hände waschen, Frisur zurechtrücken und nochmal Parfum auflegen.

Was machst du, wenn er nicht kommt?

Versetzt beim zweiten Date. Panik! Bitte nicht. Das würde mein Ego nicht verkraften.

Es klingelte. Erleichtert atmete ich auf. Neunzehn Uhr fünfzehn. Ok. Pünktlich war er also nicht. Es gab Schlimmeres. Hauptsache, er war überhaupt gekommen. Ich schnappte mir meine braune Liebeskind-Handtasche und lief nach unten. Mein Herz klopfte und ich hatte feuchte Hände. Hätte ich mir Kondome einpacken sollen? Wäre das nicht zu offensichtlich gewesen? Oder Klamotten für morgen? Wollte ich bei ihm übernachten? Sex und dann abhauen? Kein Sex? Scheiße. Wieso war das Leben so schwierig!

Wenn ich nur gewusst hätte, was er dachte. Aber ich konnte mich auch nicht auf alle Eventualitäten vorbereiten. Oder etwa doch? Zog morgen einen frischen String aus der Tasche und würde einfach sagen, ach, schau mal, ich habe zufällig eine frische Unterhose dabei, das hatte ich ja ganz vergessen. Ach, und schau hier, meine Zahnbürste. Wie ist die denn in meine Tasche gekommen ...?

Wenn eins nicht ging, dann war das Zahnbürsten teilen. Ekelhaft. Stellte sich einer mal vor, man bürstete sich die Zähne und hatte den Zahnbelag vom anderen im Mund. Widerlich. Das ging also schon mal gar nicht. Dann lieber nicht Zähne putzen oder nur eine Mundspülung. Besser als nichts.

Jetzt reiß dich mal zusammen, Anna! Ich atmete tief durch und verließ das Mehrfamilienhaus. Jonas stand vor mir und lächelte mich an. Er begrüßte mich – wie gestern – mit einem Kuss auf jede Wange und ich roch die mir mittlerweile so vertraute Duschgel-Rasierwasser-Jonas-Mischung. Bei Gelegenheit musste ich ihn fragen, was das war. Echt lecker! Ich lächelte zurück und wir machten uns auf den Weg zu seinem Auto. Ich wusste nicht, was ich mit meinen Händen anfangen sollte, daher umfasste ich mit beiden Händen meine Handtasche.

Ich weiß.

Lächerlich.

Aber wie peinlich wäre es denn gewesen, wenn ich meine Hände hängen gelassen hätte und er auch, und er sie nicht ergreifen würde? Aber waren wir zusammen? Nein, waren wir nicht. Das war doch nur ein Date. *Keine Rede von Beziehung oder Ähnlichem. Reg dich ab, Anna.* Ja, ist gut. Ich gab mein Bestes. Warum fühlte ich mich bei ihm bloß wie ein liebeskranker Teenie?

Wir kamen zu seinem Auto.

Geiles Teil. Wahnsinn.

Ich hatte ja gesagt, ich stünde nicht auf Autos, das war vielleicht nicht ganz richtig. Ich stand nicht auf protzige Angeberkarren. Aber vor mir stand ein schwarzer Mini Coupé. Den fand ich echt schnittig und cool. Hätte ich mehr Kohle gehabt, wäre das der Wagen meiner Wahl gewesen. Geschmack hatte er also. Das war ja nicht das

Schlechteste. Und er selbst sah auch wieder zum Anbeißen aus. Dunkle Jeans und ein graues T-Shirt – ein Foto, und ich hätte das Motiv direkt für die Cola-light-Werbung verhökern können. Ich grinste.

„Was ist so lustig? Gefällt dir mein Auto nicht?"

„Ganz im Gegenteil, darf ich mal fahren?"

„Oh, nein. Frauen und Autofahren. Überleben wir das?"

„Sag mal ...! Machoschwein."

Ich schlug ihm auf die Brust und spürte seine Muskeln.

„War doch nur Spaß. Hier."

Er warf mir die Schlüssel zu und stieg auf der Beifahrerseite ein.

„Danke für das Vertrauen, Herr Anwalt." Lächelnd startete ich den Motor. Wow. Was für ein Sound.

„Wohin geht die Reise?"

„Hafencity."

„Oh! Nice!"

Klar. Der lebte in einer ganz anderen Welt als ich. Natürlich musste Jonas ein geiles Apartment in einem der teuersten Viertel Hamburgs haben. Wir fuhren los. Ich genoss die Fahrt und spürte Jonas' Blicke. Gleichzeitig war ich nervös. Das Auto war ein Unterschied wie Tag und Nacht im Vergleich mit meiner Klapperschüssel. Trotzdem würde ich mein Auto behalten, bis es unter mir zusammenbrach. Abgesehen von der Frage der Finanzierung hatte ich eine Bindung zu meiner Knutschkugel. Das war nicht nur ein Auto. Es war mein Auto. Gekauft von meinem hart verdienten Geld.

Im Radio lief einer meiner Lieblingssongs, „I follow Rivers", die Version von Triggerfinger. Jonas drehte, als er merkte, dass mir die Musik gefiel, die Anlage auf. Automatisch bewegte ich mich im Rhythmus zum Takt und begann mitzusingen. Das Lied hatte ich mehr als hundertmal gehört und kannte jede Zeile auswendig. Ich konnte zwar nicht wirklich gut singen, hatte aber keine

Hemmungen. Da musste der Herr Anwalt jetzt durch.

Jonas dirigierte mich und sparte sich Sprüche wie „Die Ampel ist grün“ oder „Pass auf!“ oder „Willst du mich umbringen?“. Das rechnete ich ihm hoch an, denn ich hatte die Tendenz zu rasen. Auch ein Grund, warum ich öfter Bus fuhr. Die Blitztickets wurden auf Dauer ganz schön teuer. Er schien trotzdem erleichtert, als wir unversehrt in der Tiefgarage seines Hauses parkten.

Jonas holte zwei Edeka-Tüten aus dem Kofferraum und wies mir den Weg. Wir fuhren in den siebten Stock. Unweigerlich bekam ich einen Flashback zur Liftfahrt in Shanghai. Er wohl auch, denn wir blickten uns an. Keiner sagte etwas. Ich schwöre es: Am liebsten hätte ich den Mann angesprungen und im Lift vergewaltigt. Aber ich konnte mich gerade noch beherrschen und außerdem hätte ich mich niemals getraut, es wirklich zu tun. Endlich öffnete sich die Tür und er ließ mir den Vortritt. Er hielt mir die Tür auf und verbeugte sich, so galant dies mit zwei gelben Plastiktüten möglich war.

„Willkommen in meinem bescheidenen Zuhause, Miss Barker.“

„Danke.“ Ich lächelte ihn wieder an. Plötzlich war ich schüchtern. Traute mich kaum, mich zu bewegen. Die Wohnung war hell und sehr puristisch eingerichtet. Der Boden war weiß und glänzend, ich tippte auf Marmor. Wohnzimmer, Küche und Essbereich bestanden aus einem Raum. Ein weißes Ledersofa und zwei schwarze Ledersessel bildeten den Wohnbereich. Er hatte einen großen, runden Glastisch und sechs schwarze Lederstühle im Essbereich. Die Küche hatte dunkle Holzfronten und eine Edelstahlarbeitsfläche. Mir wurde ganz anders beim bloßen Gedanken, wie sich mein blankes Hinterteil wohl auf dieser Arbeitsfläche anfühlen mochte. Jonas stellte die Tüten auf eben diese ab und begann, die Einkäufe in den überdimensional großen Kühlschrank einzuräumen. Er war bodentief und so gut wie leer.

„Junggesellenkühlschrank", grinste er mich spitzbübisch an.

„Verstehe."

„Magst du etwas trinken?"

„Ja, das wäre gut." Mein Mund war staubtrocken und die Nervosität fraß mich nahezu auf.

„Ist Weißwein okay für dich?"

„Ja, gerne."

Er öffnete eine Flasche, schenkte uns ein und reichte mir ein Glas.

„Prost."

„Prost."

Im Stillen fügte ich hinzu: „Auf uns". Wir würden sehen.

Er begann mit den Vorbereitungen und ich nahm auf einem Barhocker Platz. Seine Küche war U-förmig angelegt und ich konnte ihm auf die Finger schauen, was ich als sehr angenehm empfand. Es machte mir Spaß, ihn zu beobachten, wie er geschickt mit den Lebensmitteln hantierte. Ich versuchte es mit etwas Konversation.

„Und, bist du müde?"

„Es geht so. Ich hoffe, heute Nacht kann ich gut schlafen, dann bin ich morgen wieder fit."

Er hielt inne und schaute mir in die Augen. Er hatte es echt drauf, mich völlig aus der Fassung zu bringen. Ich schluckte.

„Weißt du, Anna, in letzter Zeit hatte ich öfter Probleme mit dem Schlafen." Er schaute mich mit seinem jungenhaften Grinsen an.

„Und jetzt wollen Sie sagen, das sei meine Schuld, Herr Anwalt? Im Zweifel für den Angeklagten, oder?"

„Mal sehen. Was sagen Sie zu Ihrer Verteidigung?"

„Ich kenne gar nicht den Grund für die Anklage!"

„Totales Kopfverdrehen bis hin zur unendlichen Verliebtheit."

„Oh." Mir blieb erneut der Mund offen stehen.

Jonas wurde ernst und legte Messer und Paprika zur

Seite, nahm einen großen Schluck Weißwein und lief um die Theke. Er drehte meinen Stuhl zu sich, dass ich ihm direkt in die Augen blicken musste. Die Luft knisterte. Er nahm mein Gesicht zwischen seine Hände und sagte leise zu mir: „Anna, ich meine es ernst. Ich habe mich in dich verliebt. Ich kann mich nicht konzentrieren, ich denke die ganze Zeit nur an dich. Wie machst du das nur?“

Er ließ mir keine Zeit zum Antworten und küsste mich. Mein Körper vibrierte unter seiner Berührung. Erneut schlang ich meine Beine um seine Hüften und vergrub meine Hände unter seinem Shirt, spürte die angespannten Muskeln seines Rückens und seine warme Haut. Nach einiger Zeit löste er sich schwer atmend von mir: „Anna, ich will dich hier zu nichts zwingen, aber ich halte es nicht mehr aus. Du hast jetzt die Wahl, mich hier an einer Erektion sterben zu lassen oder du gehst mit mir ins Bett.“ Er grinste mich an und ich nickte nur. Meine Sprache hatte ich noch nicht wiedergefunden. Liebestrunken taumelte ich hinter ihm her. Jonas hielt meine Hand und ging mit mir Richtung Schlafzimmer.

Wir hatten das Bett noch nicht erreicht, als er anfing, mir das Shirt über den Kopf zu ziehen. Im Stillen war ich dankbar, dass ich die fliederfarbene Spitzenwäsche anhatte. Ich tat es ihm gleich und zog ihm das Shirt über den Kopf.

Mit meinen Fingern tastete ich über seinen flachen Bauch. Er sog hörbar die Luft ein und warf mich mit einem Ruck auf das überdimensionale Bett. Endlich mal ein riesiges Bett, in das ich nicht alleine musste! Jonas lag über mir und ich konnte mich nicht bewegen, leidenschaftlich küsste er mich und ich konnte seine Erregung deutlich spüren. Ich war mehr als bereit für ihn und konnte es kaum erwarten. Zu lange hatte es gedauert bis zu diesem Punkt.

Ich schob ihn von mir und öffnete seine Jeans. Schwer

atmend lag er neben mir und ließ mich gewähren. Ungeschickt nestelte ich an seinem Gürtel und den Knöpfen. Als ich es schließlich geschafft hatte, kniete ich mich vor ihn und zog Hose und Shorts in einer Bewegung nach unten. Ich befreite alles was er hatte und fasste ihn an.

„Wenn du so weitermachst, ist das hier schneller beendet, als uns lieb ist." Jonas schob mich zur Seite und holte ein Kondom von seinem Nachttisch. Gut. Er war wenigstens vorbereitet. Ich mochte Männer, die mitdachten.

Zuerst entkleidete er mich und küsste jeden Zentimeter meines Körpers. Noch einmal dankte ich mir selbst für meine Aufmerksamkeit bei der heutigen Rasur. Dann konnte ich nicht mehr klar denken und bog mich ihm entgegen. Seine Zunge hinterließ heiße Spuren auf meinem Körper und bahnte sich ihren Weg zu meiner intimsten Stelle. Ich schrie auf, als er anfing mich dort zu liebkosen, gab mich ihm hin, rief seinen Namen und explodierte unter ihm.

Holy Shit! Das war gut. Atemlos lag ich neben ihm und mein Herzschlag übertönte das Rauschen in meinen Ohren.

Jonas lächelte mich an und ich übernahm das Überstreifen des Kondoms. Ich küsste seinen Bauch und streichelte ihn an den Innenschenkeln. Er warf mich zurück aufs Bett und schaute mir tief in die Augen. „Ich kann mich nicht mehr zurückhalten, du machst mich fertig."

Er drang in mich ein und nach wenigen Bewegungen brach er keuchend über mir zusammen.

Wie, das war es jetzt? Ich dachte, wir fingen gerade erst an.

Nach einigen Sekunden konnte er wieder sprechen und rollte sich von mir. „Sorry. Ich bin der schlechteste Liebhaber auf Erden." Ein schiefes Grinsen stand auf seinem Gesicht. „Eine klassische Frühzündung."

Ich kicherte und legte meinen Kopf in seine Arme und meine Hand auf seine Brust.

„Ist schon okay. Du hast glücklicherweise vorgesorgt, sonst müsste ich dich jetzt töten. Vielleicht wird es ja besser, beim nächsten Mal", neckte ich ihn und versetzte ihm einen Klaps auf den Bauch.

„Ein guter Grund für viele nächste Male ...", lächelte er mich an. „Ich kann nicht genug von dir bekommen." Jonas küsste mich erneut und startete den Beweis. Dieses Mal erwies er sich als wesentlich ausdauernder.

19

„Komm, Anna, ich koche uns jetzt was."

Als ich mich aufsetzte und meine verstreute Unterwäsche zusammensuchte, inspizierte ich das Schlafzimmer. Es war ebenso puristisch gehalten wie der Wohnbereich. In der Mitte des Zimmers stand das überdimensionale Bett. Ansonsten gab es nur noch zwei kleine Nachtkonsolen, eine Flatscreen, die man vom Bett aus sehen konnte, und zwei abstrakte Bilder an den Wänden. Eine Tür führte ins Badezimmer und eine weitere in den begehbaren Kleiderschrank. Die Tür war offen und ich erhaschte einen Blick auf unendlich viele Hemden und verschiedene Anzüge. Gegenüber hingen Jeans und Freizeithemden. Auf einem Regal lagen kleine Stapel mit Shirts und Shorts. Der Mann musste eine Haushälterin haben. Kein Mann war so ordentlich. Oder vielleicht doch? Das Badezimmer war im Gegensatz zur restlichen Wohnung dunkel gehalten und neben einer riesigen gemauerten Dusche gab es noch eine Whirlbadewanne. Vielleicht konnten wir die ja mal testen. Ich kicherte.

„Was ist los?"

„Ach, nichts. Schöne Badewanne ", blinzelte ich ihn an.

„Ich hoffe, die Wohnung ist zu Ihrer Zufriedenheit, Miss Barker." Er bückte sich, um die Jeans überzuziehen, beiläufig fügte er hinzu: „Ansonsten habe ich kein Problem damit, umzuziehen, die Miete ist horrend hoch."

Das ging ja mal schnell. Hallo? Und morgen gab es

einen Heiratsantrag? Verwirrt schaute ich ihn an, ging aber nicht darauf ein.

„Das sind ja schöne Bilder hier. Die haben wahrscheinlich ein Vermögen gekostet."

Darauf kannst du einen lassen, du Dummchen. Das ist alles schweineteuer hier. Check das endlich mal. Was sollte der Mann von dir wollen? Du passt doch gar nicht hier rein. Ich wischte Mr. Doubleyous fiese Bemerkungen beiseite und zog mich wieder an. Meine Stimmung hatte einen Dämpfer bekommen und ich band mir die zerzausten Haare zu einem Dutt zusammen.

„Haben mich gar nichts gekostet, wenn man es so sehen will. Die sind von meinem Bruder."

„Wow. Cool. So einen Bruder hätte ich auch gerne."

„Da wäre ich mir nicht so sicher." Sein Lächeln erstarb und sein Gesicht bekam einen verschlossenen Ausdruck. Offensichtlich wollte er nicht darüber reden, weshalb ich nicht nachbohrte.

„Komm jetzt, Anna. Ich koche uns was." Jonas streckte mir die Hand entgegen und zog mich vom Bett hoch. Dann drehte er sich auf dem Absatz um, verließ das Schlafzimmer und fing an, mit Geschirr zu klappern. Ich wartete einen Moment, bevor ich ebenfalls in die Küche ging.

Er hatte keine Socken an und das Shirt hing lässig über seiner Jeans. Zu gerne hätte ich mich von hinten an ihn gekuschelt, doch nach seinem Stimmungswechsel traute ich mich nicht. Stattdessen nahm ich mein Glas Wein und schaute aus dem Fenster auf die Alster. Auf dem Wasser gab es immer etwas zu sehen, es wurde nie langweilig. Nach einigen Minuten ging ich zum Tresen und der gut gelaunte Jonas war wieder da.

„Essen ist bald fertig. Hunger?"

„Bärenhunger", gab ich lächelnd zurück.

„Super, es gibt heute Hühnchen in Champignonrahm und Reis."

„Cool. Es gibt Reis, Baby." Ich kicherte. Er schenkte

uns Wein nach und prostete mir augenzwinkernd zu. Obwohl wir gerade zusammen im Bett waren, empfand ich die Situation als angespannt. Ich war schüchtern und fühlte mich unsicher. Was würde als nächstes passieren? War es das jetzt, nachdem er mit mir im Bett gewesen war?

Das Essen schmeckte lecker und wir unterhielten uns über alles Mögliche. Belangloses Zeug. Es machte Spaß, mit ihm über Musik und Filme zu diskutieren und wir hatten das Essen ruck, zuck aufgegessen.

„Dafür, dass du so schmal bist, bist du echt eine gute Esserin."

„Danke. Ich hab ja nie gesagt ich würde wenig essen. Bei mir setzt einfach nichts an."

„Manche Frauen würden dich beneiden."

„Ja, ich beneide auch viele Frauen."

„Du bist toll, wie du bist, Anna. Genau richtig. Du bist du. Vergiss das bitte nie."

„Hm."

„Anna?"

„Was?"

„Was ist los?"

„Nichts."

„Dieses Nichts kenne ich. Komm, lass uns spazieren gehen. Das Wetter ist so schön heute." Er stand auf und reichte mir die Hand. „Wir können später aufräumen. Oder willst du nicht rausgehen? Mir fallen da noch andere Dinge ein ..." Er hob mich hoch und küsste mich. Atemlos ließ er mich frei und meine trüben Gedanken waren wie weggewischt.

„Entscheiden Sie sich – jetzt. Sonst kann ich nicht mehr rausgehen."

Ich kicherte und lief weg. „Dann schnell raus hier, bevor ich hier für immer als Sklavin deiner Lust festsitze."

„Dir geb' ich Sklavin!" Jonas lief hinter mir her und wir verließen die Wohnung Hand in Hand. Es war ein schöner Sommerabend und es wehte eine leichte Brise. Ich fröstelte und Jonas legte den Arm um mich.

„Soll ich mein T-Shirt ausziehen und es dir geben?"

„Bloß nicht, sonst hängen gleich zehn Frauen hinter dir und sabbern."

„Ja – ist klar. War nur ein Angebot."

„So wie du aussiehst, hängst du jede freie Minute im Studio."

„Aus deinem Mund klingt das wie eine Beleidigung."

„Sollte es auch sein."

„Dann bin ich ja froh, dass dem nicht so ist. Ich rudere."

Ich schlug mir mit der Hand an den Kopf. Ja, klar: Reicher Junge aus Hamburg ging rudern. Mädchen zum Hockey.

„Das hätte ich mir ja denken können."

„Was stimmt damit denn jetzt wieder nicht?"

„Weißt du, Jonas, ich komme nicht aus einer unglaublich reichen Familie, in der Geld keine Rolle spielt. Meine Eltern haben sich getrennt, als ich acht war und meine Mutter war froh, wenn sie mir zu Weihnachten etwas Spielzeug kaufen konnte."

„Urteile nicht über Dinge, die du nicht kennst. Was weißt du schon von mir? Wieso scherst du mich über einen Kamm mit den reichen Schnöseln aus Blankenese, oder wem auch immer? Vielleicht haben meine Eltern etwas Geld, ja. Was kann ich dafür?"

Noch keinen Tag zusammen und schon der erste Streit? Waren wir überhaupt zusammen? Wie würde das weitergehen?

„Okay. Sind wir jetzt zusammen oder wie darf ich das verstehen? Du streitest immerhin schon mit mir."

„Mein Herz, du hast es echt drauf, das Thema zu wechseln. Lass dir gesagt sein: Ich liebe dich. Und ja, wenn du mich fragst, sind wir zusammen."

Ups. Da waren sie. Die drei Worte. War das nicht etwas zu früh?

Kann man es dir überhaupt recht machen? Ist gut. Halt die Klappe.

„Okay."
„Okay?"
„Ja."
„Frau … du machst mich fertig! Lass uns nach Hause gehen, damit ich dir zeige, wer wessen Sklave der Lust ist."

Damit küsste er mich und wir beeilten uns, zurück in seine Wohnung zu kommen.

20

Es war dunkel, Musik lief im Hintergrund, Alibi von David Gray. Auch eines meiner Lieblingssongs. Sollte ich gehen oder bleiben? Ging das nicht alles viel zu schnell? Ich wollte heulen. Obwohl ich glücklich war. Völlig verwirrt. Paradox. Scheiß Hormone. Hormone? Hätte ich nicht schon lange meine Tage haben sollen? Bitte nicht!

„Was ist los?"

„Ich habe was vergessen."

„Schlimm?"

„Weiß ich noch nicht …"

Konnte das denn sein? Ich hatte doch ein Kondom benutzt, als ich mit Paul geschlafen hatte.

Da kann ja immer was schief gehen.

Ich sprang aus dem Bett und hatte einen Panikanfall. Lief wie von der Tarantel gestochen durch die Wohnung und überlegte. Wann hatte ich meine letzte Periode? Zu lange her. Normalerweise funktionierte mein Körper wie ein Uhrwerk. Fuck! Das konnte doch nicht wahr sein. Nicht jetzt! Ich meine, ich wollte mal Kinder. Aber doch nicht jetzt und nicht von Paul!

Fuck. Fuck. Fuck.

Ich wollte mir ein Glas Wein einschenken.

Ach nein. Das ging ja nun nicht. Ich brauchte einen Test. Schnell.

Wie spät war es? Elf. Viel zu spät. Wo hatte noch eine Apotheke offen?

Jonas lief hinter mir her und hielt mich fest.

„Anna, was ist los mit dir. Stimmt etwas nicht?“

David Gray tönte weiter durch die Lautsprecher. In meinem Kopf dröhnte alles und ich brach in Tränen aus.

„Sch. Sch. Alles wird gut.“ Jonas streichelte mir über den Rücken. Das fühlte sich gut an.

„Ich – ich glaube, ich muss nach Hause.“

Schockiert schaute er mich an: „Habe ich etwas falsch gemacht? Was ist los, rede mit mir.“

„Es hat nichts mit dir zu tun. Ich ... lass uns morgen darüber sprechen, ok? Kannst du mich nach Hause bringen?“

„Ja. Komm, Anna ... ich liebe dich.“ Er hielt mein Gesicht zwischen seinen Händen und wartete auf eine Reaktion.

„Danke.“

„Ich werde immer für dich da sein. Egal was passiert. Hörst du?“

Immer? Egal was passiert? Hoffentlich. Es würde sich eher früher als später herausstellen, ob er das auch so meinte. Konnte ich ihm das Kind eines anderen andrehen? Warum jetzt? Warum? Ich heulte weiter.

„Es macht mich fertig, dich so zu sehen. Willst du nicht bei mir bleiben?“

„Ich kann nicht. Fahr mich bitte nach Hause.“

„Okay. Komm. Zieh dir was an.“ Er reichte mir sein T-Shirt und meine Klamotten. „Hier, damit du nicht frieren musst.“

„Danke.“

Er war so süß. Ich wischte mir die Tränen aus dem Gesicht und straffte meinen Rücken. Die Fahrt verlief still und ich schluchzte nur noch ein wenig. Jonas wirkte hilflos und ich war dankbar, dass er nicht weiter nachfragte. Er brachte mich nach oben, ich öffnete die Haustür und wusste nicht, was ich tun sollte.

Ihn hereinbitten? Ihn nach Hause schicken?

Isabelle kam auf mich zu, ihre Pokergäste waren schon weg. Ungewöhnlich früh, aber das war mir gerade herzlich egal.

„Was ist passiert, Anna?“ Als ich keine Antwort gab, schaute sie ihn mit hochgezogenen Augenbrauen an: „Jonas?“

„Sie will es mir nicht sagen. Ich weiß es nicht, alles war gut und dann …“.

Ich brach wieder in Tränen aus und Isabelle nahm mich in die Arme. „Vielleicht solltest du jetzt gehen, Jonas. Anna ruft dich an.“

„Anna, möchtest du, dass ich gehe? Ich kann warten. Ruf mich an. Ich komme jederzeit wieder, okay?“

Ich schluchzte nur: „Ich … ich ruf' dich an.“

„In Ordnung.“ Er drückte mir einen Kuss auf die Stirn und verabschiedete sich. Nachdem sich die Tür hinter ihm geschlossen hatte, brach es aus mir heraus.

„Isi. Ich bin überfällig.“

„Was?“

„Ü-B-E-R-F-Ä-L-L-I-G.“

„O Gott.“ Sie schluckte. „,… von Paul?“

„Von wem denn sonst.“

Ich hörte auf zu heulen und schaute sie entrüstet an. Wenigstens etwas.

„Seit wann?“

„Ich weiß nicht genau. Ich führe ja kein Buch. Warum auch. Ich habe ja keinen Sex. Fast nicht. Scheiße.“

„Habt ihr kein Kondom benutzt?“

„Doch.“

„Ist es gerissen?“

„Mir ist noch nie ein Kondom gerissen.“

„Hm.“

„Was.“

„Wir brauchen einen Test.“

„Hallo! Es ist Mitternacht.“

„Du wirst dich bis morgen gedulden müssen.“

„Ich sterbe. Denk doch mal nach! Jetzt ein Kind? Von Paul!“

„Beruhig dich, Anna. Alles wird gut.“

Ich flippte aus.

„Alles wird gut? Warum sagen mir alle, alles wird gut? Einen Scheißdreck wird es. Nix wird gut. Ich habe einen neuen Freund, der mich doch sofort verlassen wird, wenn ich mit dem Kind eines anderen schwanger bin! Und wenn er mich nicht verlässt, was soll ich jetzt mit einem Kind? Nix wird gut!"

Ich fing wieder an zu heulen und vergrub mein Gesicht in meinen Händen.

Ich weiß nicht, wie lange ich heulte, aber Isabelle blieb die ganze Zeit bei mir und hielt mich fest. Ich schluchzte wie ein kleines Kind. Jammerte wegen meiner Eltern, wegen Paul, wegen Jonas, wegen meiner nicht vorhandenen Karriere, weil ich mir einfach selbst leidtat und heulen gut war. So schlief ich ein.

Als ich wieder aufwachte, war es dunkel und Isabelle lag neben mir auf dem Sofa, notdürftig in eine Decke gewickelt. Ich war gerührt und beschloss, dass ich das irgendwie wieder wettmachen würde, dann stand ich auf. Es war vier Uhr fünfzig. Viel zu früh. Aber ich konnte nicht mehr schlafen und schaute auf mein Handy.

An: Anna Barker
Von: Jonas Ackermann
Uhrzeit: 00:34
Betreff: Ich bin für Dich da
Liebe Anna,
bitte melde Dich bei mir. Egal wann.
In Liebe, J.

An: Jonas Ackermann
Von: Anna Barker
Uhrzeit: 04:45
Betreff: Danke
Lieber Jonas,
Danke. Ich melde mich später.
Deine A.

Was sollte ich ihm sagen. Was gab es zu sagen? Und wann machten diese scheiß Apotheken endlich auf?

Ich checkte im Internet die Öffnungszeiten der Apotheken und fand den Apothekennotdienst. Die mussten nachts etwas verkaufen. Ob da auch Schwangerschaftstests dazugehörten? Die Apotheken am Bahnhof und Flughafen öffneten erst um sieben, viel zu spät. Ich notierte mir die Adresse des Notdienstes und stieg in mein Auto. Auf der zehnminütigen Fahrt ging mir allerhand durch den Kopf. Aber ich kam zu keinem Schluss.

Der Apotheker musste glauben, ich wäre drogenabhängig und verwirrt, verheult, mit roten Augen und total abgewrackt wie ich war, aber das war mir egal. Ich kaufte drei verschiedene Tests, um sicherzugehen. Zu Hause lief ich zuerst in die Küche, holte einen leeren Joghurtbecher und ging ins Bad, pinkelte in den Becher und tauchte alle drei Tests nacheinander für die angegebene Zeit ein. Ich drehte die Tests auf den Kopf und lief im Kreis. Wie lange konnten zwei Minuten dauern?

Bitte nicht.

Bitte nicht.

Bitte nicht.

Noch war mein Bauch flach, aber wie lange noch? Konnte ich meinen Job behalten? Wie sollte das funktionieren? Wollte ich das Kind überhaupt? Ich stand bisher nie vor einer Frage wie dieser, aber nach wenigen Sekunden war mir klar, ich würde das Lebewesen in mir nicht töten. Das konnte ich nicht. Und wollte es auch nicht. Was sollte ich Jonas sagen? Und Paul? Wie würde Jonas reagieren? Mich verlassen? Wahrscheinlich. Er war jung und ehrgeizig, hatte eine große Karriere vor sich. Welcher Mann wollte denn das Kind eines anderen großziehen?

Mein Herz hämmerte gegen meine Brust. Meine Finger zitterten. Ich traute mich nicht.

Atmen. Atmen. Atmen.

Wie ein Mantra sagte ich mir das vor. Die zwei Minuten waren um. Noch einmal atmete ich tief durch und drehte dann die Tests um.

Blütenrein. Weiß. Nichts.

Negativ?

Uff.

Negativ!

Heilige Scheiße!

War da auch wirklich nichts zu sehen? Ich drehte und wendete die Tests in verschiedene Richtungen. Aber da war nichts.

Ich hatte mich völlig umsonst aufgeregt, vor Jonas lächerlich gemacht und war fast zu einem Nervenwrack geworden. Ich setzte mich auf den Rand der Badewanne und zitterte am ganzen Körper. Adrenalin pumpte durch meine Adern. Erleichterung machte sich nach und nach in mir breit.

Danke, lieber Gott! Danke!

Eigentlich war ich nicht sehr religiös. Aber in den schicksalhaften Stunden meines Lebens half mir der Gedanke, dass da oben jemand war, der auf mich aufpasste.

Zeit für eine Dusche. Ich musste meine Nerven beruhigen.

Lange ließ ich das heiße Wasser über meinen Körper laufen und dachte nach. Wie sollte ich Jonas meinen hysterischen Anfall erklären? Ich schüttelte den Kopf und verwarf den Gedanken. Es würde sich schon irgendwie ergeben.

Plötzlich war ich schrecklich müde.

Eine halbe Stunde später saß ich mit einer großen Tasse Kaffee und zwei Nutella-Toasts in der Küche.

„Und? Wie geht's dir?“ Isi schaute um die Ecke.

„Negativ.“

„Wie, negativ?“

„Ich war in der Apotheke und habe mir einen Test geholt und der war beziehungsweise alle drei waren negativ.“

„Das ist doch echt ... Kannst du nicht rechnen oder warum hast du so einen Aufstand gemacht?“

„Ich hatte mega Stress. Vielleicht hat sich da was verschoben. Freu dich doch mal für mich.“

„Ich freue mich ja! Du Nuss. Gib mir einen Kaffee, das ist ja wohl das mindeste, was ich nach der schlaflosen Nacht dank dir verdient habe.“

„Liebste Isabelle, ich mach' es wieder gut und ich schwöre, ich werde auf immer und ewig für dich da sein, wenn du mich mal brauchst, in guten wie in schweren … und so weiter und so weiter ...“ Ich wedelte mit meiner Hand, um meine Rührung zu verbergen.

„Das hoffe ich, meine Liebe.“ Halb schmunzelnd, halb ernst fing sie meine Hand ein und hielt sie kurz fest.

Wenn ich lesbisch gewesen wäre, hätte ich ihr in dem Moment definitiv einen echten Heiratsantrag gemacht.

Ich stand auf und reichte ihr eine Tasse Kaffee, dazu drückte ich ihr einen dicken Kuss auf die Wange: „Jetzt muss ich mir nur noch überlegen, was ich Jonas erzähle. Der denkt doch, ich bin psychisch gestört.“

„Vielleicht ist da ja was dran“, kicherte Isabelle.

„Blöde Kuh.“

„Selber blöde Kuh.“ Isabelle streckte mir die Zunge raus und wir mussten beide lachen.

Ich tippte eine Nachricht an Jonas.

An: Jonas Ackermann
Von: Anna Barker
Uhrzeit: 7:23
Betreff: Sorry
Lieber Herr Anwalt,
entschuldigen Sie meine Aktion letzte Nacht. Ich werde Ihnen alles erklären. Es ist alles in Ordnung.
Sehen wir uns heute?
Liebste Grüße, A.

Hoffentlich war er nicht sauer. Das würde mir nach der letzten Nacht noch fehlen. Müde machte ich mich auf den Weg ins Büro. Welcher Wochentag war heute eigentlich? Ich hatte total den Überblick verloren. Meine Tage trafen noch am gleichen Morgen ein und ich ärgerte mich über meinen gestrigen Panikanfall.

Typisch Anna Barker, aus einer Mücke gleich einen Elefanten machen. Aber theoretisch wäre es möglich gewesen, also eine durchaus berechtigte Angst.

An: Anna Barker
Von: Jonas Ackermann
Uhrzeit: 11:25
Betreff: Schock
Liebste Miss Barker,
ich habe mir wirklich Sorgen gemacht. Soll ich Sie um fünf vom Büro abholen? Dann können wir reden.
Verwirrte Grüße, J.

Klar war er verwirrt. Wer konnte ihm das verdenken. Hoffentlich war er nicht lange sauer. Ich blendete den Gedanken aus, es war noch eine Menge zu tun. Ich erledigte meine täglichen Aufgaben und bearbeitete einige Dokumente, die mir Herr Stein zugemailt hatte. Die Stunden rauschten nur so vorbei und es war bereits kurz nach fünf, als ich zusammenpackte. *Mist. Jetzt kannst du nicht mal pünktlich sein. Du bist doch echt selten doof, Anna.*

Ich beeilte mich damit, nach unten zu kommen. Jonas wartete bereits in seinem Mini und telefonierte. Ich klopfte an die Scheibe und wartete auf sein okay, dass ich einsteigen konnte.

„... talk to you later. Bye. " Er beendete das Telefonat, als ich einstieg. Ich küsste ihn auf die Wange: „Hi. Sorry wegen gestern. Ich erklär es dir gleich. Bitte nicht sauer sein."

„Ich bin nicht sauer, Anna. Ich habe mir echt Sorgen gemacht. Du hast nicht mit mir gesprochen, warst total weg."

Er fuhr los und ich hatte keine Ahnung, wohin die Reise ging.

„Zu dir oder zu mir?", fragte er.

„Hast du etwas zu essen zuhause? Ich sterbe vor Hunger."

„Wir finden schon was. Dann also zu mir? Aber bitte nicht wieder ausflippen und weglaufen."

„Nein. Keine Sorge." Ich rollte mit den Augen und boxte ihn leicht in die Seite.

„Aua. Wollen Sie mich töten, Miss Barker?"

„Nein. Sicher nicht. Das wäre töricht von mir, Herr Anwalt."

Die Spannung löste sich etwas und ich erzählte ihm von meiner Arbeit und wie viel Spaß sie mir brachte.

Im Lift hielt er mich im Arm, machte aber keinerlei Anstalten, mich zu küssen.

Als wir in der Wohnung waren, schaute Jonas in den Kühlschrank und stellte fest: „Sieht so aus, als könnte ich dir nicht so viel anbieten. Außer Alkohol und Salami habe ich nichts. Wie wäre es mit Pizza?"

„Alkohol klingt gut, Pizza auch", stimmte ich ihm zu.

„Gut. Was magst du?"

„Ich esse wirklich fast alles außer Sardellen. Ist mir egal."

„Egal ist heute aus."

„Okay. Dann Thunfisch mit Zwiebeln."

„Siehst du. Geht doch." Jonas klemmte sich das Telefon zwischen Ohr und Schulter, hantierte mit einer Flasche Weißwein und bestellte unsere Pizza. Die Bestellung war offensichtlich nicht ganz einfach und er reichte mir augenrollend ein Glas Wein. Schließlich legte er auf und stieß mit mir an.

„Geschafft – eine schwere Geburt. Und es dauert fünfundvierzig Minuten."

„Ob ich das überlebe?"

„Ich fürchte, du musst. Jetzt erzähl mal, was war gestern los?"

„Ach ja. Das." Ich seufzte und setzte mich an die Theke. „Ich fürchte, das ist eine lange Geschichte."

Jonas setzte sich auf den zweiten Barhocker und prostete mir aufmunternd zu: „Fünfundvierzig Minuten", wiederholter er.

Ich atmete tief durch und nahm einen Schluck Wein.

„Wo fange ich am besten an. Also es ist so: Ich war mit einem Mann zusammen, von dem ich mich vor ein paar Monaten getrennt habe, als ich rausfand, dass er ein notorischer Fremdgeher ist. Ich hatte daran etwas zu knabbern, das ist kein schönes Gefühl, wenn man herausfindet, dass einen der eigene Partner nach Strich und Faden bescheißt."

„Das kann ich mir vorstellen. Und jetzt?"

„Die Geschichte ist noch nicht ganz zu Ende. An meinem Geburtstag habe ich ihn wiedergetroffen und bin mit ihm im Bett gelandet. Das war am Tag, nachdem ich dich in der Bar geküsst hatte. Ich stand irgendwie neben mir."

„Oha. Sex mit dem Ex. Ich kann dir sagen, mir gefällt diese Vorstellung ganz und gar nicht. Ich bin ziemlich besitzergreifend, meine Liebe." Er drohte mir spielerisch. Ich spürte dennoch, dass er es genau so meinte, wie er es sagte.

„Es war falsch. Ich war dumm. Sentimental vielleicht?

Mein 25. Geburtstag, und ich fühlte mich alleine und wie ein Versager. Aber das war's, ich hatte mit Paul nichts mehr zu tun, bis auf vorgestern, als er mir völlig aus dem Blauen heraus den Heiratsantrag gemacht hat – den ich natürlich abgelehnt habe. Aber das weißt du ja schon."

„In Ordnung."

„In Ordnung?"

„Ja. Ich glaube dir, weil ich dir vertraue. Das ist für mich die Basis einer Beziehung. Aber was war mit gestern Abend?"

„Ich dachte ich wäre schwanger."

„Oh." Jonas riss die Augen auf, mehr sagte er nicht.

„Bin ich aber nicht. Ich habe heute meine Tage bekommen."

Jonas atmete hörbar aus: „Wow, das ist wirklich, äh, naja – spannend."

„Wir haben verhütet, aber ich war überfällig, falls du es genau wissen willst. Ich bin nicht so eine, die einfach mal so mit Männern ins Bett steigt." Ich hatte das Bedürfnis, mich zu verteidigen.

„Anna, ich mache dir keine Vorwürfe. Danke, dass du so ehrlich zu mir warst. Ich hoffe, es bleibt so, dass du immer mit mir sprechen kannst. Heißt das, wir können die nächsten Tage keinen Sex haben?"

Ich lief rot an. Die Situation war so ungewohnt und das war eine wirklich intime Frage. Obwohl wir schon miteinander geschlafen hatten, war ich schüchtern und fühlte mich unwohl.

„Ähm. Ja. Naja. Ich habe meine Tage. Das ist sicher nicht besonders toll, wenn du verstehst, was ich meine. Hey, mir ist das etwas unangenehm. Ich kenne dich doch kaum."

„Gut, wir kennen uns kaum. Aber du kannst dich daran gewöhnen, wir lernen uns doch gerade kennen. Du brauchst dich nicht schämen oder so. Mir ist durchaus bekannt, wie ein weiblicher Körper funktioniert."

„Ach, ehrlich." Ich neigte meinen Kopf zur Seite und

wollte ihn provozieren.

„Ja, ehrlich." Jonas ging nicht darauf ein und trank genüsslich von seinem eiskalten Chardonnay.

„Puh. Das war es jetzt? Mehr willst du nicht wissen?"

„Nein."

„Echt?"

„Anna, mein Herz, wenn du das Bedürfnis hast, mir noch mehr zu erzählen, mach das. Ich höre gerne zu. Ansonsten vertraue ich dir. Habe ich schon erwähnt, dass ich dir hoffnungslos verfallen bin?" Sein Blick wurde intensiver und das Blau seiner Augen verdunkelte sich. Er nahm mein Gesicht zwischen seine Hände und begann mich zu küssen. Seine Lippen waren geöffnet und ich konnte den Weißwein schmecken. Sanft erkundete er meinen Mund und wurde fordernder. Ich vergaß das Gespräch, vergaß alles um uns herum. Ich presste mich an ihn und spürte seinen muskulösen Körper. Jonas löste sich von mir und küsste die Linie meines Halses. Ich bog meinen Kopf nach hinten, um ihm noch mehr Raum für seine Liebkosungen zu geben. Heiser flüsterte er mir zu: „Du raubst mir den Verstand. Verlass mich nie wieder, Anna. Auch auf die Gefahr hin, dass ich mich wiederhole: Du machst mich verrückt."

Ich blickte ihm in die Augen und sah außer Leidenschaft noch etwas anderes, er sah traurig aus.

„Ist alles in Ordnung, Jonas?"

„Ja. Ich habe dich vermisst, letzte Nacht."

Mein Herz machte einen Sprung, ich konnte es immer noch nicht glauben. Dieser Mann war mein. Ich hatte ihn für mich ganz alleine.

„Es tut mir leid. Aber das war wirklich eine blöde Situation. Was hätte ich denn sagen sollen?"

„Die Wahrheit? Was glaubst du denn, hätte ich gemacht?"

„Mich rausgeschmissen, vielleicht? Was weiß ich, ich meine, ich wäre ja nicht von dir schwanger gewesen."

„Glaubst du, das hätte etwas verändert?"

„Hätte es nicht?“

Er hielt mich fest. „I – love – you. Bedingungslos. Ich weiß, es klingt vielleicht komisch, aber seit du mich in der Bar geküsst hast, kann ich an nichts anderes mehr denken. Es hätte sich für mich nichts geändert.“

„Oh.“

Ungläubig schaute ich ihn an. War das möglich?

Es klingelte.

Ach ja. Die Pizza.

Hungrig war ich nicht mehr. Aber ich musste wirklich etwas essen. Der Duft war jedenfalls verführerisch. Wir setzten uns aufs Sofa und aßen die Pizza direkt aus dem Karton.

Nach dem Essen tranken wir noch ein Glas Weißwein und lagen bewegungsunfähig auf dem Sofa.

„Sollen wir einen Film schauen? Mit dir kann ich ja sonst heute nichts anfangen“, neckte er mich.

„Ja, vielleicht. Wobei – ich wüsste da auch eine Alternative.“ Ich nahm ihm das Glas aus der Hand und er blickte mich verwirrt an.

„Was …?“

Ich brachte ihn mit einem Kuss zum Schweigen und spürte, wie er sich aus der Versteifung löste und sich mir anpasste. Ich saß rittlings auf ihm und begann sein Hemd aufzuknöpfen. Er sagte nichts, ließ mich aber gewähren. Zwischen kleinen Küssen auf seiner Brust sagte ich zu ihm: „Keine Bewegung, Herr Anwalt.“ Als mein Mund sich seinem Hosenbund näherte, sog er scharf die Luft ein. Seine Erregung zeichnete sich deutlich unter der Hose ab.

„Anna, du musst das nicht tun“, presste er hervor.

Ich lächelte ihn an und öffnete seine Hose. Er legte seinen Kopf zurück und schloss die Augen.

„Anna …“

21

Wir lagen im Bett und schauten eine DVD. Ich kuschelte mich in seine Arme und wir knabberten Popcorn. Die letzten vierundzwanzig Stunden hatten mich viel Kraft gekostet und ich schlief glücklich und erleichtert ein. Als ich das nächste Mal erwachte, war das Bett leer. Ich blinzelte verwirrt. Wo war Jonas? Es war dunkel und auch im Badezimmer brannte kein Licht. Als er nach einigen Minuten noch nicht zurück war, stand ich auf und suchte ihn.

Jonas saß im Wohnzimmer und blickte in die Nacht. Warum saß er hier? Bereute er das mit mir?

„Kannst du nicht schlafen?"

„Hey – du solltest schlafen. Was ist los?" „Das frage ich dich."

„Es ist alles in Ordnung, geh wieder ins Bett."

„Nicht alleine."

Ich ging zu ihm, küsste ihn und nahm seine Hand.

„Ich brauche noch ein wenig. Du weißt ja, Jetlag."

Das klang nicht besonders überzeugend. Glücklich und zufrieden sah anders aus.

„Jonas – wenn es wegen gestern und wegen Paul ist, ich kann dich beruhigen, da ist nichts mehr."

„Das ist es nicht, Anna. Lass uns jetzt nicht darüber reden, okay? Das Leben ist manchmal kompliziert."

„Hm." Ich gähnte.

„Geh ins Bett, meine Liebe. Ich komme gleich nach."

„Na gut. Wie du willst."

„Anna?"
„Ja?"
„Ich liebe dich."
„Bis gleich."
Er liebte mich. Liebte ich ihn auch? Ging das nicht alles zu schnell? Und was war das Problem, wenn es nicht Paul war?
Ich tapste zurück ins Bett und konnte eine Weile nicht wieder einschlafen. Jonas kam nicht zurück. Dann musste ich doch eingeschlafen sein.

Ich wurde von Kaffeeduft und einer dunklen Stimme geweckt. Jonas saß auf der Bettkante und hatte eine Tasse Milchkaffee in der Hand.
„Guten Morgen, Schlafmütze", er küsste mich auf den Scheitel. Gott sei Dank nicht auf den Mund. Mein Morgenatem war ekelhaft und ich musste dringend Zähne putzen.
„Danke, das ist lieb, guten Morgen!"
„Frühstück ist fertig."
„Wow. Das ist ja wie im Paradies. Darf ich noch kurz ins Bad?"
„Bitteschön. Ich warte in der Küche."
Ich konnte mein Glück immer noch nicht fassen. Schnell hüpfte ich unter die Dusche und verwandelte mich in einen Menschen. Mist. Wie spät war es eigentlich? Ich hatte nichts Frisches zum Anziehen. Ich huschte in seinen Kleiderschrank und zog Boxershorts und ein T-Shirt von Jonas an.
„Willst du so ins Büro gehen?"
„Eigentlich nicht. Wie spät ist es denn?"
„Kurz nach sieben. Genug Zeit."
„Puh. Gott sei Dank."
Ich setzte mich und nippte an meinem Kaffee. Das Radio lief im Hintergrund und Jonas las Zeitung auf dem iPad.
Eigentlich sollte ich das unhöflich finden, aber ehrlich

gesagt, empfand ich die Situation eher entspannt und locker. Ich musste nicht zwanghaft Konversation betreiben und konnte in Ruhe aufwachen. Ich schmierte mir einen Toast mit Marmelade.

Jonas blickte von seiner Lektüre auf und lächelte: „Alles klar?"

„Jepps."

„Wunderbar. Brauchst du noch etwas?"

„Nein, alles perfekt."

„Sehr gut."

Er wandte sich wieder seiner Lektüre zu und ich nahm mir einen zweiten Toast.

Wie im Traum. Himmlisch. Die Sonne schien und ich saß hier mit Mr. Perfect.

Ich grinste und trank meinen Kaffee aus.

„Wollen wir am Wochenende wegfahren?"

Erstaunt schaute ich ihn an: „Wegfahren? Wohin?"

„Keine Ahnung – war nur so eine Idee. Überleg dir doch, wo du hin möchtest und dann schauen wir mal."

Echt? Ich durfte aussuchen? Geil.

Bei Paul hatte ich nie wählen dürfen. Er hatte immer alles selbst bis ins Detail geplant und ich konnte entweder mitfahren oder es sein lassen. Gut gelaunt räumte ich den Tisch ab und küsste Jonas. Konnte heute nicht schon Freitag sein? Ich wollte nicht neun Stunden von ihm getrennt sein. Seufz.

22

„Anna, ich habe ganz vergessen Ihnen zu sagen, dass wir kommende Woche nach Hongkong zur Messe für erneuerbare Energien fliegen, von Mittwoch bis Samstag. Bitte kümmern Sie sich darum. Die Infos zu dieser Veranstaltung finden Sie hier.“ Herr Stein legte mir eine Broschüre auf den Tisch und ich starrte ihn ziemlich perplex an.

Wie konnte man denn vergessen, dass man in fünf Tagen nach Asien fliegen musste? Krass. Aber gut. Von mir aus. Ich war noch nie in Hongkong. Juhuuu!

Ein kleiner Wehrmutstropfen blieb doch, ich würde Jonas für ein paar Tage nicht sehen, aber man konnte nicht alles haben.

„Ist in Ordnung. Ich kümmere mich darum. Ich gehe davon aus, das Reisebüro weiß, in welchem Hotel Sie immer wohnen? Haben Sie sonst spezielle Wünsche?“

„Nein, alles wie üblich und Sie haben recht, das Reisebüro sollte alles wissen. Sie sind gut, Anna, und Sie lernen schnell, das gefällt mir. Wir haben auf der Messe einen kleinen Stand. Ich könnte mir vorstellen, dass Sie dort mit am Empfang arbeiten. Sie können dort viel über unseren Konzern und die Branche lernen.“

Herr Stein lächelte mich an und verschwand wieder in seinem Büro. Ich blickte ihm nach und studierte anschließend die Broschüre.

Ach, du meine Güte.

Ich am Empfang?

Ich hatte doch null Plan.

Aber da ich keine Wahl hatte, zuckte ich innerlich die Achseln und fügte mich meinem Schicksal.

Zwei Stunden später hatte ich alles arrangiert und herausgefunden, dass man in Hongkong kein Visum benötigte. Hongkong hatte immer noch eine Sonderstellung im Vergleich zur restlichen Volksrepublik China. Interessant. Die hatten sogar eine eigene Währung, den Hongkong-Dollar. Ich hatte wie immer keine Ahnung und war froh, dass ich es dieses Mal wenigstens im Vorfeld herausgefunden hatte und nicht erst vor Ort. Der restliche Tag verging rasend schnell.

Mit Jonas war ich zum Abendessen beim Sushi Circle verabredet und ich war froh, dass ich wusste, was da auf mich zukam. Dieses Sushi mochte ich nämlich hundertprozentig.

Durch den ganzen Stress mit der Messevorbereitung und Reiseplanung hatte ich noch keine Zeit gehabt, mir ein Reiseziel fürs Wochenende zu überlegen. Weit weg fahren wollte ich eigentlich auch nicht. Aber mal etwas raus aus Hamburg war auch nicht schlecht. Küste? Nordsee? Insel?

Jonas sah wie immer umwerfend aus in einer ausgewaschenen Jeans mit hellblauem Hemd, das er sich lässig bis zum Ellenbogen nach oben gekrempelt hatte.

War das echt meiner? Geil!

„Hallo meine Liebe, ich habe dich heute vermisst." Jonas küsste mich lange und mir wurde wahnsinnig heiß. Ich vergaß, dass wir mitten auf der Straße standen, doch Jonas löste sich von mir und seine blauen Augen strahlten mich an.

„Wenn du nicht sofort aufhörst, muss ich dich hier vergewaltigen."

Ich musste kichern. Eine mir nicht unbekannte Vorstellung.

„Dann lass uns mal reingehen, bevor ein Unglück passiert."

Wir suchten uns zwei nette Plätze und begannen, uns vom Band mit Sushi zu bedienen. Dazu bestellten wir Weißwein und Mineralwasser.

„Hast du dir überlegt, wo wir hinfahren wollen?“

„Ähm … also, irgendwie hatte ich heute so viel zu tun. Weißt du, ich fliege nächste Woche mit Herrn Stein nach Hongkong zur Messe für erneuerbare Energien!“

Jonas erstarrte für einen Augenblick. Doch er lächelte sofort wieder.

„Hey, wow. Das ist ja prima. Ich werde auch dort sein. Ich fliege allerdings schon Dienstag. Das hatte ich ganz vergessen zu erwähnen.“

„Oh. Wann wolltest du es mir denn sagen?“

Er schaute mich lange an und trank einen Schluck aus seinem Wasserglas.

„Es war ziemlich viel los. Ich habe es einfach vergessen, tut mir leid.“

Ich wollte so kurz vor dem Wochenende keine schlechte Stimmung verbreiten, daher schluckte ich den Kommentar, der mir auf der Zunge lag, runter und küsste ihn.

„Ist schon in Ordnung. Ich habe also einen gut bei dir. Hast du Vorschläge für das Wochenende? Ich würde es lieber etwas ruhig und romantisch haben wollen als turbulent und hektisch.“

„Das trifft sich doch wunderbar! Meine Eltern haben eine Wohnung an der Küste. Dort können wir es uns gemütlich machen, kein Hotel, wenig Leute, nur du und ich. Weg von der Realität. Was sagst du?“

„Das klingt super!“

„Schön. Dann fahren wir morgen Nachmittag los, sobald du Feierabend hast.“

„Ich freue mich.“

„Ich mich auch.“

23

Back to real life. Ich saß im Büro und lächelte bei der Erinnerung an das letzte Wochenende. Es war traumhaft. Das Wetter war regnerisch und kalt gewesen, das hatte uns allerdings nicht im Geringsten gestört. Wir hatten durchaus Möglichkeiten gefunden, uns die Zeit zu vertreiben. Mir wurde bei der reinen Erinnerung daran, wie viele Möglichkeiten wir gefunden hatten, ziemlich heiß. Ich schwebte auf kleinen, fluffigen, rosaroten Wolken.

An: Anna Barker
Von: Jonas Ackermann
Uhrzeit: 11:27
Betreff: Danke

Liebe Anna,
vielen Dank für das Wochenende, ich vermisse Dich jetzt schon. Es haben sich einige Termine verschoben und ich muss heute schon los. Eigentlich hätte ich heute unbedingt noch etwas mit Dir besprechen müssen, aber ich muss den Termin wahrnehmen. Tut mir leid.
Ich liebe Dich, Dein Jonas

Enttäuscht lehnte ich mich zurück. Komische Mail. Was hatte er denn so Dringendes mit mir zu besprechen, was er mir am Wochenende nicht hatte sagen können? Okay, wir hatten nicht wirklich viel geredet. Ich grinste.

An: Jonas Ackermann
Von: Anna Barker
Uhrzeit: 11:45
Betreff: Gute Reise

Lieber Jonas,
ich bin schon etwas enttäuscht, aber verstehe das natürlich. Was wolltest Du denn mit mir besprechen? Meine Telefonnummer hast Du ja jetzt. Du kannst mich jederzeit anrufen.
Gute Reise, ich werde Dich vermissen.
Anna

Nach dem Lunch mit Susi musste ich Protokoll in einem großen Managementmeeting schreiben. Ich hatte also keine Zeit, weiterzuspekulieren. Jonas hatte gemailt, dass er das unbedingt mit mir persönlich besprechen wollte. Gut. Dann musste das eben warten. Was konnte auch so wichtig sein? Nach dem Meeting überarbeitete ich das Protokoll und ging mit Herrn Stein die Termine für die Messe durch. Es war alles bis auf die Minute geplant und ich hatte etwas Angst vor der Reise. Dem Terminkalender nach zu urteilen, würde es schrecklich anstrengend werden. Das Ganze auch noch mit der Zeitverschiebung und der Hitze. Andererseits war es eine weitere Möglichkeit für mich zu beweisen, dass ich leistungsbereit und zuverlässig war. Ich sah es als Herausforderung und freute mich, als ich nach Hause fuhr.

Zum Abendessen war ich heute mit Isabelle verabredet. Die Gute hatte sich schon bei mir beschwert, dass ich gar keine Zeit mehr für sie hatte. Und es stimmte. Seit ich mit Jonas zusammen war, hatte ich keine Nacht mehr zu Hause verbracht. Er fragte zwar immer, ob wir bei mir bleiben wollten, aber ich zog die Privatsphäre seiner Wohnung in dieser Phase unserer jungen Beziehung vor.

Die Wände in der WG waren dünn wie Zeitungspapier. Aber das würde sich bestimmt wieder ändern, und wir würden mehr Zeit bei mir verbringen. Wenn nicht, war das höchstens wegen Isi schade. Da fiel mir ein, dass mich bei Paul immer gestört hatte, dass wir so wenig bei mir waren. Komisch, wie man sich veränderte.

Isabelle wartete schon und es duftete verführerisch. Es gab einen Gemüseauflauf und selbstgebackenes Brot.

„Du bist echt eine Meisterköchin. Du hast mir gefehlt, Isi."

„Lügnerin. Du hast mich keine Sekunde vermisst. Du warst doch nur am Poppen!"

Ich kicherte. „Vielleicht."

„Ich bin so neidisch. Ehrlich. Aber nach Paul hast du es verdient."

„Du findest auch noch den Richtigen."

„Ich glaube nicht. Ich werde einsam und alleine alt werden. Schnief."

„Ach, komm. Gibt's keine Neuigkeiten bei dir?"

Das war ihr Stichwort. Ich kam die nächste Stunde nur noch selten zu Wort. Das Ende der Geschichte war allerdings das Gleiche wie immer. Isabelle hatte Schluss gemacht, bevor es richtig anfing. Etwas störte sie immer an ihren Neueroberungen. Nach dem Essen schauten wir eine DVD und kuschelten uns mit einer Packung Eis aufs Sofa. Ich genoss den Abend und war glücklich. Jonas hatte mir noch eine SMS aus dem Flugzeug geschrieben:

„Ich liebe und vermisse Dich. Bitte vergiss das nicht. Jonas"

Er klang nicht gerade fröhlich, aber das lag sicher nur am Stress. Ich hatte noch nicht die berühmten drei Worte zu ihm gesagt. Es war noch zu früh, zu unwirklich. Liebte ich ihn? Zumindest war ich noch nicht bereit, es mir einzugestehen. Irgendwo musste ein Haken sein. Es war alles zu perfekt.

Zwei Tage später saß ich selbst im Flugzeug nach Hongkong und meine Nervosität hielt sich in Grenzen. So langsam überwand ich meine Flugangst. Bei der Häufigkeit wäre es auch echt hinderlich gewesen, weiterhin Panikanfälle bei jeder Reise zu durchleben. Einen Beruhigungschampagner gönnte ich mir trotzdem. Jonas hatte einmal kurz angerufen, er klang angespannt und gestresst. Das Telefonat hatte nur wenige Minuten gedauert und ich spürte, dass etwas nicht in Ordnung war. Aber was? Gab es Probleme mit unseren Geschäftspartnern? Nach der Tokioreise hielt ich alles für möglich.

24

Wir hatten einen Tag zur Akklimatisierung – theoretisch. Aber der hyperaktive Herr Stein hatte natürlich bereits am Nachmittag des Ankunftstages Termine vereinbart, bei denen ich unbedingt dabei sein sollte. Ich hatte Jonas eine SMS geschickt, dass wir angekommen waren, aber er hatte sich noch nicht gemeldet. Ich wusste nicht mal, in welchem Hotel er wohnte. Ich wollte auch nicht aufdringlich sein, schließlich war es ein Businesstrip. Er hatte zu tun und ich musste mich auch auf meinen Job konzentrieren. Urlaub konnten wir später machen.

Dieses Mal fiel es mir nicht so schwer, in den Sitzungen wach zu bleiben, obwohl ich müde war. Kaffee und Cola halfen mir über die toten Punkte und zum Abendessen kehrten meine Lebensgeister wieder. Herr Chang, ein langjähriger Geschäftspartner von Herrn Stein, führte uns in ein nobles Restaurant und ich genoss das Essen.

Es war alles definierbar und lecker, zum Glück; Fisch, Fleisch, Gemüse und Suppe. Reis bekam man selten, wenn überhaupt, meist nur am Ende, falls man wider Erwarten noch Hunger hatte.

Im Hotel zurück hatte ich eine Nachricht von Jonas auf der Mailbox. Er entschuldigte sich bei mir, dass er sich noch nicht gemeldet hätte und es jetzt schon so spät sei und er immer noch eingebunden sei. Er wollte sich morgen früh melden.

Morgen früh? Ich musste schon um neun bei der Messe sein. Toll.

Leicht angesäuert ging ich schlafen, war aber viel zu müde, um mich weiter zu ärgern.

Der Wecker riss mich aus dem Tiefschlaf und ich hatte Mühe, auf die Beine zu kommen. Ich brauchte länger als üblich in der Dusche und schaffte es gerade noch pünktlich zur Abfahrt in die Lobby. Frühstück musste ausfallen, Hunger hatte ich sowieso noch keinen. Für den Messetag trug ich einen schwarzen Rock, eine weiße Bluse und flache Schuhe. Damit würde ich mehrere Stunden gut laufen können. Praktisch vor schön. Ich war ziemlich aufgeregt, wusste ich doch gar nicht, was auf mich zukam.

Nach halbstündiger Fahrt im Shuttlebus erreichten wir das Messegelände und konnten dank unserer Ausstellerausweise schon vor Öffnung der Show hinein. Der Stand der Stein Energy Holding AG wurde in Kooperation mit einem chinesischen Unternehmen geführt. Wenn ich mich nicht täuschte, war es das Unternehmen, das Jonas zuletzt noch besucht hatte, bevor er zurück nach Hamburg geflogen war. Aber irgendwie hörte sich das für mich alles gleich an.

Cheng, Deng, Weng, chinesisch eben.

Herr Stein stellte mich den Mitarbeitern vor, die mit mir am Stand arbeiten sollten und außer mir waren das fast ausschließlich Chinesen und zwei Europäer. Oder Amerikaner?

Jedenfalls ohne Schlitzaugen.

Ich schnappte mir einen Kaffee und einige Kekse, das musste vorerst reichen. Später war bestimmt noch Zeit, um mir etwas Ordentliches zu essen zu besorgen.

Punkt zehn öffneten sich die Tore und Messebesucher, Kunden und Lieferanten stürmten die sieben Messehallen. Ich war total beeindruckt und hatte alle Hände voll zu tun. Als ich das erste Mal auf die Uhr schaute, war es schon fast vierzehn Uhr. Erst jetzt bemerkte ich, dass mein Magen knurrte. Ich ging los und besorgte mir ein Sandwich. Ich hatte Glück, dass dies eine internationale Messe war und die hier nicht Skorpione frittierten. In dem Fall hätte ich Hungern vorgezogen.

Ich gönnte mir eine Pause und setzte mich kurz, um mein Sandwich in Ruhe zu essen. Herrn Stein zu managen war schwerer als einen Sack Flöhe zu hüten. Er hatte hundert Termine, war aber niemals zur richtigen Zeit am richtigen Ort, ich musste ihn permanent suchen und die Wartenden vertrösten. Hoffentlich würde das die nächsten Tage besser werden, ansonsten war ich nach der Messe reif für die Insel.

Apropos Insel – ich hatte schon eine ganze Weile nichts mehr von Daddy gehört. Es war wirklich an der Zeit, ihn mal wieder zu besuchen. Aber jetzt schon Urlaub? Ich wusste nicht, ob Herr Stein das auch so gut finden würde. Egal. Jetzt musste ich zurück zum Messestand und mich noch mal vier Stunden bis achtzehn Uhr konzentrieren und alles geben. Ich schlenderte an den verschiedenen Messeständen vorbei und beobachtete interessiert das bunte Treiben. Irgendwie fühlte ich mich total wichtig und es war alles schrecklich aufregend. Am Stand zurück, nahm ich meine Position am Empfang ein und checkte die Lage.

Ich erstarrte und mein Magen krampfte sich zusammen.

Jonas.

Dunkelhaarige Frau.

Eine Chinesin.

Arm in Arm.

High Heels, kurzer Rock.

Das musste eine Bekannte sein.

Mein Herz klopfte bis zum Hals und ich bemühte mich, die Fassung zu wahren, als die zierliche Chinesin in den mörderischen High Heels Jonas küsste.

Fuck.

So küsste man keinen Bekannten.

Mir wurde übel, und ich versuchte mir nichts anmerken zu lassen.

„Are you ok? You look so pale“.

„Äh. Sorry, yes. Yes. You know ... Jetlag”, versuchte ich mich gegenüber meiner Kollegin herauszureden. Ich konnte den Blick nicht von den beiden losreißen.

„Aren't they a lovely couple? You know Liu and Jonas?”

Couple!? Fuck. Fuck. Fuck.

„Äh. No. Yes. I know Jonas. Not HER.”

Crystal, wie meine Kollegin hieß, teilte mir mit, dass die Chinesin im kurzen Rock zur Geschäftsführung des Partnerunternehmens gehöre. Die Familie bestünde aus drei Brüdern und ihr, die das Familienunternehmen im Sinne des verstorbenen Vaters führten. Ich hörte nicht zu. In meinem Kopf drehte sich alles und ich starrte die beiden immer noch an, als Jonas mir den Kopf zuwandte. Bedauern lag in seinem Blick.

Was?

Das war alles?

Keine Erklärung?

Nix?

Ich war fassungslos. Ich entschuldigte mich bei Crystal mit der Begründung, ich müsse mir die Hände waschen, und rannte davon. Ich lief zu den Toiletten und musste mich übergeben.

Wieder und wieder.

Tränen liefen über meine Wangen.

Wieso? Wieso? Was sollte das Geschwafel von Liebe?

Irgendwann fasste ich mich und wusch mir das Gesicht. Andere Besucher starrten mich an, es war mir gleichgültig. Noch immer völlig geschockt kehrte ich an den Stand zurück und arbeitete weiter. Als wäre nichts geschehen.

Das Lächeln eingefroren, mein Körper agierte wie ein

Roboter.

Jonas und die Chinesin standen einige Meter vom Messestand entfernt, als ich zurückkam, irgendwann waren sie verschwunden. Ich sah sie nicht. Wollte sie nicht sehen. Schließlich war es achtzehn Uhr und der Messetag war vorbei. Im Anschluss gab es ein Essen für die Mitarbeiter und ich erinnerte mich nicht genau, wie lange, wo oder was es gab. Ich trank ordentlich Wein. Danach fühlte ich mich besser.

Der Alkohol betäubte mich und ich bemühte mich, zumindest pro forma an den Gesprächen teilzunehmen. Da überwiegend Chinesisch gesprochen wurde, konnte ich meistens einfach stumm dasitzen, etwas essen und vor allem trinken. Das Dinner war vorüber und ein Bus brachte uns ins Hotel. Ich setzte mich in die Hotelbar und bestellte mir einen Gin Tonic. Ich brauchte jetzt etwas Stärkeres. Ich war schon ziemlich betrunken, weil ich den Tag über so wenig gegessen bzw. bei mir behalten hatte, außer dem Abendessen. Ich starrte ins Leere und hielt mich an meinem Glas fest.

Hab ich es dir doch gesagt. Mit solchen Typen stimmt immer etwas nicht.

Mr. Doubleyou war wieder da. Viel zu spät. Ich hätte auf die Warnungen hören sollen. Aber ich war blind. Blind vor Liebe.

Liebe!

Jonas hatte mein Herz gestohlen und es zerbrochen. Endgültig.

Ich wollte nie wieder etwas mit einem Mann zu tun haben. Nach all den Geschichten kam Jonas. Und dann DAS?

Ich bestellte noch einen Gin Tonic. Das half. Ich fühlte mich besser. Jetzt erst bemerkte ich, dass mich die Leute anstarrten. Ich weinte.

„Anna. Komm." Ich drehte meinen Kopf langsam zur Seite und sah einen dunklen Anzug und mir allzu vertraute blaue Augen.

Auch das noch. Mein Herz krampfte sich zusammen.

„Was willsu hier? Hassu nichts mit deiner Chinesin su tun?"

Ich lallte.

Jonas stand neben mir und legte mir seine Hand auf die Schulter.

„Anna. Komm. Ich will mit dir reden."

„Nimm deine Hand weg. Ich schwöre bei Gott: Ich schreie das Hotel zusammen. Hau ab!"

Mein Kopf wurde klarer und ich stieß seine Hand weg.

„Bitte, Anna. Ich kann es erklären."

„Was für eine beschissene, abgedroschene Phrase! Ich kann es erklären", äffte ich ihn nach. Ich war so wütend.

„Ich bitte dich. Ich liebe dich. Lass uns reden."

„Liebe. Liebe. Eine Scheiße ist das."

Ich weinte immer noch. Jonas zog mich auf die Beine und führte mich zum Lift.

„Welches Zimmer?"

Ich weiß nicht wieso, aber ich antwortete ihm.

Ich war so müde.

Schwach.

Betrunken.

Einsam.

Gebrochen.

Traurig.

In meinem Zimmer führte er mich zu einem der beiden Sessel und ich setzte mich. Er setzte sich mir gegenüber.

Wie lange saßen wir schon hier? Ich war zu betrunken, um ein Gefühl für die Zeit zu haben. Meine Wut kehrte zurück.

„Was is. Wollest du nix sagen? Ich hab nicht die ganze Nacht Zeit."

„Anna ... Es ist nicht so einfach."

„Ach. Für dich ist es schwer? Hast du mit ihr geschlafen als du das letzte Mal in Hongkong warst?"

„Ja."

„Und auf dieser Reise?"

„Ja."

Fuck.

Er fuhr sich durch die Haare und sprach weiter: „Es ist kompliziert, Anna. Ich weiß, ich bin ein Arschloch. Ich bin feige. Und eine männliche Hure. Ich schlafe mit der Frau aus einem bestimmten Grund. Der einzige Grund, warum ich noch mit Liu zusammen bin ist …", er machte eine Pause und schaute mich an: „Es ist … weil … Sie droht mir."

„Ja, genau. Und mein Name ist Hase. Du Arschloch."

Ich hasste Liu.

Dumme Chinesenschlampe.

Und Jonas hasste ich auch. Arschloch!

„Bitte, Anna, ich wollte es dir sagen. Aber der Zeitpunkt war nicht richtig."

„Und jetzt ist er richtig? Und du fickst sie auch noch!"

„Anna."

„Was, Anna? Hör auf mit dem Scheiß. Es hat sich ausge-Anna-t!"

„Ich verstehe dich. Lass es mich erklären. Dann kannst du mich verlassen. Ich will nur, dass Du es verstehst."

„Wie soll ich dich verlassen? DU bist doch mit der Tussi zusammen." Ich schrie ihn an und die Tränen liefen mir über das Gesicht.

„Sie erpresst mich."

„Ja, is' klar. Wer issie denn? Mata Hari?"

„Ich wünschte, es wäre ein Scherz. Hör zu. Ich weiß, du bist betrunken, aber hör mich an, Anna. Ich bitte dich."

„Und wenn schon. Dann bin ich halt betrunken. Kann dir doch egal sein. Was ist. Du bist doch jetzt hier. Erzähl und hau danach ab."

Er atmete hörbar aus.

„Anfangs war ich verliebt. Das ist vier Jahre her".

VIER JAHRE???

Fuck. Fuck. Fuck.

„Liu hat mir geholfen. Mein Bruder. Er. Er ist – war –

drogenabhängig und hat durch falsche Freunde hohe Schulden gemacht. Sehr hohe Schulden. Für mich unmöglich zu bezahlen. Meine Eltern wollte ich da nicht mit reinziehen. Die hätten das nicht verkraftet. Die Drogen haben sein Gehirn praktisch zerstört. Er ist heute in einer Anstalt. Er ist nicht mehr mein Bruder. Sein Körper lebt zwar noch, aber von seinem Wesen ist nichts mehr übrig. Liu hat die Schulden bezahlt. Sie hat uns geholfen."

Ich schluckte. Aber war das mein Problem?

„Und weiter? Dafür erwartet sie lebenslänglich von dir?"

„Ich weiß es nicht. Sie ist besitzergreifend. Ihre Familie ist mächtig. Vor einem Jahr habe ich versucht, mich von ihr zu trennen. Sie hat mir deutlich gemacht, dass sie dann die Stein Energy Holding zerstören würde und damit 16.000 Jobs. Anna. 16.000!"

„Und deswegen musst Du sie ficken?"

„Anna."

„Was, Anna!?" Mein Magen rumorte. Das alles war zu viel für mich.

„Ich liebe dich. Ich weiß, ich bin unehrlich gewesen und ich hasse mich dafür, dass ich es getan habe. Ich hasse mich dafür, dass ich mit ihr schlafe wie ein Callboy, nur weil sie es von mir verlangt. Ich glaube nicht, dass sie mich liebt. Sie will mich besitzen. Und ich lasse es zu. Ich ekele mich vor mir selbst. Ich weiß, du hast etwas Besseres verdient als mich. Es tut mir leid."

„Das war es? Es tut dir leid? Willst du so weitermachen?" Ich brachte das alles in meinem betrunkenen Gehirn nicht wirklich zusammen.

„Ich weiß nicht, was ich tun soll. Der Stein Energy Holding ging es finanziell schlecht, ihre Familie hat die Aufträge für die Firma rangeholt, sonst wäre die Firma lange schon in der Insolvenz gewesen. Die Zahlen sind nicht gut. Was sollte ich denn machen?"

„Dann soll dein Leben so weitergehen? Wo wäre ich

dabei? Was ist, wenn sie Kinder will?" O Gott. Hatten sie schon Kinder?

„Ihr ... ihr habt doch keine Kinder, oder?"

„Nein. Wir haben keine Kinder. Als ich dich getroffen habe, wusste ich, ich muss etwas ändern. Ich hasse mich für das, was ich tue. Es ist nicht richtig. Aber ich weiß nicht, was ich machen kann. Diese Familie ist sehr mächtig in China. Bitte, Anna, ich liebe dich."

„Du hast sie gestern gefickt. Richtig?" Beim Gedanken daran wie Jonas diese andere Frau berührte, wurde mir richtig schlecht.

„Anna."

„Hast du?" Es war nur ein Flüstern.

Er nickte.

„Ich will dich nie wieder sehen." Mir wurde übel und ich rannte ins Badezimmer.

Der Alkohol suchte einen Weg nach draußen und ich war fast dankbar. So musste ich nicht mehr reden, nicht mehr denken. Mein Körper schüttelte sich.

Wieder und wieder.

Jonas hielt meine Haare und stützte mich. Ich konnte mich nicht wehren. Kraftlos sank ich zusammen und er trug mich ins Bett. Meine Augen waren geschlossen und mein Körper hatte keine Kraft mehr. Die Tränen waren versiegt. Er streichelte über meine Wangen und lag neben mir. Hielt mich fest.

Als ich am nächsten Morgen erwachte, war er weg.

25

Mein Kopf dröhnte und mein Magen rebellierte. Wie spät war es?

Gut. Erst sieben. Ich holte mir eine Cola aus der Minibar, um meinen Magen zu beruhigen, und nahm zwei Aspirin.

Ich duschte lange und verdeckte die Spuren der letzten Nacht unter Make-up. So ging es einigermaßen.

Ich erinnerte mich an alles. Konnte es trotzdem noch nicht fassen. Zu gerne hätte ich vergessen, was gestern passiert war.

Wieso? Wieso hatte er mich belogen?

Er fickte sie immer noch!

Ich benutzte dieses F-Wort sonst nie. Außer jetzt. Etwas anderes konnte ich dazu nicht sagen. Ich war auch noch nie in einer Situation wie dieser. Das war so absurd. Die Geschichte von wegen Firma retten und Bruder setzte dem Ganzen die Krone auf. War das möglich? Aber selbst wenn. Er musste sicher nicht mit ihr ins Bett gehen.

Ich schüttelte den Kopf und versuchte, mich auf meine Arbeit zu konzentrieren.

Mittlerweile war die Messe in vollem Gang und ich war dankbar für die Ablenkung. Mir ging es noch nicht wirklich gut, aber ich hatte keine Wahl, als es auszuhalten. Morgen noch und dann konnte ich zurück nach Hamburg. Hoffentlich. Ich wollte weg, wollte das alles nicht mehr sehen; wollte Jonas nicht mehr sehen. Er hatte mir einen Brief aufs Bett gelegt, in dem er mir alles noch einmal aus seiner Sicht darstellen wollte. Ich hatte nur den ersten Satz gelesen. Mehr konnte ich nicht.

Ich weiß nicht wie, aber ich überlebte den Tag. An diesem Abend gab es erneut ein gemeinsames Abendessen. Ich nahm mir vor, keinen Alkohol zu trinken. Es waren noch zwei Plätze frei und meine schlimmsten Alpträume wurden wahr. Die Chinesenschlampe und Jonas kamen gemeinsam und setzten sich an unseren Tisch.

Lieber Gott. Warum machte er das mit mir? Was hatte ich verbrochen?

Gott wollte nicht mit mir sprechen. Mr. Doubleyou sprang in die Bresche.

Zeig, wer du bist, Anna! Gib dir nicht die Blöße! Du kannst das. Du hast es nicht nötig. Kopf hoch und Rücken gerade!

Hätte mir jemals jemand von dieser Szene erzählt, hätte ich mich totgelacht. So grotesk.

Ich schaffte es.

Ließ mir nichts anmerken und führte professionellen Smalltalk. Trotzdem brauchte ich irgendwann eine Pause und ging zur Toilette. Im Spiegel überprüfte ich meine Erscheinung. Schließlich checkte ich noch meine Mails. Da gab es aber nichts Neues.

Was hattest du erwartet, du Idiotin? Hast du es noch nicht kapiert?

Der Kopf schon, das Herz nicht.

Die Tür öffnete sich, und wer kam herein? Miss China. Kurzer Rock, tief ausgeschnittenes Shirt, High Heels. Hübsch war sie nicht. Zu lange Nase, unreine Haut. Zu kleine Augen. Aber sie hatte Kohle. Das war offensichtlich genug. Männliche Hure hatte Jonas gesagt. Fuck. Hätte die nicht noch drei Minuten warten können?

Ich lächelte sie an, doch ihr Blick war eiskalt.

„Ju lissten nau tu mie yoong lädie …“

Geiler Akzent. Ich grinste und aktivierte unbemerkt die Sprachaufnahme meines iPhones. Ich wollte etwas haben, worüber ich mich die nächsten Tage amüsieren konnte.

Das Chinglisch war einfach zu geil. Isi würde mir das sonst niemals glauben.

Das war meine kranke Art der Therapie.

„…ei noou hau juu lugg ädd Jonass. Läd juur händs off hiem or ei will mänäge sädd ä lots off piepel luus seir jops. Hie häs tried to lief mie bieforr. Ei will diestroii juuur goompänie."

„You know what, Miss? You can gieeepp him for yourself. I am not interested. And by the way, you are fugly. No money in the world will change that."

Fugly. Fucking ugly. Yesss! Gut gemacht!

Damit ließ ich sie stehen und kehrte zurück zum Tisch. Jonas schaute mich besorgt an, aber ich erwiderte seinen Blick nicht. Als die Chinaschlampe zurückkehrte, sah sie noch zickiger als vorher aus.

Gut so! Sollen die beiden doch miteinander glücklich werden. Ich hatte das nicht nötig. Ich war stärker als ich dachte und hoch erhobenen Hauptes verließ ich das Restaurant.

Ich war stolz auf mich.

26

Die Messe hatte ich überstanden und Jonas bombardierte mich mit SMS, E-Mails und Anrufen. Ich ignorierte alle.

Immer die gleiche Botschaft: „Ich liebe dich, Anna. Bitte gib mir eine Chance. Ich brauche eine Lösung für die Stein Holding. Bitte, Anna!"

Mir doch egal. Sollte er doch bei ihr bleiben. Mit ihren beschissenen Drohungen jagt sie mir keine Angst ein.

Aber ich kannte die Zahlen der Stein Energy Holding nicht. Herr Stein wirkte immer so souverän. War das möglich? Welchen Einfluss konnte die Chinesenschlampe darauf haben?

Jonas erzählt dir nur Scheiße, Anna. Fall nicht wieder darauf rein.

Dieses Mal hörte ich auf Mr. Doubleyou. Er hatte bisher immer recht gehabt.

Die Rückreise war ganz und gar nicht entspannt und die Flugbegleiter mussten mich mit zwei Personen ruhigstellen. Ich hatte einen Rückfall mit einer Panikattacke par excellence und schrie die ganze Business Class zusammen. Es hatte andererseits den Vorteil, dass ich in meiner Todesangst keine Zeit hatte, an Jonas zu denken.

Schön war der Flug trotzdem nicht.

Ich war froh, dass Herr Stein in der First Class davon hoffentlich nichts mitbekommen hatte.

Nach der Landung waren alle Business-Class-Gäste erleichtert, dass sie mich niemals wiedersehen mussten.

Ich nahm den Bus nach Hause. Isabelle wusste noch nichts von der ganzen Sache. Ich wappnete mich für das Gespräch. Dabei wollte ich nur schlafen. Als ich die Haustür öffnete, stellte ich fest, dass niemand zu Hause war.

Ich war enttäuscht. Eine Umarmung hätte mir gut getan. Ich wollte zu Daddy. Nach der langen Reise und den letzten Ereignissen hatte ich England-Heimweh.

Kurzerhand schrieb ich eine Mail an Herrn Stein, in der ich um einige Tage Urlaub bat. Als Grund gab ich einen familiären Notfall an. Das stimmte ja auch.

Irgendwie.

Ich wollte nicht auf die Antwort warten und ging schlafen. Isi schickte ich noch eine SMS, dass ich zu Hause war und fiel kraftlos ins Bett.

Am nächsten Morgen hatte ich sechs Nachrichten.

Eine von Herrn Stein, der mir bis Donnerstag Urlaub genehmigte.

Hurra!

Eine von Isi, in der sie schrieb, sie sei noch auf einer Party.

Und vier von Jonas. Sicher der gleiche Scheiß, den er mir schon im Hotel erzählt hatte. Ich löschte die Nachrichten, ohne sie zu lesen.

Es war noch früh, erst fünf, und ich setzte mich an den Rechner und buchte mir den nächsten Flug nach Humberside in England. Nach meinem letzten Anfall freute ich mich nicht wirklich darauf, ein Flugzeug zu betreten, aber egal. Ich wollte weg, musste raus, hier engte mich alles ein. Ich hinterließ Daddy eine Nachricht, dass ich heute um vierzehn Uhr in England ankommen würde und ob er mich abholen könne. Das war sicherlich kein Problem. Hoffte ich.

Ich ging in meine Zimmer und packte erneut den Koffer, als ich Geräusche aus der Küche hörte. Ich lief hinüber und blieb erstaunt stehen. Isabelle und …

„Guten Morgen!“

„Heeeey Süße. Schön, dass du wieder da bist! Das ist Peter. Wir haben uns letzte Woche auf einer Party kennengelernt.“

Davon hatte sie mir ja gar nichts erzählt. Normalerweise brachte sie niemals Männer mit nach Hause.

„Aha. Hallo, Peter. Schön, dich zu treffen.“

Der blonde Adonis grinste mich an. „Danke, gleichfalls.“

Wir unterhielten uns eine Weile zu dritt, bis ich mich entschuldigte.

„Isi, ich muss gleich wieder los. Ich besuche Dad in England. Ich bleibe bis Mittwoch.“

„Ist was passiert?“

„Lange Geschichte. Erzähl ich dir später. Ich kann das jetzt nicht.“

„Jonas?“

„Ja.“ Ich schaute auf den Boden und hässliche Bilder stiegen in meiner Erinnerung auf.

Oder eher Vorstellungen.

Jonas mit der Chinaschlampe im Bett. Jonas mit der Chinaschlampe im Auto. Und so weiter.

„Ach Mann, Anna. Ich dachte echt, er wäre es jetzt.“

„Wohl nicht. Tut mir leid, ich muss los. Ich wünsche Euch noch ein schönes Wochenende.“

Ich umarmte Isabelle und verschwand. In meinem Zimmer brach ich in Tränen aus und stopfte wahllos Klamotten in die Reisetasche.

Zeit, zu gehen!

27

„Daddy!"

„Anna, Baby!"

Ich lief in seine kräftigen Arme und er hielt mich fest. Natürlich fing ich sofort wieder an zu heulen. Ich sog den vertrauten Geruch auf und genoss die Wärme seines fülligen Körpers. Ich hatte ihn so sehr vermisst.

„Was ist los?"

„Ach, scheiß Männer. Lass uns gehen."

Im Auto erzählte ich ihm in Kurzform die Erlebnisse der letzten Wochen. Besorgt schaute er mich an.

„Du hast eine schlimme Zeit gehabt, liebes Kind. Du siehst auch nicht besonders gut aus. Ich freue mich, dass du da bist. Kannst du nicht länger bleiben?"

„Daddy, ich habe endlich einen Job, der mir Spaß macht! Ich bin doch gerade erst angekommen. Lass uns nicht schon wieder über die Abreise sprechen."

England – bis ich ankam war mir nicht klar gewesen, wie sehr ich es vermisst hatte. Der winzig kleine Flughafen mit zusammengestellten Containern als Terminal. Die Landschaft, die Luft, die kleinen schiefen Häuser. Ich fühlte mich wohl. Obwohl ich zugeben musste, dass ich mit dem Linksverkehr so meine Probleme hatte. Nicht weniger als zehnmal setzte mein Herzschlag aus, weil ich dachte, wir würden gleich ein entgegenkommendes Auto rammen.

Rose erwartete uns schon und hatte frischen Kuchen

gebacken. Das ganze Haus roch danach und ich atmete den Duft tief ein. Sie lief auf mich zu und umarmte mich. Erst nach einiger Zeit ließ sie mich los und strich mir über die Haare.

„Anna, Liebes. Endlich bist du da! Wir sehen uns viel zu selten."

Ich mochte sie. Obwohl sie mir mehr wie eine Oma denn als Stiefmutter vorkam. Sie war so lieb, herzlich und immer gut gelaunt und seit dem letzten Mal hatte sich nicht viel verändert. Es war eindeutig die richtige Entscheidung gewesen, hierherzukommen. Nach dem Kuchen machten wir einen Spaziergang.

Nach Städten wir Shanghai, Hongkong und Tokio kam es mir vor, als ob in Nordengland die Uhren eher rückwärts als vorwärts gingen. Wir spazierten die Strandpromenade entlang, es war aber nicht viel los, denn das Wetter war bescheiden, windig, regnerisch und grau.

Ich liebte es. Plötzlich fühlte ich mich so lebendig. Ich ließ den Wind meine Haare zerzausen und atmete tief ein. Die Seeluft war so erfrischend und ich vergaß für einen Moment, mich selbst zu bemitleiden. Das war schön.

Ich blickte auf das Meer und in die Weite – Möwen flogen über unsere Köpfe und suchten nach Futter. Daddy legte seinen Arm um mich und sagte: „Ich habe dich so vermisst. Du musst öfter zu Besuch kommen."

„Ich habe dich auch vermisst, Daddy." Ich brach wieder in Tränen aus und er hielt mich fest. Er strich mir über den Rücken und sagte lange nichts.

„Komm, Anna. Ich sollte dem Kerl den Arsch versohlen, der dir so wehgetan hat."

„Er ist es sicher nicht wert."

Ich schaute auf mein Handy. Scheiß Sucht. Sieben Anrufe in Abwesenheit und drei Nachrichten.

Leck mich.

Ich löschte alle.

Zum Abendessen gingen wir in Steel's Corner. Ich war

zwar nicht hungrig, aber Daddy und Rose duldeten grundsätzlich keine Widerworte, was Hauptmahlzeiten anging. Das war auch ganz gut so, denn der Abend wurde wunderbar. Wir saßen an einem der kleinen Tische und es war wie immer ein echtes Erlebnis. Die ganze Gaststätte war mit Teppichboden ausgelegt, die Einrichtung original aus den sechziger Jahren und die freundliche Bedienung brachte uns als Vorspeise braunen und weißen Toast mit Margarine. Sooo lecker. Als Hauptspeise hatten wir traditionellen Fish ‘n Chips mit Erbsenmus und Sauce Tartar.

Großartig!

Dazu ein kühles Bier und meine Welt war für den Augenblick in Ordnung.

Daddy hatte sich kurzfristig freigenommen, sodass wir die nächsten Tage zusammen verbringen konnten und wir machten einige Ausflüge auf das Land. Es tat mir richtig gut, ich schlief gut, aß ordentliche Mahlzeiten und erholte mich. Beim Blick in den Spiegel stellte ich fest, dass meine Wangen wieder rosig und nicht mehr so eingefallen waren. Ich schaffte es, nicht den ganzen Tag an Jonas zu denken, nicht an mein verkorkstes Leben und die Einsamkeit. Aber abends, wenn ich alleine im Bett lag, dann kehrten die Erinnerungen zurück und ich weinte mich in den Schlaf.

Mittwoch zog ins Land und Jonas hatte sich seit Montagabend nicht mehr gemeldet.

Er hatte es endlich verstanden. Besonders groß konnte seine Liebe nicht gewesen sein, wenn er nach so kurzer Zeit schon das Handtuch warf.

Was hast du denn erwartet? Dass er dir jahrelang nachtrauert? Der hat doch noch seine Chinesin. Schon vergessen?

Nein. Hatte ich nicht vergessen. Danke für die Erinnerung, Mr. Doubleyou.

Trotzdem blieb die Enttäuschung. Da faselte der Typ von Liebe und bis in alle Ewigkeit und dann diese Geschichte. Ich schüttelte den Kopf und blickte mich am

Gate zwei des Humberside Airports um.

Es war nicht viel los an diesem Tag und ich hoffte auf einen entspannten Flug nach Hamburg. Meine Gebete wurden erhört und nach fünfundvierzig Minuten Flugzeit landeten wir. Kaum betrat ich deutschen Boden, begann ich mich mental auf den nächsten Tag vorzubereiten. Die paar Tage Erholung hatten mich komplett aus dem Rhythmus gebracht und mein Job und alle Ereignisse erschienen mir wie ein lange vergangener Traum – ein schlechter Traum.

Ich holte mir ein Big-Mac-Menü und fuhr mit dem Bus nach Hause. Isabelle war nicht da, also schaltete ich den Fernseher an und verspeiste mein Abendessen. Seit ich gelandet war, schaute ich immer wieder auf mein Handy, aber es blieb stumm.

Was willst du denn jetzt, du Idiotin? Hast du es doch noch nicht gerafft? Das war's.

Ich seufzte und packte meine Tasche aus. Die Wäsche von Hongkong musste auch noch gewaschen werden, also stopfte ich eine Ladung in die Waschmaschine und drückte auf Start. Rastlos tigerte ich durch die Wohnung und fand keine Ruhe. Es war mittlerweile fast Mitternacht, aber ich war nicht müde. Zu viel Schlaf in den vergangenen Tagen.

Zwei Uhr war das letzte Mal, dass ich auf die Uhr schaute. Dann musste ich doch eingeschlafen sein.

28

Der Wecker klingelte und ich hatte Mühe, auf die Beine zu kommen. Eine halbe Stunde später war ich geduscht, angezogen und bereit für den Arbeitstag. Hoffentlich kamen heute kein Besucher, besonders keiner mit blauen Augen und abgeschlossenem Jurastudium. Irgendwann musste ich allerdings damit rechnen, ihm zu begegnen. Er arbeitete schließlich für die Stein Energy, zwar nicht als Angestellter, aber dennoch.

Seufz. Warum war das Leben so fies zu mir? Irgendetwas hatte ich falsch gemacht. Jetzt auch noch das …

Come on. Du bist selbst schuld! Im Grunde hast du es doch gewusst. Bei diesen Typen gibt es immer *einen Haken!*

Ja, leider. Bisher war nur Mr. Doubleyou immer ehrlich mit mir gewesen.

Ich war früh dran und Herr Stein war noch nicht im Haus. Das war gut, so konnte ich in Ruhe die Post durchgehen und mich durch die letzten Tage arbeiten. Es war ganz schön was zusammengekommen. Jetzt, wo ich wieder am Platz war, freute ich mich. Der Job machte Spaß – ich hatte einen echten Glücksgriff getan. Herr Stein kam eine Stunde später und begrüßte mich herzlich: „Hallo, Anna, Sie sehen erholt aus. Ich hoffe, Sie konnten die familiären Angelegenheiten regeln?“

Ich bekam schlagartig heiße Wangen. Lügen gehörte immer noch nicht zu meinen Stärken.

„Ja, vielen Dank. Es ist wieder alles soweit in Ordnung."

„Das freut mich. Sie waren etwas durch den Wind die letzten Tage in Hongkong."

„Ja, Entschuldigung. Ich hoffe ich habe nichts falsch gemacht?"

„Nein, nein. So meine ich das nicht. Tragisch auch, was mit Jonas passiert ist."

Jonas? Passiert? O Gott! Flugzeugabsturz? War er tot?!

Mein Herz blieb einen Moment stehen, um dann in doppelter Geschwindigkeit weiterzuschlagen. Mit weit aufgerissenen Augen fragte ich: „Was ist passiert? Gab es einen Unfall?"

„Ach, sagen Sie, Sie wissen gar nichts davon?"

Jetzt sag endlich!

„Nein." Ich sprang vom Stuhl auf und flehte ihn wortlos an.

„Er liegt im Koma. Hier im UKE Eppendorf. Die Lage ist sehr ernst, er hatte einen Atem- und Herzstillstand nach einer Austernvergiftung Anfang der Woche."

Jesus! Deswegen der Nachrichtenstopp.

Ich begann zu zittern.

„Ach, du meine Güte! Das ist ja schrecklich!"

„Ja, wirklich schlimm. Es sieht nicht gut aus."

Ich bemühte mich, die Fassung zu wahren, es gelang mir nicht. Ich fiel zurück auf den Stuhl und starrte Herrn Stein an.

Sein Telefon klingelte und er verschwand in seinem Büro. Ich weiß nicht, wie lange ich regungslos an meinem Platz saß. Mir ging immer nur der eine Gedanke durch den Kopf: Bitte, lass ihn nicht sterben.

Obwohl er sich wie ein Arschloch verhalten hatte, liebte ich ihn.

Vergessen war der Ärger, die Enttäuschung und die Wut. Jetzt dachte ich nur daran, was war, wenn er starb. Er würde es nie erfahren und mein letzter Satz zu ihm war: „Ich will dich nie wieder sehen."

Ich lief auf die Damentoilette und ließ kaltes Wasser über meine Handgelenke laufen. Was sollte ich tun? Konnte ich schon wieder einfach weglaufen aus dem Büro? Aber das hier war ein Notfall.

Ich musste sehen, wie es ihm ging.

Ich musste ihn sehen.

Was war, wenn er starb? Koma? Was, wenn er nie wieder aufwachte? Dann würde ich ihm niemals sagen können, was ich für ihn empfand. Das durfte einfach nicht sein.

Ich hinterließ eine Nachricht bei Herrn Stein, dass ich dringend weg musste. Ich rannte an Susi vorbei und stieg in ein Taxi, das mich direkt zum UKE brachte. Wo sollte ich ihn finden? Ich hatte doch keine Ahnung, in welchem Teil des Klinikums er lag. Würden die mich überhaupt zu ihm lassen? Ich fragte mich durch, lief von A nach B und kam schließlich zur betreffenden Intensivstation. Die Schwestern dort trugen alle grüne Krankenhauskleidung und einen Mundschutz. Die Atmosphäre in dieser Abteilung strahlte nichts Gutes aus. Krankheit, Verzweiflung und Tod. Ich hatte furchtbare Angst.

„Hallo, Entschuldigung? Können Sie mir sagen ... Ich muss zu Jonas Ackermann."

„Und wer sind Sie?"

„Ich –, ich –, bitte. Ich muss ihn sehen."

„Tut mir leid. Wenn Sie nicht mit ihm verwandt sind, darf ich Sie nicht zu ihm lassen."

Ich brach in Tränen aus. Das war zu viel für mich.

Die Krankenschwester legte eine Hand auf meine Schulter: „Hören Sie. Es tut mir leid. Aber seine Mutter ist hier, die können Sie fragen. Vielleicht kennen Sie sie ja?"

Seine Mutter? Klar, Jonas hatte natürlich auch eine Familie, auch wenn wir in unserer kurzen gemeinsamen Zeit wenig darüber gesprochen hatten.

„Danke. Wo kann ich sie finden?"

„Ich hole sie."

„Vielen Dank."

Ich schniefte und wischte mir die Tränen aus dem Gesicht.

Einige Minuten später kam die Schwester mit einer weiteren Person in grüner Kleidung und Mundschutz zurück.

„Ja, bitte?"

Jonas Mutter blickte mich mit traurigen Augen an. Sie war nicht besonders groß und zierlich gebaut. Die grauen Haare waren kurz und ihr Gesicht leicht gebräunt. Sie hatte eine starke Ausstrahlung und ich wusste nicht, was ich sagen sollte.

„Frau Ackermann, ich weiß Sie kennen mich nicht, aber bitte, ich muss zu Ihrem Sohn. Wir haben uns gestritten und … das ist eine lange Geschichte. Ich … wir…, bitte", flehte ich sie an. Erneut brach ich in Tränen aus und konnte mich nicht beruhigen. Meine Schultern bebten und ich schluchzte. Ich wollte das nicht, aber mein Körper folgte mir nicht mehr. Das war wirklich alles zu viel für mich.

„Kommen Sie. Beruhigen Sie sich. Wie heißen Sie denn? Woher kennen Sie Jonas?"

„Anna. Ich … wir, ich meine –, wir kennen uns erst kurz, aber, wir sind im Streit auseinandergegangen."

„Ich verstehe. Sind Sie die neue Freundin von Jonas?"

Ich schluckte.

„Ja. Ach. Ich weiß nicht. Es ist kompliziert."

„Ich bete, dass er wieder gesund wird. Die Lage ist kritisch und die Ärzte wissen noch nicht, ob er bleibende Schäden davontragen wird." Sie hielt mit bekümmertem Gesicht inne und überlegte einen Moment. Dann fuhr sie fort: „Wenn Jonas Ihnen so viel bedeutet, dann kann Ihre Gegenwart nicht schaden, vielleicht hilft sie ja sogar. Sie können gerne mitkommen."

O Gott.

„Vielen Dank, Frau Ackermann."

Die Schwester reichte mir Mundschutz und

Krankenhauskleidung. Ich musste meine Hände desinfizieren und dann führte mich Jonas' Mutter zu ihm. Er lag in einem Einzelzimmer. Verschiedene Apparate waren um ihn herum aufgebaut und es piepte an unterschiedlichen Monitoren. Er atmete nicht selbst und viele Kabel waren an ihm befestigt. Ein schrecklicher Anblick und ich musste mich kurz sammeln, bevor ich in den Raum treten konnte.

„Ich kenne Sie nicht und ich dachte eigentlich, Jonas hätte eine Freundin in China, aber ich muss auch nicht alles verstehen. Jetzt zählt nur eines, dass Jonas wieder gesund wird. Vielleicht kann er Sie ja hören. Sprechen Sie mit ihm. Ich bete zu Gott, dass er wieder aufwacht. Die Ärzte können noch keine Prognose geben. Eigentlich hätte er längst aus dem Koma erwachen müssen, aber er tut es einfach nicht. Ich lasse Sie jetzt etwas alleine. Ich denke, ich fahre kurz nach Hause und komme in zwei Stunden wieder. Ich würde mich gerne umziehen."

„Danke. Ich bleibe bei ihm. Vielen Dank für Ihr Vertrauen und dass ich hier sein darf." Ich schniefte noch einmal und reichte ihr die Hand.

Frau Ackermann drückte sie aufmunternd und verließ den Raum. Sie strahlte eine unheimliche Stärke aus und ihre Art, mit mir und der Situation umzugehen, imponierte mir. Ich war nicht so stark wie sie, meine Beine waren wackelig.

Ich setzte mich auf den Stuhl, der neben Jonas' Bett stand und nahm seine Hand. Was sollte ich ihm sagen?

Wie sprach man mit einem Menschen, der im Koma lag? Er sah so friedlich aus, als würde er schlafen. Er war sehr blass und die Wangen waren eingefallen, dunkle Schatten lagen unter seinen Augen.

Wieso er? Bitte lass ihn nicht sterben, flehte ich erneut.

Ich streichelte seine Hand. Nach einer Weile begann ich zu reden.

„Hallo, Jonas. Wie es dir geht, brauche ich wohl nicht zu fragen."

Es sollte ein Witz sein. Aber keiner lachte. Die einzigen Geräusche im Raum kamen von den Monitoren.

Piep. Piep. Piep.

„Ich weiß nicht, was ich zu dir sagen soll. Es tut mir leid."

Schweigen.

Piep. Piep. Piep.

„Vielleicht hätte ich deine Nachrichten anhören, lesen und beantworten sollen. Aber ich konnte nicht. Ich war bei meinem Vater in England."

Schweigen.

Piep. Piep. Piep.

„Bitte wach wieder auf. Warum hast du diese blöden Austern gegessen? Das weiß doch jedes Kind, dass Austern sich zusammenziehen müssen, wenn man Zitrone drüber träufelt. Hast du nicht richtig hingesehen? Das gibt's doch gar nicht."

Schweigen.

Piep. Piep. Piep.

„Scheiße, Jonas. Das kann doch nicht sein? Hörst du mich? Ich hätte dir noch eine ganze Menge zu sagen. Dieses beschissene Piepen macht mich wahnsinnig!"

Schweigen.

Piep. Piep. Piep.

„Wahrscheinlich kannst du mich nicht hören, dann kann ich es dir auch sagen. Obwohl du echt scheiße zu mir warst, liebe ich dich. Die Tage mit dir waren die schönsten in meinem Leben und es tut mir leid, dass es so gekommen ist. Warum hast du mir nicht die Wahrheit gesagt?"

Schweigen.

Piep. Piep. Piep.

„Ich mache alles, wenn du nur wieder aufwachst. Okay. Vielleicht nicht alles. Aber bestimmt fast alles. Ich habe deiner Chinesin auch ordentlich die Meinung gesagt. Mich kann die nicht einschüchtern, die alte Ziege. Wo ist sie denn überhaupt? Sollte eine Freundin nicht am Bett ihres kranken Partners sein?“ Ich seufzte und fuhr mir mit der Hand durch die Haare.

Schweigen.

Piep. Piep. Piep.

„Ich erzähle dir ein paar Geschichten aus meinem Leben, von England und meinen Eltern …“

Eine halbe Stunde später kam eine Schwester, um seine Werte zu kontrollieren. Unverändert. War das jetzt gut oder schlecht? Warum sagte mir keiner was? Ich erzählte und erzählte bis ich ganz heiser war. Irgendwann kam Jonas’ Mutter wieder.

„Vielen Dank, dass Sie hier gewartet haben, Anna.“

„Ich danke Ihnen, Frau Ackermann. Ich muss jetzt wieder zur Arbeit, darf ich heute Abend wiederkommen?“

„Ja, gerne. Ich denke, es ist gut für Jonas, wenn er Gesellschaft hat. Ich mag Sie, Anna.“

„Danke. Dann sehen wir uns später.“

„Ich gebe den Schwestern noch Bescheid, dass Sie jederzeit Zugang bekommen.“

Auf dem Weg ins Büro dachte ich über die letzten Wochen nach. Wie war das alles möglich? Junge Frau findet Mann. Mann und junge Frau lieben sich. Mann hat andere Frau als Freundin. Mann und junge Frau streiten sich. Junge Frau flieht und Mann bleibt zurück. Mann liegt im Koma und junge Frau trauert. Wie würde diese Geschichte weitergehen? Bei Komapatienten konnte man nie genau sagen, was passieren würde. Theoretisch konnte er noch ewig im Koma liegen, oder auch nicht, oder er konnte irgendwelche Schäden davontragen, sein Leben lang behindert sein …

Googeln half mir nicht groß weiter. Nach zweistündiger Recherche war mir nur klar, dass Jonas nie wieder aufwachen würde. Ich fand im Netz fast ausschließlich Horrormeldungen, kaum positive Geschichten. Schrecklich.

„Ist alles in Ordnung mit Ihnen, Anna?“

„Oh, Herr Stein! Entschuldigen Sie bitte. Ich musste Jonas sehen. Ich ... äh ...“

„Ist schon in Ordnung, ich habe ja Augen im Kopf. Außerdem hat Jonas mit mir gesprochen.“

Hatte er? Was? Wann?

„Oh. Das wusste ich nicht.“

„Er hat mir gesagt, was passiert ist. Ihr Privatleben geht mich ja nichts an, aber ich bin auch ein Mensch. Es tut mir sehr leid.“

Das Fünkchen Hoffnung löste sich in Nichts auf.

Was hast du erwartet? Dass Jonas ihm erzählt hat, dass er dich über alles liebt und er die andere abserviert hat?

Ja, das wäre schön.

Werd' erwachsen. Das Koma ändert doch nichts an der Realität.

Vielleicht doch ...

Ich geb's auf.

Mr. Doubleyou schwieg und ich ließ die Schultern hängen.

„Herr Stein, es tut mir leid. Ich bin gerade etwas verwirrt. Es ist ziemlich viel passiert in den letzten Wochen.“

„Ich verstehe Sie, Anna. Es ist in Ordnung. Nehmen Sie sich morgen noch einen Tag frei. Arbeiten können Sie noch genug im Leben. So kann ich auch nichts mit Ihnen anfangen.“ Er lächelte mich aufmunternd an.

„Danke ... Ich –“, ich holte einmal tief Luft, „ich weiß das zu schätzen. Bitte grüßen Sie Ihre Frau, sie hat wirklich Glück mit Ihnen.“

„Ha, ha, das mache ich. Ich werde es ihr ausrichten. Gehen Sie nach Hause oder ins Krankenhaus, Anna. Das ist jetzt wichtiger als die Arbeit hier.“

„Danke, ich melde mich bei Ihnen, wenn sich etwas verändert bei Jonas.“

„Machen Sie das. Alles Gute.“

Er drückte meine Hand und lächelte mir erneut aufmunternd zu. Ich packte meine Sachen und eilte davon.

Zu Hause traf ich auf Isabelle, die mit Haarefärben beschäftigt war.

„Hi, Anna. Was ist los. Jetzt erzähl mal."

„Ach, Isi. Lange Geschichte und ich habe keine Zeit. Muss ins UKE. Jonas liegt dort im Koma."

„Was!? Ich komme mit."

„Nein. Da dürfen nur Angehörige mit."

„Dann iss wenigstens etwas. Du hast heute sicher noch nichts zu dir genommen."

Ups. Das war richtig. Das hatte ich völlig vergessen.

„Ach, Isi. Ich habe wirklich keinen Hunger."

„Du musst was essen. Gib mir dreißig Minuten und du erzählst mir, was passiert ist. Wenn er im Koma liegt, wird er schon nicht davonlaufen. Wie ernst ist es? Was ist denn passiert? Ein Autounfall?"

„Sein Zustand ist sehr ernst. Die Ärzte wissen nicht, ob er wieder aufwacht. Er hatte einen Atem- und Herzstillstand, weil er Austern gegessen hat, die anscheinend nicht mehr frisch gewesen waren. Ich habe lange recherchiert und das Zeug ist hochgefährlich, wenn man nicht aufpasst, meiner Meinung nach dürfte man das gar nicht verkaufen. Das muss man sich mal geben!"

„O je! Fang mal von vorne an. Ich bin immer noch auf Vor-Hongkong-Stand."

Isabelle kochte Reis mit Gemüse für mich und ich erzählte ihr, was in Hongkong und danach passiert war. Die warme Mahlzeit tat mir gut und ich fühlte mich gestärkt für die kommenden Stunden. Isi war wie immer die bestmögliche Zuhörerin und ich konnte meine Gedanken neu sortieren. Sie brachte mich sogar zum Lachen. Wir hörten gemeinsam die Konversation mit der Chinaschlampe an und machten uns über sie lustig. Ein kurzer Moment der Entspannung. Das war schön.

Hätte ich doch nur Jonas' Nachrichten abgehört und nicht gleich gelöscht, dann wüsste ich vielleicht mehr. Wenn er nicht mehr aufwachte … ich wollte nicht daran denken. Nach dem Essen umarmte ich sie und fuhr mit meiner kleinen Blechschüssel zum UKE.

Frau Ackermann war noch dort, als ich in Jonas' Zimmer kam.

„Hallo, Frau Ackermann. Ich bin hier, um Sie abzulösen. Gibt es etwas Neues?"

„Die Ärzte sagen, er sei stabil. Es ist nach wie vor unerklärlich, weshalb er nicht aus dem Koma erwacht. Aber er kann jetzt selbstständig atmen. Das ist ein Fortschritt."

Hoffnung keimte in mir auf. Vielleicht?

„Ich bleibe heute Nacht hier. Sie können beruhigt nach Hause gehen, Sie haben hier sicher die letzten Tage verbracht. Ich wusste nicht, dass es ihm nicht gut geht. Wir haben uns gestritten in Hongkong."

„Anna, es geht mich nichts an, aber das Wichtigste im Leben ist, dass man sich liebt. Alles andere kann man regeln."

„Ja, da haben Sie recht. Ich hoffe, ich bekomme die Gelegenheit, es ihm zu sagen."

Eine Träne lief über meine Wange und Frau Ackermann umarmte mich. „Machen Sie es gut, Anna. Ich bin morgen früh wieder hier. Vielleicht mögen Sie dann einen Kaffee mit mir trinken?"

„Ja, gerne, vielen Dank. Versuchen Sie, zu schlafen."

„Wissen Sie, Jonas' Bruder ist zwar nicht tot, aber er ist nicht mehr er selbst. Er vegetiert nur noch vor sich hin, kann nicht mehr selbst essen, nichts mehr. Drogen. Jonas hat die Sache damals sehr mitgenommen, er hat seinen Bruder abgöttisch geliebt. Wenn Jonas jetzt auch noch …" Sie beendete den Satz nicht und straffte ihre Schultern. „Daran kann und will ich noch nicht denken. Er muss wieder gesund werden."

„Ganz bestimmt."

Bitte, lieber Gott!

Frau Ackermann verließ das Krankenzimmer und ich

blieb alleine mit einem stummen Jonas und dem Piepen der Maschinen zurück.

„Hallo, Jonas. Da bin ich wieder. Ich hoffe, es geht dir besser?“

Schweigen.

Piep. Piep. Piep.

„Es sieht ganz so aus. Du kannst wieder selbst atmen. Das ist doch toll. Liebe Grüße von Herrn Stein und Isabelle. Alle machen sich große Sorgen um dich.“

Schweigen.

Piep. Piep. Piep.

„Wenn du wieder aufwachst, bin ich nicht mehr sauer auf dich, ehrlich.“

Schweigen.

Piep. Piep. Piep.

Ich erzählte ihm von meinem Studium, meinen Träumen und meinem Leben. Irgendwann gab es nichts mehr zu erzählen und ich schaltete den Fernseher ein. Ich legte mich zu ihm ins Bett und kuschelte mich an seine Schulter. So schlief ich ein.

29

Piep. Piep. Piep.

Ich blinzelte. Es dämmerte. Wo war ich?

Ach ja.

Krankenhaus.

„Guten Morgen“, flüsterte mir eine heisere Stimme ins Ohr

Was?

Guten Morgen?

„Jonas!“

Ich sprang aus dem Bett und konnte meinen Augen kaum trauen.

„Du bist wach! Bist du wach?“

„Nach was sieht es denn sonst aus?“

Ich küsste ihn stürmisch.

„Ich habe so viel gebetet und ich weiß nicht mehr, was ich Gott alles versprochen habe, wenn du wieder aufwachst.“

„Wirklich?“ Er hatte Mühe die Augen offenzuhalten.

„Ja. Wirklich.“ Ich hielt seine Hand.

„Das ist schön.“

Jonas schloss wieder die Augen und ich geriet in Panik

„Hey, hey, nein! Nicht wieder einschlafen! Bitte, Jonas. Ich habe noch so viel zu sagen!“

Er flüsterte erschöpft: „Anna, ich war fast tot. Ich bin nur müde. Keine Sorge.“

Damit schlief er ein.

Ich lief zu den Schwestern und teilte ihnen mit, dass Jonas wach war und er wieder eingeschlafen war. Ich fragte, ob er jetzt wieder ins Koma fallen konnte, aber die Schwestern beruhigten mich. Es war 4:50 Uhr. Eine Schwester verständigte einen Arzt und kontrollierte zuerst die Vitalfunktionen von Jonas, der einfach weiterschlief. Etwas später kam ein Arzt und checkte erneut alle Werte. Warum sagte mir keiner was? Es war zum Ausflippen.

Nachdem wir wieder alleine waren, setzte ich mich zu Jonas und hielt seine Hand. Ich legte meinen Kopf auf die Bettkante und nickte ein.

„Du schnarchst."

„Was?" Schlaftrunken öffnete ich die Augen.

„War nur Spaß." Ein blasser Jonas lächelte mir müde zu. „Wieso bist du hier, Anna? Das letzte was ich von dir gehört habe war, dass du mich nie wieder sehen willst."

Ich verdrehte die Augen. Männer! Die rafften einfach nie was.

„Lieber Jonas, wie du vorhin richtig bemerkt hast, bist du fast gestorben. Da kann man schon mal seine Meinung ändern."

„Wenn das so ist, muss ich den Austern wohl dankbar sein?"

„So in etwa", grinste ich ihn an.

„Im Ernst, Anna. Verzeihst du mir?"

„Selbst wenn ich nicht wollte, ich habe es dem da oben versprochen, wenn er dich wieder aufwachen lässt. Von dem her also: Ja, ich verzeihe dir."

„Das ist gut. Es tut mir nämlich sehr leid. Kriegt man hier in dem Schuppen auch mal etwas zu trinken? Ich bin am Verdursten."

Ich reichte ihm einen Becher mit einem Strohhalm.

„Die Schwestern sagen, langsam und in kleinen Schlucken trinken."

„Ja, Mama."

„Hey – kaum fünf Minuten wach und schon frech."

„So bin ich."

„Ich liebe dich.“

„Was?“

„Du hast es doch gehört, du Arsch.“

„Sag es nochmal.“ Er grinste schwach.

„Ich liebe dich.“ Ich spürte die Wärme über meinen Hals nach oben kriechen, ich lief doch tatsächlich rot an, während ich ihm ein Liebesgeständnis machte.

„O Anna! Ich liebe dich. Bitte sag nie mehr zu mir, ich soll aus deinem Leben verschwinden!“ Er hielt meine Hand fest umklammert.

„Mache ich nicht.“ Ich schüttelte den Kopf und strahlte ihn an.

„Gut.“ Damit schien er zufrieden zu sein und drückte meine Hand nicht mehr ganz so fest.

„Gut?“

„Ja. Was willst du mehr? Ich war halbtot, ich kann dich hier im Krankenhaus nicht flachlegen. Wobei ... keine schlechte Idee. Komm ins Bett.“ Er versuchte, mich auf sein Bett zu ziehen, hatte aber seine alten Kräfte bei weitem noch nicht wiedererlangt, so konnte ich mich wehren.

„Du Spinner!“

Ich küsste ihn und legte mich zu ihm.

„Kein Sex. Sonst fällst du mir am Ende wieder ins Koma. Du kriegst doch bestimmt noch gar keinen hoch.“

„Na, dann sieh mal genauer hin.“ Er zwinkerte mir zu.

„Oh!“ Ich kicherte. „Ich meinte eigentlich ... Wie geht's weiter?“

„Wir heiraten, du kriegst drei Kinder und wir bleiben glücklich und verliebt bis ans Ende unserer Tage.“

„Aha. Und was ist mit deiner Chinesin?“

„Das ist nicht mehr meine Chinesin.“

„Häh?“

„Liebste Miss Barker. Hätten Sie auch nur EINE meiner hundert Nachrichten, gelesen, gehört oder geöffnet, wüssten Sie das seit einigen Tagen.“ Er rollte mit den Augen und seufzte leise.

„Oh. Aber wie?“ Mist. Hätte ich mal…

„Es war mir egal, was Liu gemacht hätte. Du bist das Wichtigste.“

„Und was ist mit der Stein Holding?“

„Ich habe mit Herrn Stein und Lius Bruder gesprochen, es wird keine Probleme geben. Das haben mir beide versichert. Seine Schwester hat nicht den großen Einfluss, den sie uns immer vorgespielt hat. Das war mir nicht klar. Ich war dumm und naiv.“

„Und was ist mit dem Geld, das sie dir geliehen hat?“

„Sie hat es mir geschenkt. Das ist ein Unterschied. Ich kann es ihr nicht zurückzahlen. Vielleicht in ein paar Jahren. Aber das muss warten. Ich habe sie damals nicht dazu gezwungen. Sie hat es freiwillig gemacht.“

„Dann bist du frei?“ Ich konnte mein Glück kaum fassen.

„Nein.“

Ich blickte ihn mit großen Augen an.

„Wieso nicht? Was ist denn jetzt noch?“

„Du.“ Er grinste mich breit an.

„Häh?“

„Ich bin nicht mehr frei, seit ich dich kenne. Ich brauche dich, Anna. Soll ich dir einen Zettel schreiben mit einem ‚Willst du mit mir gehen a) ja und b) nein und c) vielleicht‘, wie früher?“

„Nein.“ Ich schüttelte den Kopf.

„Was dann?“

„Versprich mir einfach, immer ehrlich zu mir zu sein.“

„Hoch und heilig.“ Er hob die Hand und überkreuzte zwei Finger für seinen Schwur.

„Gut. Dann ist ja alles prima. Happily ever after! Endlich!“

„Küss mich.“ Jonas spitzte seine Lippen und schloss die Augen.

Ich küsste ihn und bemerkte nicht, wie sich die Tür öffnete und Jonas’ Mutter hereinkam.

„Guten Morgen. Was für ein schönes Bild.“

Meine Wangen brannten wie Feuer und ich fühlte mich wie ein Schulmädchen.

Musste sie gerade jetzt kommen? Wie unangenehm.

„Guten Morgen, Frau Ackermann."

„Hallo, Mama."

Sie lief zu Jonas und drückte ihn fest: „Ich bin so froh, dass du aufgewacht bist. Ich hatte solche Angst um dich!"

„Alles ist gut, Mama. Wie ich sehe, kennst du Anna schon?"

„Ja. Wir kennen uns seit gestern."

Ich fühlte mich fehl am Platz und wollte den Raum verlassen: „Ich hole uns mal einen Kaffee."

Eine Viertelstunde später kehrte ich mit Kaffee und Croissants zurück. Frau Ackermann saß noch neben ihm und ich ging auf die andere Seite des Bettes. Jonas gähnte und ihm fielen die Augen zu. Er sah so verletzlich aus. Ich war so glücklich, dass er zurückgekehrt war.

„Kommen Sie, Anna. Wir lassen ihn kurz schlafen."

„Anna – kommst du nachher wieder?" Schlaftrunken hielt er meine Hand.

„Ich bleibe hier. Wenn du aufwachst bin ich wieder da." Ich küsste ihn auf die Stirn, aber er war schon eingeschlafen.

EPILOG

„Langsam!“, rief ich zu Isabelle. Wir schleppten eine Kiste in den Aufzug und ich stolperte.

„Immer schön aufpassen, die Damen. Wir wollen ja, dass die Sachen heile oben ankommen.“ Jonas grinste mich an.

„Wenn ich eine Hand frei hätte, würde ich dir jetzt eine reinhauen.“

„Hast du aber zum Glück nicht.“ Jonas streckte mir die Zunge raus.

„Seid ihr sicher, dass ihr zusammenziehen wollt?“, neckte mich Isabelle.

Sechs Monate nach Jonas’ Genesung hatten wir uns doch hoffentlich gut genug kennengelernt. Keine Geheimnisse, keine Lügen, man könnte fast sagen: Harmonie pur. Wenn es nicht diese Dinge wie Zahnpastatuben, Klodeckel und Mülleimer gegeben hätte. Aber ich als WG-erprobte Hamburgerin würde an diesen Kleinigkeiten nicht verzweifeln.

„Geliebte Isabelle, also wer mit dir leben kann, kann doch in jede WG einziehen“, kicherte ich. „Und außerdem kann er auch noch kochen. Für mein leibliches Wohl ist also gesorgt.“

„Du hast ja ein Glück. Fast so viel wie ich.“ Peter schaffte es gerade noch in den Aufzug, bevor die Türen sich schlossen.

„Das war's." Wir stellten die letzte Kiste ab und Jonas kam mit vier Bierflaschen.

„Bitte schön."

„Danke, das ist nett. Aber wir müssen los. Spießerleben. Wir haben Theaterkarten", erwiderte meine beste Freundin und wurde dabei sogar ein wenig rot.

„Aha. Ihr seid ja süß. Vielen, vielen Dank für eure Hilfe!" Ich umarmte Peter und Isabelle. Jonas schloss die Tür hinter den beiden und lächelte mir zu.

„Willkommen zu Hause", sagte er zärtlich zu mir.

„Das klingt so schön."

Jonas kam auf mich zu und seine Augen verdunkelten sich.

Wie ich diese blauen Augen liebte. Er küsste mich und wir vergaßen die Welt um uns.

„Ich kann niemals genug von dir bekommen, meine Liebe."

„Das sollst du auch nicht. Sonst wäre es doch kein ‚Happily ever after'!"

„Gut, dann zeige ich dir jetzt, wie ich dich für immer an mich binde."

Er warf mich über seine Schulter und trug mich ins Schlafzimmer. Unser Schlafzimmer.

ENDE

LIEBE LESERIN, LIEBER LESER,

danke, dass Sie sich die Zeit genommen haben, mein Buch zu lesen. Ich hoffe, es hat Ihnen gefallen und ich konnte Ihnen ein paar unterhaltsame Stunden bereiten – denn darum geht es mir, wenn ich schreibe.

Alle Informationen zu meinen weiteren Veröffentlichungen finden Sie auf meiner Homepage www.karinlindberg.info

Sie erreichen mich unter karinlindbergschreibt@gmail.com

ÜBER MICH

Wenn ich nicht schreibe, was ziemlich häufig der Fall ist, verbringe ich die Zeit mit meinen beiden Kleinsten, meinem Mann und dem Rest unserer internationalen Patchwork Familie. Manchmal wundere ich mich selbst, dass ich trotz meines Alltags überhaupt etwas zu Papier bringe. Und dann sind die Kinder im Kindergarten, der Hund schläft müde auf seinem Kissen und ich sitze wieder am PC und vergesse die Welt um mich herum. Endlich hacke ich wieder auf die Tastatur ein und schreibe, bis ich Krämpfe in den Händen bekomme. Dann weiß ich wieder wieso, denn das Schreiben ist für mich die schönste Zeit des Tages.

Ich bin Jahrgang 1979 und lebe seit vielen Jahren in der Lüneburger Heide, komme ursprünglich aber aus Süddeutschland.

Hoffentlich kann ich Euch mit meinen Büchern ein paar schöne und unterhaltsame Stunden bescheren – denn das ist es was ich möchte. Für Fragen oder Anregungen freue ich mich über Eure Kontaktaufnahme mit mir.

Bis bald
Ihre Karin Lindberg

48886267R00145

Printed in Poland
by Amazon Fulfillment
Poland Sp. z o.o., Wrocław